ANJA LIEDTKE

Reise durch amerikanische Betten

ANJA LIEDTKE **Reise durch amerikanische Betten**

projektverlag.

ISBN 978-3-89733-286-7
© projekt verlag, Bochum/Freiburg 2013
www.projektverlag.de
Cover Design: punkt KOMMA Strich, Freiburg
www.punkt-komma-strich.de

Inhalt

Heiliger Abend in Beverly Hills	7
Ian Precilla der III. von Châteaularault	22
Damian	24
Sonntags in Beverly Hills	29
Silvester in Hollywood	35
Damian 2	39
Arbeitssuche	49
Stuntman Damned Man	62
Damian 3	68
Ian Precilla der III. von Châteaularault 2	81
Der Filmstar	94
Ian Precilla der III. von Châteaularault 3	98
Die Männer von damals – Der Filmstar 2	117
Damian 4	118
Sedona/Arizona-Cowboy	128
Damian The End	147

Heiliger Abend in Beverly Hills

Am Heiligen Abend ging sie durch die sonnigen Straßen von Beverly Hills. Allein und orientierungslos, während andere letzte Einkäufe auf dem Rodeo Drive tätigten, um sich auf das Fest vorzubereiten.

Zum Lunch betrat sie den Grill on the Alley, ein Kellerrestaurant, in dem sich die Altstars treffen, heute mit ihren Familien. Es war laut von hohen weiblichen Stimmen, und es war voll. Nur die Single-Tische waren noch frei. Etwas eingeengt durch die spanische Wand, die sie von Robert Redford und seiner Hamburger Freundin trennte, aß sie ihren Salat Niçoise mit medium gebratenen Thunfisch-Scheiben. Statt weißen Chardonnay trank sie roten Merlot. In dem von der Klimaanlage unterkühlten Raum spürte sie die Wirkung noch nicht. Der Alkohol wirkte, als sie nach draußen in die heiße kalifornische Mittagssonne trat.

Jetzt kannte sie nur zwei Gedanken: Eine Zigarette anzünden – die ihren Kreislauf vollends schwächte – und den dunkelblauen Anzug vom Leibe reißen.

Das Nikotin ließ sie Kopfschmerzen und Schwindelanfälle bekommen. Sie eilte um die Ecke Dayton und den Rodeo Drive hinauf in Richtung Santa Monica Boulevard, wo ihr weißer Van namens Phoenix mit einem kleinen Schrank voller leichter, legerer Kleidung auf sie wartete.

Wegen ihrer eleganten europäischen Kleidung hielten Passanten sie für eine reiche Französin und starrten ihr nach. Darum war sie darauf bedacht, nicht zu schwanken. Sie senkte die bleiernen Augen auf den zum Zeichen des Parkverbots gelb gestrichenen Bordstein, um entlang dieser Linie einen geraden Gang zu finden. Zwei Menschen standen ihr im Weg. Zu spät bemerkte sie die High Heels mit den pediküroten Zehen darin. Sie prallte auf einen leichten, dünnen, sanft duftenden Körper, lange weiche Haare schlugen ihr ins Gesicht, der Körper gab nach. Ihre Reaktionsfähigkeit war jedoch beinahe so schnell wie im nüchternen Zustand. Sie fing die junge Frau ab, indem sie sie fest bei den dürren Armen packte und sie so auf ihre dünnen Absätze zurückstellte, von denen sie zu kippen drohte. Alles eine Frage der Statik, dachte sie nach Vollendung ihres Werkes, das sie an das Aufstellen eines Weihnachtsbaumes erinnerte. Man kann etwas so Hohes, Schlankes unmöglich auf ein noch zarteres Fundament stellen, meinte sie in Anbetracht der tannenschlanken Dame. Die große Blondine blickte sie erschrocken an. Lea entschuldigte sich. Amerikaner pflegen das mit einem besorgten Blick zu tun, da sie jederzeit Gefahr laufen, verklagt zu werden. Die deutsche Lea ahmte diesen Blick nach. Die Amerikanerin sah hilfesuchend zu ihrem Freund, Lea folgte ihren Augen. Auch er trug blonde Haare, streichholzlang, nach allen Seiten abstehend, wie sie in Beverly Hills nur Rod Stewart trägt. Sein goldener Ohrring blitzte heftig in der Sonne, blendete Lea mehr als sein Ruhm. Sein Lächeln unter der dunklen Sonnenbrille und über dem leicht eingefallenen, faltigen Kinn blieb eingefroren. Er sah die Deutsche eine Weile an, drehte sich daraufhin zum Chef des teuren Herrenausstatters auf dieser teuersten aller Straßen und verabschiedete sich von Alexander. Dies schien Lea die Erlaubnis zu sein, sich entfernen zu dürfen, ohne mit einer Anzeige rechnen zu müssen. Sie hastete den Rodeo Drive hinauf, sah noch, dass Rod und seine junge Frau die Straße überquerten und in den einzigen zitronengelben Ferrari von Beverly stiegen. Da stand sie schon an der Fußgängerampel und schmachtete ihrem Van entgegen, der im kühlen Schatten einiger Palmen wartete. Der Stoff unter ihren Achseln trocknete nicht, klebte nass und unangenehm kühl. In den Lackschuhen glitschten Schweißfüße, die Sonnenbrille rutschte über die nasse Nasenwurzel.

Sie wühlte in ihrer Marina Duck Handtasche nach dem Schlüssel und stieg mit letzter Kraft die steilen Aluminium-Stufen zum Wohn-Schlaf-Küchen-Dusch-und-Toilettenraum hinauf. Sie zerrte sich die Sachen vom geschwollenen Leib, riss die Vorhänge zu und warf sich hinten ins Bett, gebaut aus Sitzgelegenheiten und Esstisch, die sie nie benutzte. Der Alkoven war als Bett nicht hoch genug, sie konnte sich nicht darin aufsetzen. Folglich verwendete sie ihn als Ablage für Bücher, Koffer und Kram. Obwohl sie von dort oben im Liegen über den Stillen Ozean hätte blicken können, wenn der Wagen auf seinem Platz auf dem Malibu Beach RV-Park – einem Park für die sogenannten Recreational Vehicles – stand. Ergreifend schön empfand sie es dann, bei Sonnenaufgang mit der ersten Tasse Maxwell, die gegen die Windschutzscheibe dampfte, auf dem Fahrersitz zu hocken, die Beine unters T-Shirt geklemmt, weil es noch kalt war. An solchen Morgenden beobachtete sie gerne die Fontänen der Wale und die Bögen der Delfine nicht weit vom Strand entfernt und dachte währenddessen vielleicht daran, dass sie ihr Leben und ihren Beruf verfehlt hatte, als sie ihr Biologiestudium nach den ersten vier Wochen aufgegeben hatte. Weil ein Professor in das überfüllte Auditorium gerufen hatte: »Bis zur Zwischenprüfung werden Sie um die Hälfte dezimiert sein.« So als sei er darauf aus, die darwinsche Theorie auf seine Studenten anzuwenden. Lea war dem Konkurrenzdruck gewichen, noch bevor sie ihn zu spüren bekommen hatte. Wo sie unerwünscht war, mochte sie nicht bleiben. – Inzwischen fragte sie sich beizeiten, ob sie überall auf dem Planeten unerwünscht war. Die Wale und Delfine dort draußen bemerkten sie nicht. Doch wenn sie sie bemerkten, wäre sie auch unter ihnen unerwünscht. Wie jeder von Leas menschlichen Artgenossen. Menschen schienen diesen Planeten nur zu bevölkern, um ihn verschmutzen zu können.

Leas derzeitige Aussicht, wenn sie die Gardine einen Spalt öffnete, bestand aus parkenden Lincolns, Buicks, Chevrolets, Cadillacs, Jaguars, Mercedes und BMWs, der Fortführung des Rodeo als Allee, den frisch gesprengten Rasen vor den alten weißen Villen im Kolonialstil und aus den neuen, doch dem Alten gut angepassten architektonischen Kunstwerken. Ein Haus fiel wegen seiner Tiffany-Fenster auf. Es war asymmetrisch gebaut und schien als Filmkulisse für Alice im Wunderland gedient zu haben. Eine berühmte Schauspielerin wohnte darin, deren Namen Lea vergessen hatte. Jetzt vergaß sie alles, indem sie ihren schweren Kopf aufs Kissen legte.

Als sie erwachte, verschwand die Sonne. Lea sah auf ihre Armbanduhr, sie zeigte fünf Uhr nachmittags. Zeit für einen Cappuccino im Schwulen-Café Roma, dachte sie, weil sie dort in Ruhe unter den steinernen Arkaden sitzen konnte, auf weißen, schmiedeeisernen Stühlen, während die sportlichen, durchtrainierten und geschmackvoll gekleideten Herren im mittleren Alter sowie ihre Barbiere an Lea vorbei flanierten.

Sie hatte vergessen, dass Heiliger Abend war. Die Barbiere hatten geschlossen, das Café Roma war leer, ebenso wie der gesamte Canon Drive. Sie schlenderte einsam, übriggeblieben, als alle anderen zur Party gingen, die Straße hinab zum Wilshire und den Beverly Drive hinauf.

Die Sonne war inzwischen, zum letzten Mal an diesem christlichen Tag, herausgekommen und heizte Leas Hintern in der dunklen warmen Jeans sowie den Rücken unter dem blauen Pullover auf. Lea hatte sich leger, aber warm angezogen.

Die heiße Wintersonne stand so tief, dass der Dayton Avenue im Schatten lag, wohinein Lea flüchtete und die Sonnenbrille abnahm. Plötzlich sagte eine Stimme in Höhe ihrer Hüfte: »Guten Tag.« Das war in Beverly Hills ein außergewöhnlicher Gruß. Er konnte kaum jemand anderem als Lea gelten.

Sie drehte den Kopf und sah drei dunkle, junge Männer beim Drink und Kaffee an einem Tisch unter den roten Schirmen des Il Fornaio sitzen, einem der beliebtesten Italiener in Beverly Hills.

»Woher wissen Sie, dass ich Deutsche bin«, fragte sie verwundert angesichts der Tatsache, dass sie bisher für eine Französin gehalten worden war. –

Allerdings hatte sie die Kleidung gewechselt, und die Los Angelies schienen die Weisheit »Don't charge a book by it's cover« noch nie gehört zu haben.

Es stellte sich heraus, dass es sich bei jenem jungen Mann auch gar nicht um einen Los Angeler handelte, sondern um einen Perser, der in San Diego lebte und einst einen Freund in Hamburg besucht hatte. Und, bemerkte er, Lea besäße die blauen Augen der Hamburger.

Damit lag er zwar falsch, aber doch nicht gänzlich, und wer wusste schon, wie die Menschen im Ruhrgebiet aussahen? Nicht einmal diese Region kannte man in den USA, sodass Lea zu langen Umschreibungen der »Ruhr-Area« gezwungen war. Düsseldorf lag in der Nähe, ach ja, da waren sie einmal gelandet, falls sie zufällig den Beruf des Stewards ausübten, Frankfurt lag zwei Stunden entfernt, ja, das hatte ihnen gut gefallen. Unbegreiflicherweise, wie Lea fand. Nein, Heidelberg, Schwarzwald und das Hofbräuhaus sind meilenweit entfernt, wehrte sie sich gegen die bayerische und überhaupt die süddeutsche Nähe. Das war ein anderes Land! Sie warf schließlich auch nicht Kanada und Kalifornien in einen Topf.

Der junge Perser namens Magid, nein, nicht Magic, obwohl er bald verrückt nach ihr werden sollte, lud sie zum Kaffee auf dem Beverly Drive ein. Sie verstand zunächst nicht, warum er sie nicht gleich hier Platz nehmen ließ, sollte jedoch bald herausfinden, dass er dann auf die weitere Einladung seines reichen Freundes angewiesen wäre, der leger in seinem Stuhl hing und das goldene Armband baumeln ließ. Bei Starbucks gab es suchtsteigernden Cappuccino in Pappbechern für 3 Dollar und einen Quarter, im Il Fornaio kostete er das Doppelte.

Zu diesem Zeitpunkt wollte Magid die anderen noch nicht abhängen. Lea glaubte sich später erinnern zu können, dass er sie fragte, ob sie nachkämen. Ihre Namen hatte sie nicht behalten. Nein, Magid plante nichts, dazu war er nicht der Typ. Er war ein hübscher, androgyn wirkender, lieber junger Mann, vielleicht 25 Jahre alt, zehn jünger als sie. Abgesehen vom Altersunterschied entsprach er genau dem Typ Mann, der immer bei ihr landete. Sie aber hatte vor Monaten beschlossen, ihr ewiges Schema zu durchbrechen, weil es ihr nicht gut bekommen war ...

Magid ging neben ihr den Dayton entlang. Ihr war heiß und sie fürchtete, dass sich unter ihrem Pullover Geruch entwickelte. Bei Starbucks war es eiskalt und voll. Sie standen in der Schlange und reckten die Hälse, um auf der großen Tafel zwischen Cappuccino, Frappuccino, Café Latte, tall, grande oder venti, mit Soja-, non fat-, low fat-, half and half oder mit normaler Milch auszuwählen. Die

Kombinationsmöglichkeiten konnte nur jemand mit mathematischer Begabung errechnen.

Magid bestellte eine der vielen Formen von eisgekühltem Kaffee, Lea einen heißen Cappuccino, lowfat and dry. Als sie an einem der kleinen Holztische Platz nahmen, kamen Magids Freunde herein und setzten sich dazu. Ihr Anführer erklärte bald, er brauche jetzt etwas Richtiges zu trinken. Dafür gäbe es nur einen Ort. Offensichtlich wussten die Freunde Bescheid, denn sie fragten nicht nach dem Namen des Ortes. »Kommst du mit auf einen Drink?«, wollte er von Lea wissen. Sie nickte. Magid lächelte sie erfreut an. Draußen vor der Tür verabschiedete sich einer der Männer, sodass sie nur mehr zu dritt den Beverly hinunter spazierten.

Da sie nun Führer in dieser fremden Stadt gefunden hatte, fragte sie nach Ausgeh-Tipps für den Abend.

»Dort«, sagte der größere, kräftigere und etwa 35-jährige Mann, der sich souverän durch Beverly bewegte, als gehöre die Stadt ihm, »dort auf der anderen Straßenseite siehst du den dunklen gläsernen Eingang mit dem grausilbernen Marmor drum herum? Wir kommen gleich daran vorbei. Das Jago ist der In-Club in Beverly Hills. Viele Privatpartys, aber *du* kommst da hinein.«

»Wieso?«

»Weil du ein Mädchen bist.«

»Ach«, wunderte sie sich, »herrscht dort Mädchenmangel?«

»Immer«, lachte er.

Bald sollte Lea annehmen, der Mädchenmangel liege am hohen Verschleiß. Wenn die Herren von Beverly langsamer wären, verbrauchten sie weniger und hätten länger etwas vom Vorrat an Mädchen. Hier gälte dasselbe Prinzip wie beim Sustainable Development, der Nachhaltigkeit in allen ökonomischen, ökologischen und sozialen Bereichen.

Als die Dreiergruppe an der Fußgängerampel des Wilshire Boulevards stand, fragte Lea, wohin sie gingen.

»Ins Regent Beverly Wilshire Hotel«, erklärte der starke, große und souveräne Perser, den Lea in Gedanken Macho nannte.

»Ah.« Sie hob den Kopf.

»Du kennst es?«

Die Frage klang erstaunt.

»Ich bin da gewesen.«

Magid erklärte und wies auf Macho: »Er kennt den Barkeeper, sonst gingen wir da nicht hin. Zu teuer.«

Das hatte auch Lea festgestellt.

Die Herren staunten nicht schlecht, als Lea sich vom Portier durch die Drehtür hofieren ließ und ohne Zögern durch das Rondell des goldenen, von Stuck, Schnitzereien und Malereien verzierten Foyers an der überdimensionalen Vase mit den riesigen Gladiolen, Christsternen, Chrysanthemen und dem Hibiskus vorbei nach links in die Bar steuerte.

Der Tresen war meistens leer bis auf einen einzelnen Reisenden in großen Geschäften, einen Adeligen oder einen Altstar. Am Heiligen Abend saß niemand allein, also saß heute niemand an der Bar. Doch von den besetzten Tischen schaute man auf, als die drei wie ein Trupp Arbeiter in den Buckingham Palace oder eben ins Regent Beverly Wilshire stürmten. Die beiden Männer wurden von einem kleinen Mann begrüßt und umarmt, auf dessen Brust ein Schild Auskunft über seinen Namen ›Fredy‹ gab. Lea hatte ihn bei ihrem letzten Besuch für einen Mexikaner gehalten. Anlässlich ihres Geburtstages hatte sie sich vor ihm mit zwei Gläsern Merlot betrunken. Sie hatte vergessen, dass Mexikaner in der Regel keine so hohen Berufe ausübten wie den eines Kellners im Regent. Mexikaner nahmen Jobs für einen Dollar an, während die Schwarzen zu stolz dazu waren und sagten: »Wir haben lange genug den Dreck der Weißen gekehrt.« Heute zogen sie das Leben der Obdachlosen am Strand von Santa Monica vor.

Auf Perser war Lea nicht gekommen, obwohl es einige in dieser Stadt gab. Vor zehn Jahren hatte sie eine beängstigende Begegnung mit einem persischen Maler, aus dessen Galerie auf dem Rodeo sie glaubte, nicht wieder herauszukommen. Vielleicht hätte sie auf sein Angebot eingehen sollen, hatte sie erst gedacht, als sie sich gerettet und gealtert sah. Der alte Mann hatte das junge Mädchen nicht mit Schokolade, sondern mit Champagner, einer schwarzen Limousine und einem Apartment auf Hawaii gelockt, sein Nacktmodell zu werden. Damals dachte Lea gedemütigt und stolz: »Was denkt der Kerl, wer ich bin?«

Die Frage stellte sich ihr heute noch: »Wer bin ich?« – In der Zwischenzeit klang sie lediglich ein wenig müder.

Fredy begrüßte sie herzlich und erinnerte sich an die Europäerin mit der für LA unüblichen wilden Mähne. Die Herren fragten, was sie trinken wollte, sie entschied sich für Merlot statt für Margarita, um bei dem zu bleiben, was sie zum Lunch getrunken hatte. Um einen Ausgleich zu schaffen und um das Abendessen zu sparen, hielt sie sich an Oliven und Cracker. Der Wein würde so teuer wie ein Dinner, dachte sie, da sie mit Machos oder Fredys Großzügigkeit noch nicht vertraut war. – Allerdings sollte man in der Stadt der Engel stets nach dem Preis fragen, auch nach dem für Großzügigkeit. Es gab bestimmte Regeln, die Lea noch nicht kannte.

Welche Rolle sie spielen sollte, teilte ihr Macho bald schmeichelhaft mit. Sie würde das Tablett sein, von dem er und Magid Vanille- und Himbeer-Eis schleckten.

»Zu klebrig«, konterte sie. Sie befanden sich in einem schnellen, hitzig-witzigen Gespräch, das die Spannung in der kühlen, edlen Halle hochlud und Lea aufregte, sodass sie Sodbrennen bekam. Ihre kleine Gesellschaft nahm sich wie eine Enklave innerhalb der großen aus, die erbaut und still ihr Weihnachtsfest beging, an dem Lea nicht teilhaben durfte.

Trotz kam in ihr auf, als sie sich auf ihrem hohen Hocker umdrehte und über die Schulter hinweg die langweilige Interessengemeinschaft von frisch frisierten, duftigen Damen und Herren in Anzügen betrachtete und beneidete. Sie wahrten die gesellschaftlichen Regeln, wollten oder mussten es, obwohl die ein oder andere viel lieber mit ihr, der jungen, freien Frau getauscht hätte, die von zwei hübschen Männern umgarnt wurde. Die älteren Männer wollten mit dieser natürlichen, einfachen, leichten und leichtsinnigen Frau schlafen, während die älteren Damen gerne zwei direkte, simple und grobe junge Männer zu Weihnachten beschert bekommen hätten, malte sich Lea aus. Und immerhin sah einer von ihnen wohlhabend aus, und sie bewegten sich schließlich im Regent. Die Reichen projizierten ihre heimlichen Träume auf Lea und ihre Perser, ebenso wie Lea ihre Träume auf sie projizierte, glaubte sie zu entdecken. – Vielleicht bedauerten sie Lea auch. Wahrscheinlich waren die Damen froh, ein besseres Los getroffen zu haben.

Nachdem Macho vorerst bei ihr abgeblitzt war, stellte er den Kontakt zu einem Paar her, das an der Bar auf einen Tisch wartete und an anderen Tagen eine Fotoagentur betrieb. Bevor die zwei einen Platz zugewiesen bekamen und Macho sich Magid und Lea zuwandte, fragte Magid bescheiden in ihr Ohr, ob sie beide woanders hingehen sollten.

Sie waren voneinander angezogen, konnten sich kaum enthalten, sich zu berühren und auf Ohren und Wangen zu küssen, doch begnügte er sich damit, seine Lippen flüsternd ihrem Ohr zu nähern und sein Gesicht in ihre Haare zu stecken. Im Kontrast zu Macho fand Lea seine Zurückhaltung rührend. Sie dachte über seinen Vorschlag nach. Ja, sie wollte ihn. Sie war überreizt, hatte seit Monaten keinen Mann mehr gehabt, heute war Weihnachten, und sie fühlte sich grauenhaft einsam. Sie wünschte sich aus lauter Verzweiflung ein Familienfest, lieber jedoch hätte sie Stunde um Stunde in den wärmenden Armen eines zärtlichen Mannes gelegen, der seine Ruhe in sie fließen ließ. Menschliche Wärme brauchte sie. Sie wollte nicht mehr durch die Straßen von Beverly irren. Aber genau das war das Problem.

»Wo sollen wir hin?«, fragte sie.

»Ins Beverly Reeves Hotel?«, flüsterte er.

»Ich habe keine Lust mehr zu laufen.«

Ihr waren die Beine schwer vom Hin- und Herirren, von der Sonne und vom Wein. Aber es machte sich auch der köstliche Gedanke breit, eine Nacht in einem Zimmer des Regent Beverly Wilshire Hotels zu verbringen. Falls sie den Kompromiss des Machos einginge. Kein Eis, stattdessen ein heißes Bad in einem der Zimmer über ihnen. In einem richtigen, frischen, weißen Bett zu schlafen, in einem großen, kühlen, stillen Raum, ein Bad in einer Wanne zu nehmen, mit Schaum ... Sie schimpfte sich aus: ›Kaum hast du einen Monat lang die freiwillig gewählte Bescheidenheit eines Wohnmobils genossen, da sehnst du dich nach Luxus wie ein Beverly Baby.‹ Aber da war schließlich noch der Reiz, mit zwei Männern gleichzeitig zu schlafen. Geträumt hatte sie davon in ihren vielen unbefriedigten Nächten. David Bowie und Mick Jagger hatten die zweite und dritte Hauptrolle gespielt, und vielleicht würde sie hier und jetzt in den Genuss kommen, zwei Männer miteinander spielen zu sehen. Ob es ihr Genuss bereitete, das musste sie erst herausfinden. Vielleicht hegte sie allzu zärtliche, romantische Vorstellungen davon.

Macho machte tatsächlich den kleinen Magid an, streichelte ihm über die Wange und küsste ihn auf dieselbe, aber Magid entzog sich ihm und erklärte, er sei nicht schwul. Eine Spur Unmut mischte sich in seinen Ton, weil es ihm nicht gelungen war, Lea für sich allein zu gewinnen. Obwohl dieses offene, ehrliche, zarte Mädchen viel besser zu ihm passte als zu dem großen, oberflächlichen Bruder, der mehr seine Macht und Möglichkeiten von Besitz genoss als diese schöne Frau.

Lea nahm Magids Gefühl nicht als solches wahr, sondern als einen Stich ins eigene Gewissen. Zu leise, um sich Zeit zum Fühlen und Überlegen zu lassen.

Als Lea dem Angebot zustimmte, bestellte Macho den beiden noch Wein, Fredy leerte die Flasche in die Gläser, während Macho in die Lobby ging, um ein Zimmer zu nehmen. Es dauerte lange, bis er zurückkam. Er sagte, es wäre nicht ganz einfach gewesen, weil er auf eines im alten Flügel bestanden hatte. Später sollte Lea sehen, dass er die Zeit gebraucht hatte, um Zimmer 712 zu präparieren.

***

Der Liftboy fuhr sie schweigend, aber neugierig musternd – was Lea nicht zur Diskretion eines High-Society-Hotels passend schien, sie jedoch kaum störte – hinauf. Als sie in 712 trat, gefiel es ihr, hier fühlte sie sich zu Hause.

Macho legte seine Jacke ab und eine kleine Digitalkamera auf den niedrigen Couchtisch. Lea hatte gar nicht bemerkt, dass er eine bei sich trug. Doch jetzt wurde sie zum Fenster gezogen. Wie immer galt ihr erster Weg und Blick dem Fenster. Sie kniete auf dem goldweiß gepolsterten antiken Sofa, legte den romantischen Kopf auf die Rückenlehne und schwärmte das sagenhafte Bild an.

Es war dunkel geworden. Nur über den fast schwarzen Hügeln von Hollywood schimmerte noch ein rosaroter Streifen Licht, vor dem sich die Hügelkämme wie ein Schattenriss abzeichneten. »Christkindchen backt«, flüsterte sie und dachte an ihre Mutter, die zur Winterzeit mit ihr vorm Fenster gesessen hatte. Wüsste die Mutter, was Lea hier tat! Lea kamen die Tränen. Zu Hause saßen sie jetzt ... nein, sie hatte die Zeitverschiebung vergessen. Abstraktes Denken fällt Frauen angeblich schwerer als Männern, hatte sie im Wartezimmer eines Arztes, beim Friseur oder im Fitnessstudio gelesen. Gerade in diesem Moment fühlte sie sich sehr fraulich. In jeder Hinsicht. Dabei war sie sich nicht ganz sicher, ob das nicht auch bloß eine Projektion war. Ob sie nicht nur die Frauenrollen aus den Zeitschriften spielte. Aber wie oder was wäre sie dann selbst, und was würde sie fühlen und wollen?

An den Fingern zählte sie ab, dass sie zu Hause noch neun Stunden Zeit bis zum Gänseessen warten müssten. Sie errechnete, dass, wenn sie die Nacht durchwachte, oder – wie so oft schon – um fünf Uhr erwachte, sie die Familie beim Weihnachtsessen ertappen könnte. Sie würden sich freuen, ihre Stimme zu hören, bedauern, dass sie nicht da war, aber so tun, als hätten sie Verständnis für ihre »Reiselust«, weil sie wussten, dass Lea sonst ein schlechtes Gewissen bekam, nicht bei ihnen sein zu wollen.

Lea war nicht sicher, ob ihre Familienmitglieder sich inzwischen bewusst geworden waren, dass das, was sie »Reiselust« nannten, purer Euphemismus war. So beschönigten sie die ewigen Fluchten aus einer Heimat, die keine war, wo Lea versuchte, sich ihren Erwartungen und ihrem Leben anzupassen, obwohl es niemand ausdrücklich verlangte, sondern weil sie nicht wusste, was sie sonst tun sollte, wer sie war und wer sie werden wollte. In ihrem Umfeld gab es keine Stadt der unbegrenzten Möglichkeiten, weder eine Stadt der Weihnachtsengel noch eine Stadt der Wölfe. LA war beides zugleich.

Von den Hollywood-Hügeln floss Dunkelheit bis zum erleuchteten Stern, den die Straßen Beverly, Rodeo und Canon bildeten, in dessen Mitte das Herz direkt unter Leas Fenster lag. Es war ein leuchtend blaues Herz aus strömendem Wasser, welches sich angeleuchtet in das Marmorbecken ergoss. Darüber ging hell die spanische Treppe hinauf zu den Straßen, und auf ihrem höchsten Absatz stand ein zehn Meter hoher Weihnachtsbaum, geschmückt mit Lichtern und roten Schleifen. Menschen waren fast keine zu sehen, bis auf eine Gruppe Japaner, die sich gegenseitig vor dem Baum fotografierten. »Wenn die wüssten, was ich hier tue«, dachte Lea. Es irritierte sie, dass sie den Brunnen nicht hörte. Dass der Verkehrslärm abgeebbt war, wunderte sie nicht. Wenigstens einmal im Jahr mussten die Amerikaner stehen bleiben und aus ihren Wohnautos steigen. Da die meisten kaum noch ein anderes Zuhause besaßen, weil sie unentwegt im Stau standen und zwischen ihren zwei bis drei Jobs pendelten, hatten sich viele ihre Adventkränze an die Kühler gehängt. Über ihren Dächern wehte das Sternenbanner und am Heck klebte der Spruch: »Proud to be an American.«

Sie hatte die Flagge für eine Weihnachtsdekoration gehalten, bis sie den Aufkleber sah und daran dachte, dass sich Amerika in einem seiner Kriege befand. Zurzeit suchte es die Terroristen von Ground Zero und beschoss gemeinsam mit Europa Afghanistan. Über eines der Hochhäuser war eine Leinwand gespannt, auf der eine sinnliche Mulattin mit Stahlhelm über den gezupften Augenbrauen ein Maschinengewehr in der Hand hielt. Darüber schwebte der kampfbereite amerikanische Adler, darunter der Spruch: »United we stand. Liberty and Justice.«

Angestrahlt wurde auch die goldene Verzierung der Bank of Israel, deren weiße Architektur so tat, als wäre sie ein Gebäude in der Wüste. Wie in der Wüste, so still war es im Zimmer. Nur das Badewasser rauschte, während es von Macho abgemischt wurde. Magid kniete neben Lea und flüsterte: »Like in Pretty Woman.« Der Film war in diesem Hotel gedreht worden und sie versuchte, sich an die Badewannenszene zu erinnern.

Magid und sie waren in weiße Bademäntel gehüllt. Der Stoff des Bademantels lag angenehm weich und flauschig auf Leas nackter brauner Haut und ließ so viel Luft, dass sich ihre Erregung ausbreiten konnte. Magid nahm sie zärtlich in seinen Arm und küsste sie warm und feucht. Eine Gänsehaut lief ihr die Schenkel hinauf, und als hätte sich dies ihm mitgeteilt, suchte seine zarte Hand den Weg unter ihren Mantel. Sie fühlte, wie sie sich im Voraus öffnete und dachte: ›Na, vielleicht wird es ja diesmal etwas. Wie bedeutungsvoll und passend, schlicht schön wäre es, den ersten Orgasmus des Lebens an Weihnachten zu genießen. Mit Jesus Geburt offenbarte sich Gott in der Welt –, das Ideal der Menschen, die Vollendung ihrer Natur. Und Jesus nahm die Erbschuld auf sich, so dass wir wieder frei und unbelastet von Konflikten früherer Generationen leben und genießen können. Wenn das kein Geschenk wäre !‹

Sie fühlte, wie sie wenige Minuten, Sekunden davor stand, wenige Sekunden, bevor Magids Hand ihre nasse Scheide erreichte – als Macho hereingestürmt kam und versuchte, sie zu trennen. Sie wollten nicht. Sie wehrten sich. Lea sah kommen, dass es später zu spät für sie wäre. Wenn der Zeitpunkt überschritten wäre, käme er nicht zurück.

***

Sie hätte sich nachdrücklicher wehren sollen gegen Machos Gezerre, das sie in die Wanne bewegen sollte, dachte sie zu spät. Als Frau und Opfer hätte sie die Macht gehabt. Stattdessen wartete sie darauf, dass sich Magid gegen den viel mächtigeren Macho durchsetzte. Wieder überließ sie einem anderen die Entscheidung, die Führung ihres Lebens. Das hatte ihr gesamtes bisheriges Dasein ruiniert, und nicht nur alle möglichen Orgasmen, erkannte sie.

Magid hätte es geschafft, wäre er sich sicher gewesen, und hätte Lea gewusst und deutlicher gezeigt, was sie wollte und was sie nicht wollte. Aber statt ihm ein Zeichen zu geben, ließ sie sich von Macho ins Bad führen, aus purer Neugierde, was als Nächstes passierte. Magid folgte, anstatt für das Gute und Richtige zu kämpfen, das er doch klar erkannt hatte. Aber wenn die Frau es nicht wollte, konnte es wohl doch nicht das Gute und Richtige sein. Oder die Frau sah es nicht.

Diese Neugierde, was hinter der nächsten Ecke des Lebens auf sie wartete, hatte ihr noch jeden Genuss verkürzt. Jedes Landschaftsbild, jede stille Minute, jede Konzentration auf Arbeit und Kunst, jeden Kaffeehausbesuch, jede schöne Atmosphäre. Morgen sollte sie schwören, dass es das letzte Mal gewesen war. Sie musste sich zur Ruhe erziehen. Sonst verpasste sie auch den Rest des Lebens – und alle ihre Orgasmen.

So herrlich es war, ihre vom Badeschaum gleitenden weichen vier Hände auf ihrer Haut zu spüren, von Kopf bis zu den Beinen gestreichelt und verwöhnt zu werden, so wenig konnte es sie erneut erregen.

»Sie ist schwer zu bekommen«, raunte Magid, wissend und fühlend.

Sie beide hofften es noch einmal beim letzten Akt in bequemer Lage auf dem kuschelig luxuriösen Bett zu erreichen, bis Macho das Feld, das Schlachtfeld des Bettes eroberte. Lea spürte, dass die Matratze neben ihr nachgab von dem dritten, viel schwereren Körper. Magid, der sich sanft auf ihr wiegte, war dünn, glatt und leicht wie ein Junge, sein Atem war noch rein und unverbraucht und seine Schulter roch nach Schaumbad.

Macho schoss Fotos von dem Liebespaar unter dem goldenen Licht auf dem gelben Satinlaken, Lea schloss die Augen, um das nicht sehen zu müssen.

Als sie die Augen öffnete, weil sich neben ihr nichts mehr regte und sie überprüfen wollte, was der Andere tat, schaute sie geradewegs auf Machos übergroße Männlichkeit, die erschreckend nah vor ihrem Gesicht hing. Es war ihr absolut schleierhaft, es entzog sich ihrer Analysefähigkeit, warum sie ihn nicht fortstieß, sondern stattdessen bereitwillig den Mund öffnete. Weil sie nicht wusste, was sie wollte? Den freien Willen zum Wohle ihres Körpers und ihrer Seele hatte man ihr schon gebrochen, als sie noch in die Windeln schiss. Daher hatte er sich gar nicht erst entwickelt.

Magid schaute sich das Ergebnis eine Weile an, daraufhin gab er sein Werk auf, weil ihn das unromantische Bild herunterbrachte. Er zog sich auf die Couch zurück und ließ sich von Macho nicht mehr ins Bett locken. Nur ungeschickt verbarg er seine Enttäuschung unter einem kaum wahrnehmbaren Lachen, als er kommentierte: »Like animals.«

Das traf sie wie ein Dartpfeil aus den Händen des Dukes. Nein, nicht zum Tier hatte sie sich gemacht, das wäre naturnah gewesen, sondern zur Prostituierten, die nicht freiwillig gab. Nur zwang sie nicht das Überleben, sondern ihre verletzte Seele, die ihrem Körper keinen Egoismus erlaubte und ihn auf ewig verdammte, nach Befriedigung zu suchen und alles zu tun, um endlich zu finden, was auch die Seele heilen sollte, sie in Wirklichkeit aber mehr und mehr verletzte, bis sie abgestumpft war.

»It was just another brick in the wall«, sang sie Pink Floyd im Rhythmus von Machos Stößen nach, die ihre für ihn viel zu kleine Vagina malträtierten.

»Like a dog«, kommentierte Magid Machos Tun vom goldweißen Sofa aus. Das Angenehmste, was sie fühlte, war das große kuschelige Bett unter ihrem Bauch, der sich gegen Macho zu wehren begann, lange bevor sie es tat.

Magid hatte ihn leise ermahnt ein Kondom zu benutzen wie er, aber Macho hatte ihn mit einer heftigen Handbewegung zur Ruhe befohlen und das antike Schubfach geschlossen, in dem er sie deponiert hatte. »Mach Fotos von uns«, befahl er Magid, um ihn sinnvoll zu beschäftigen und zum Schweigen zu bringen.

Als Lea unwillig das schöne Bett verließ, lagen noch drei unbenutzte Kondome in der Schublade von dunklem, dickem Holz. Macho nahm sie nicht heraus, sondern bot ihr an, hier zu bleiben, während sie zum Weihnachtsessen bei seiner Mutter eingeladen waren. Um elf kämen sie zurück.

Sie hätte das Angebot gerne angenommen, wäre in dem schönen großen Bett geblieben mit der Aussicht auf den Weihnachtsbaum, die orientalische Bank, die dunklen Hügel von Beverly Hills und Hollywood, hätte sich rauchend auf das Sofa gekniet, um dem leuchtend blauen Wasser nachzusehen und wäre sanft wie ein Weihnachtsengel eingeschlafen in dieser wohligen Stille, sieben Stockwerke über dem Wilshire und in der kuscheligen Daunendecke, die ihren Träumen Flügel verliehen hätte. Ruhe wollte sie und allein sein. Darum stand sie, wenn auch unwillig, auf, suchte ihre Zigaretten und Socken und ging. Magid und Macho sammelten alles ein bis auf die Kondome. Zuletzt griffen sie die Kamera. »Was macht ihr mit den Fotos?«, wollte Lea wissen. »Nichts. Nur für den Hausgebrauch«, lachte Macho.

Der Liftboy war verschwunden, sie fuhren allein und nicht mehr schweigsam die sieben Etagen hinab. Die beiden stellten fest, was andere Liebhaber vor ihnen bemerkt hatten, dass Lea jetzt noch schöner, weil entspannter aussah. Obwohl sie nie die vollendete Befriedigung fand, entspannte sie Sex doch ungemein. »Sogar deine Haare sehen jetzt noch schöner aus«, fanden beide und streichelten ihren Kopf.

Die Lifttür öffnete sich lautlos und das goldene, warme Licht der Lobby ergoss sich auf Lea, als wäre sie der lang erwartete Weihnachtsengel. Der gefallene – fühlte sie, als sie einen Fuß in die rotgoldenen Farben des Foyers setzte und es zügig durchschritt, indem sie das Fußbodenmosaik durcheinanderbrachte. Macho fotografierte die Reihe der Angestellten hinter der Rezeption, die den Dreien mit vor Sensationsgier offenen Mündern nachsahen. Während Macho die Kamera vor das Auge hielt, winkte er ihnen mit der anderen in einer ausladenden Geste, die als Siegerpose zu bezeichnen war.

Lea fragte sich, ob Zimmer 712 eine Institution sei, ob das Personal daran gewöhnt war, regelmäßig Mädchen an sich vorbeiflanieren zu sehen und neugierig auf das diesmalige war. War sie anders als die anderen oder genauso? Auch glaubte sie einen Funken von Neid in ihren Gesichtern zu lesen, der allein Macho und Magid gelten konnte, oder träumten diese weiblichen Manager in Uniform von zwei jungen Persern im Bett?

Sie sah die letzten Familien an den von Kerzen beleuchteten Tischen der teuren Restaurants, still und vergnügt, in sich gekehrt, in sich ruhend, sich gegenseitig und vertraulich anlächelnd, in Dankbarkeit dafür, dass sie nicht allein waren wie die vielen Obdachlosen da draußen in der Stadt und die wenigen übriggebliebenen Singles, die sich den Abend mit Alkohol, Sexfilmen, Kokain und Prostituierten verdarben. Überlebensstrategie nannte man das.

An der Fußgängerampel fragten die beiden, in welcher Richtung ihr Wagen stände, sie zeigte bergauf zum Santa Monica Boulevard.
»Dann haben wir denselben Weg.«
Sie überquerten gemeinsam den Wilshire und schlenderten den Canon hinauf.
»Wo musst du hin?«, fragten sie weiter.
»Malibu Beach Park.«
»Dann haben wir fast denselben Weg. Meine Mutter wohnt in den Pacific Palisades.«
Einen Moment lang wünschte sich Lea, sie lüden sie zum Familienessen ein. Sie hätte zwar abgelehnt, hätte aber das Gefühl bekommen, dass sie ein Gefühl für sie hegten.
»Wartet am Wagen«, befahl Macho, »ich muss den Schlüssel besorgen.«
Als er außer Sichtweite war, nahm Magid Lea in die Arme und fragte, was sie sonst mache. Sie redeten hin und her, nur weil er nicht gleich wagte zu fragen, ob sie sich allein treffen könnten. Sie wich ihm aus, indem sie daran erinnerte, dass sie morgen zum Frühstück im Regent verabredet waren. Danach könnten sie weitersehen.
Sie wollte jetzt schlafen gehen. Sie dachte jetzt nicht an eine zweite Chance, wog nicht ab, ob diese besser wäre als das Erlebte; sie beurteilte das Erlebte noch nicht. Würde sie es wiederholen wollen oder bereuen?

Die Männer stiegen in Machos Mercedes. „Morgen um zehn im Regent." Sie nickte und vertrat sich die Beine. Einen Moment überlegte sie, ob sie gleich hier unter den Palmen am Santa Monica Boulevard schlafen sollte. Stattdessen schaltete sie die Innenbeleuchtung ab, die Scheinwerfer an und ließ den Motor die Stille zerstören.

Sie legte Pink Floyd ein und schwebte die erleuchtete Straße hinab, der Dunkelheit des Meeres entgegen. Wie im Lift sank sie tiefer auf diesen dunklen Grund zu, bis er sich zur Weite öffnete, als sie den Highway No. 1 erreichte.

Sobald ihr Blick die engen Häuserschluchten verließ und sich in der Weite entspannen durfte, ging es ihr besser. Das Freiheitsgefühl packte sie und schwang sie auf über den Boden, die Erdanziehung und die Menschen, die da unten hafteten. Es hob sie hoch wie eine warme Thermik den Vogel.

Ein paar Stunden dachte sie noch darüber nach, ob sie etwas falsch gemacht hatte, dann schlief sie mit einem Lächeln der Freude auf morgen ein. Den ersten Weihnachtstag begänne sie nicht in Einsamkeit, sondern bei einem Frühstück mit zwei Männern in den herrlichen Hallen des Regent Beverly Wilshire.

***

Zu diesem Anlass zog sie die feinen europäischen Kleider an und spazierte in Sonntagsstimmung durch die paradiesische Kühle des sauberen sonnigen Morgens den noch stillen Rodeo hinunter. Jetzt war sie den Anderen voraus. Während sie stumpf in ihren Betten lagen, verkatert vom gestrigen Abend und seinem zu süßen Champagner und zu vielen süßen Worten, ging Lea frisch zum ersten Rendezvous ins Regent. Sie freute sich, hatte Hunger, Lust auf ein Champagnerfrühstück und plante, was sie auf ihre silberne Gabel legen ließ. Sie bemitleidete die paar Japaner, die noch nicht wussten, was sie mit diesem Tag anfangen sollten, da alle Geschäfte geschlossen waren.

Fredy begrüßte sie, indem er ihre Hand in seine beiden Hände legte und ihr frohe Weihnachten wünschte. Sie bestellte einen Cappuccino und wartete eine Stunde. Dann erklärte sie dem Portier, er bräuchte ihr nicht jedes Mal die Tür zu öffnen, wenn sie zum Rauchen hinaus und wieder hineinging. Das sei ja pures Bodybuilding, also Energieverschwendung. Der Livrierte lächelte, schwieg und hielt ihr die Tür offen.

Lea orderte ein Glas Champagner und wartete eine weitere Stunde. Schließlich bestellte sie die Rechnung und umging Fredys Frage, was sie am heutigen Weihnachtstag tun werde.

Die ersten nichtjapanischen Touristen an diesem Tag ließen im Vorbeigehen nicht ihren Blick von der festlich gekleideten Frau, die rauchend an der Wand des Regent stand. Die Zigarette und der Fuß an der Wand passten nicht zu den Kleidern und zum Hotel. Lea stieß sich ab und ging den Rodeo hinauf. Sie hatte sich nichts anmerken lassen. Hatte ihr Pokerface gewahrt wie immer. Oder fast immer. Es war vorgekommen, dass sie auf offener Straße geweint hatte. An einer Telefonzelle im Regen. Oder den Kopf an eine alte, kühle Hausmauer gelehnt, als wäre der Stein die starke Schulter, die sie tröstete und beschützte und ihr das Leben erleichterte. Aber das war nie wegen eines Mannes passiert. Höchstens wegen eines fehlenden Mannes. Und eines Vaters, der keine Zeit für sie gehabt hatte. Und wegen einer ersatzweisen Vaterfigur, die sie nicht gefunden hatte. Sie beweinte ihr Leben. Sie trauerte um einen Mann, dem sie nie begegnet war, dem sie nie begegnen würde und wenn doch, dann konnte sie ihn nicht haben. Dabei war sie überzeugt davon, dass sie auch ihm etwas zu geben gehabt hätte.

Heute trug sie den Kopf hoch. Vielleicht war es besser so, redete sie sich ein. Du wärest ohnehin nach ein paar Stunden geflohen. Hätte sie mit Magid allein gehen sollen? Hätte sie sich mit ihm verabreden sollen? *Er* wäre ganz bestimmt gekommen. Sie wog die Chance auf ihren ersten und vielleicht einzigen Orgasmus im Leben ab gegen das Abenteuer, eine Nacht mit zwei Männern im Regent

Beverly Wilshire verbracht zu haben. – Und konnte sich nicht entscheiden. Eine Chance ist noch kein Orgasmus. Sie wusste, was sie hatte, wusste nicht, was sie hätte bekommen können. Vielleicht hatte sie die einzige Chance verpasst. »Was ich nicht weiß, macht mich heiß«, brabbelte sie im Rhythmus ihrer Schritte und achtete darauf, dass sich ihre Lippen nicht bewegten. Niemand sollte sehen, dass sie verrückt wurde.

Sie legte Pink Floyd ein und schwebte den noch leeren, sonnigen Boulevard hinunter ans Meer. »Open your arms, I'm coming home ... But it's just a fantasy.«

Wenn sie nicht aufgehört hätte, alle Chancen aufzuzählen, die sie verpasst hatte, wäre sie den Santa Monica Boulevard mit Vollgas hinunter und geradewegs über die Klippe ins Meer gefahren.

Ian Precilla der III. von Châteaularault

Am späten Nachmittag nach Lunch und Espresso hatte sich das Schwulen-Café der High Society geleert. Die Friseure, bei denen man den Morgen verbracht hatte, schlossen, die Geschäfte und Gehsteige starben aus. Der Canon Drive lag still und weiß im schrägen Licht, die Luft roch sanft nach warmem Marmor. Weihnachten war überstanden, Lea fühlte sich gleichbleibend einsam und trottete immer noch dasselbe Karree aus Canon Drive, Beverly Drive, Wilshire Boulevard und Santa Monica Boulevard entlang, als eine Bewegung ihre Aufmerksamkeit auf sich zog. Auch in dieser Hinsicht war sie wie ein Tier. Nur in der Natur konnte sie glücklich leben und ihre Augen folgten jeder Bewegung. Diese Regung zwischen den weißen Steinen und Mauern wusste sie nicht zu deuten. Sie verlief schwebend schnell, zugleich kräftig. Eine Mischung aus Jesus und Elvis Presley führte sie aus. Zielstrebig war der Schritt des Mannes. Seine Schnelligkeit und Leichtigkeit, mit der er aus dem weißen Marmor hervortrat und ohne Zögern und Schauen den Canon hinunterschwebte, ließ sich erklären. Er trug Jesuslatschen an den nackten Füßen, Jeans und ein weißes Hemd, das im Laufwind bauschte, dessen Ärmel über die Handgelenke aufgekrempelt waren, die kein Schmuck und keine Uhr beschwerte. Die Leichtigkeit und Schnelligkeit in der erstarrten Straße und die für Beverly Hills ungewöhnliche Gestalt weckten Leas Interesse. Seine langen, dicken, grauen Haare wehten leicht im Wind, schlugen zugleich bei jedem Schritt schwer auf seine Schultern und verleiteten Lea, Jesus Presley zu folgen. Was verschlug einen solchen Mann nach Beverly Hills? Was verschlug ihn in dieses Jahrzehnt? Er schien aus den guten siebziger Jahren gekommen zu sein, in denen scheinbar andere Werte gegolten hatten als Geld und Uniformität. Als ob er soeben von der Bühne eines Rockkonzerts gesprungen wäre. Er hätte Musiker bei den Stones oder bei Pink Floyd sein können. Vielleicht barg das edle, weiße Marmorgebäude ein Aufnahmestudio von Virgin Records? Es fiel schwer, ihm zu folgen, darum nahm Lea sich nicht die Zeit, das Messing-Schild an der in der Sonne gleißenden Wand zu entziffern, sondern hastete dem Mann hinterher. Ihre Schritte waren kürzer als seine, ihre Füße steckten in Lackschuhen, ein Jackett und ein Mantel beschwerten ihre Schultern. Zum ersten Mal war nicht sie es, die die Blicke der Einwohner auf sich zog, sondern er. Unauffällig überquerte sie hinter ihm den jetzt stark bevölkerten Wilshire Boulevard. Hinter den Windschutzscheiben folgten ihm die Köpfe von links nach rechts über den Zebrastreifen. Ob die Köpfe auch an Jesus dachten? Oder glaubten sie an den Rockmusiker? Wahrscheinlich sahen sie jemand anderen in ihm als Lea. Doch sie warteten mit dem Anfahren, ob er sich nach rechts zum Eingang des Beverly Wilshire Hotels begab, dann war er wohl ein Rockstar, oder ob er sich nach dem Zebrastreifen nach links ins Nichts wandte, dann war er wohl Jesus.

Unter dem Straßenschild Reeves Drive bog er ein. Reeves war ein Musiker und Freund von David Bowie, aber die amerikanische Geschichte kannte auch andere Reeves. Nach wenigen Metern nahm Jesus in einem Satz die rote Backsteintreppe zu einem netten, alten Gebäude. Lea blieb stehen und las die goldenen Buchstaben, unter denen er verschwand. The Beverly Reeves Hotel. Dieses Hotel sah aus, als wäre es das einzig erschwingliche am Ort. Möglicherweise war der Rockmusiker von Virgin Records nach Beverly Hills eingeladen worden. Das würde seine Leichtigkeit, seinen beschwingten Gang erklären; er wäre aufgrund dieser Tatsache gut gelaunt und fröhlich. Vielleicht auch hatte er an diesem Tag einen kleinen Erfolg zu verzeichnen. Das Versprechen auf eine Aufnahme oder die Unterschrift unter einen Plattenvertrag? Lea merkte sich den Namen des Hotels. Womöglich bräuchte sie eines Tages ein billiges Zimmer in Beverly.

Damian

Sie wandte sich um, tauchte in den Trubel des Wilshire Boulevard, überquerte ihn – niemand sah ihr nach – ging den menschenleeren Canon Drive hinauf zu ihrem Van, startete, störte die Mittagsruhe von Beverly Hills und zog ihre Spur heraus auf den Santa Monica Boulevard Richtung Meer. In Westwood saß eine junge schwarze Obdachlose auf der Bank auf einem kleinen Stück Grün, unter der großen jungen schwarzen Soldatin auf der Werbeleinwand für den Krieg, und sprach mit sich selbst, lachte und wühlte in ihren Plastiktüten im gitternen Einkaufswagen. Lea nahm sich vor, die geniale Farbkombination des Puders und des Lidschattens der Soldatin zu kaufen.

Kurz bevor der graue Asphalt ins ewige Blau stürzte, schlingerte der Van auf die Number One, überbrückte die sandige Steilküste, fuhr eine Weile am gleißenden Wasser vorbei, verpasste nicht die Einfahrt hinein in die jetzt felsige Steilküste und in den RV-Park. Lea fühlte sich unangenehm beobachtet von den jungen Inhabern, doch sie traten nur kurz ans Fenster ihres Büros, um zu schauen, ob sie dazugehörte. Sie überrollte sacht die Bremsschwelle, um die Toilette in ihrem Van nicht zum Schwappen zu bringen, kurvte die Serpentine hinauf, begrüßte ihren Stellplatz im Sand, rollte aber vorbei zum Gulli, legte den weißen Mantel ab, sprang im blauen, changierenden Hosenanzug aus der hohen Tür, hängte den Abwasserrüssel hinaus und wartete, bis das WC leer war. Sie spülte die Leitung durch, machte die Schotten dicht, fuhr hinunter in die Parkbucht, schloss fließendes Wasser an, während sie sich von den Nachbarn beobachtet fühlte. Neben ihr war gestern ein Neuer angekommen, hinter ihr saß der Architekt am Fenster seines Wohnmobils und versuchte ein Drehbuch zu schreiben – für die Industrie hinter den sieben Bergen.

Sie zog sich leger an, sammelte Münzen für die Waschmaschine und den Trockner, stopfte das verschwitzte Zeug hinein und wartete beim Anblick des Sonnenunterganges und der Angler in der Brandung unterhalb der Felsen so lange, bis ihre Höschen weiß im Mondlicht leuchteten wie unter Diskolicht.

Am Morgen saß sie bei der zweiten Tasse Instantkaffee auf dem Fahrersitz des Vans, den Laptop auf dem Schoß, ihr Blick schweifte über den Pazifik. Die Sonne war noch nicht über die Hügel von Malibu gewandert, dementsprechend kalt war es in der nachweihnachtlichen Frühe. Sie wollte die Stille nicht durch das Gebläse der Heizung stören, darum begnügte sie sich mit der Wärme, die ihr kleiner Computer ausströmte, und zog einen Pullover über den Schlafanzug. Der Kaffee dampfte gegen die Windschutzscheibe, vernebelte aber nicht die Sicht auf die Morgenröte am Horizont. Nahe des Strandes zogen Delfine ihre Bögen. Etwas weiter draußen stoben die Fontänen der Wale in den Himmel. In der Natur brauchte man keinen Kalender. Wenn die Wale an Los Angeles vorbeizogen, war das ein sicheres Zeichen für den Winter. Über sie hinweg flogen mächtige Pelikane. Automatisch strich sich Lea mit der Hand über ihre ungebändigte Mähne. Gestern hatte sie der starke Flügel eines Pelikans gestreift. Es war sein letzter Flug gewesen. Über die Lagune von Malibu war er angeflogen. Lea hatte auf dem hölzernen Steg über dem Meer gestanden. Der Vogel hatte alles berührt, was ihm im Wege stand und war gegen die Balustrade des Steges gestürzt. Lea hörte das Krachen des Holzes. Er war vom Himmel gefallen. Und gestorben.

Ihre Finger lagen noch nicht auf der Tastatur, da erschrak sie, weil es an der Tür ihres Vans klopfte. Sie brauchte nur die Hand auszustrecken, um die Fahrertür zu öffnen. Kühler Wind vom Ozean wehte herein und klarte die Scheiben auf. Davor stand ein Schwarzer mit mexikanisch schmalen Lippen und einer schmalen Nase, unter der eine Zigarre zwischen weißen Zähnen rauchte. Auf seinen schulterlangen, mit Conditioner glatt und glänzend gebürsteten Haaren trug er einen schmutzigen Cowboyhut, in der Hand hielt er einen Hammer, der ihn dabei störte, den Reißverschluss seines Anoraks hochzuziehen.

»Hi, ich bin dein Nachbar. Macht es dir was aus, wenn ich zu so früher Stunde hämmere?«, fragte er und erklärte: »Ich habe gestern beim rückwärts Einparken das Barbecue aus der Erde gerissen. Jetzt ist ein Paneel an meinem Wohnmobil verbogen.«

Er war der erste Schwarze, dessen Englisch sie so leicht verstand wie die Nachrichtensprecher im Radio. Verständnisvoll lächelte sie. »Kein Problem. Ich bin Frühaufsteherin.«

»Das ist mir aufgefallen.«

Bevor sie sich fragen konnte, was er meinte, musste sie sich auf weitere Fragen konzentrieren.

»Schöner kleiner Laptop. Was machst du damit?«

»Schreiben«, gab sie zur Antwort.

»Was?«, wollte er wissen.

»Erfolglose Romane und Drehbücher.«

»Schön.«

Das konnte sie nicht behaupten.

»Ich schreibe auch«, behauptete er.

Das weckte ihr Interesse. Was er sich gedacht hatte. Sie wusste ja nicht, wie viele ihrer Nachbarn auf dem Malibu RV Park sich als Schriftsteller und Drehbuchschreiber versuchten. Und sie kannte diesen Mann nicht, der sie eines Tages belehrte: »Hier geben alle vor zu sein, was sie nicht sind.«

»Was schreibst du?«, fragte sie.

»Science-Fiction, Songs, alles.«

Er könnte ihr etwas beibringen, dachte sie, die neu in dieser Stadt der Engel war und noch nicht wusste, dass sie hier als einziger Unschuldsengel saß.

Er war älter als sie, das ließ auf größere Erfahrung schließen, glaubte sie immer noch. So lange hatten sich Vater und Bruder auf ihren Podesten halten können. Er war bildschön.

»Was für Songs?«, fragte sie, um nicht gleich mit der Tür ins Haus zu fallen.

»Rock und Pop«, erklärte er knapp.

Um ihn zum ausführlicheren Reden zu bringen, redete sie auf ihn ein, was keine gute Strategie war.

»Ich mag David Bowie. Weil er nicht nur Songs über das ewige Mann-Frau-Thema schreibt.«

»Ich schreibe Liebeslieder.«

»Oh.«

Er lachte warm und dunkel, und offenbar redete er ihr nicht nach dem Mund. Das flößte Vertrauen ein.

»Ich bin der letzte Romantiker«, sagte er.

Um ihren Fauxpas gut zu machen, berichtete sie, dass sie vorgestern eines der vielleicht letzten Neil-Diamond-Konzerte im Great Western Forum besucht hatte.

»Oh, ich habe gar nicht gehört, dass er kommt. Ich kenne den Drummer.«

»Dass er kommt, ist gut, er hat es ja nicht weit. Wohnt ja in Beverly Hills.« Sie zeigte die Hügel hinauf, hinter denen die Villen von Neil Diamond, Bruce Springsteen, Rod Stewart und Phil Collins lagen. David Bowie und Mick Jagger waren nach New York und Marrakesch umgezogen. Sie kannte sich in der Rockszene besser aus als im Filmgeschäft. Darin bestand eines der Geheimnisse ihres Misserfolgs.

»Was ist dein Job?«, überprüfte sie nach guter amerikanischer Art gleich seinen gesellschaftlichen Status. Konnte er vom Schreiben leben?

»Ich bin im Entertainment beschäftigt. Beim Radio nennt man mich Damian.« Damian besaß die Angewohnheit, immer in der Gegenwartsform zu reden, selbst wenn er Ereignisse aus der Vergangenheit berichtete. »Das ist mein zweiter Vorname. Darf ich dich nach meiner Hämmerei auf einen Kaffee einladen?«

»Ich habe soeben zwei Tassen getrunken.«

»Okay, wie wäre es mit Frühstück?«

Sich erneut zu weigern, erschien ihr unhöflich. Außerdem genügte das Wenige, das sie über ihn herausbekommen hatte, um ihre sehnsüchtige Fantasie anzuregen. Bevor er sich endgültig an die Arbeit machte, erfuhr sie, dass die Wohnung von einem der Fleetwood-Mac-Mitglieder genauso roch wie sie. Nach Patschuli. Er mochte das nicht. In vorauseilendem Gehorsam legte sie nach der Dusche Chanel No. 5 auf, das bisher ihren Abenden in Beverly Hills vorbehalten gewesen war.

In der Duschkabine konnte sie sich kaum beherrschen zu johlen: »Ich hab's geschafft, ich habe meinen Traummann gefunden.« Er hätte es durch die dünne Wand hindurch gehört. Auch wenn er kein Wort Deutsch verstand, wäre das Jubeln kurz nach ihrem Gespräch eindeutig gewesen.

Er öffnete ihr die Beifahrertür zu seinem Pink Cadillac, wartete, bis sie ihre Kleidung geordnet hatte, drückte die Tür sanft ins Schloss. Sie beobachtete, wie er beschwingten Schrittes die Kühlerhaube umrundete und sich wie ein Tänzer in den tiefen Fahrersitz gleiten ließ. Während er die Tür zuzog, lächelte er sie an. Sie rollten auf den Highway hinab. Er führte sie in ein Frühstückslokal, gegen dessen Stelen die Wellen brandeten. Beim Rührei mit Lachs versuchte sie, die erste Lehrstunde zu bekommen. Sie fragte ihn über Science-Fiction-Strukturen aus.

»Du brauchst keine Struktur. Wenn du etwas zu erzählen hast, geht es von allein.«

Sie war enttäuscht. So sprach nur ein Anfänger oder ein Genie, aber keiner, der mit Schreiben Geld verdiente. Viel Zeit für Enttäuschung blieb nicht, denn nachdem sie die Gabel auf den Teller gelegt hatte, nahm er ihre Hand und erklärte: »Du bist warm, ehrlich und offen.«

Was soll man darauf erwidern?

Lea hätte sich fragen können, ob er an seinem Gegenüber ausschließlich das sehen wollte, was er selbst war, oder ob ihm auch Unterschiede zu seinen eigenen Charakterzügen auffielen.

»Was machst du morgen zu Silvester?«, wollte er wissen.

Sie hatte die LA Weekly studiert und sich die dekadentesten Partys herausgerissen. Eine Jetsetter-Party fand auf dem Privatflughafen von Santa Monica statt, eine andere, mit Madonna als Gast, im neuen Hollywood-and-Highland-

Center. Für einen Haufen Dollars schneite es Kokain auf schwarze Smokings und lange Abendkleider, soviel stand fest, und auch, dass die Cocktails kalt wie die Herzen wären. Über den Silvesterangeboten der kritischen und zynischen Zeitung hatte gestanden: »Lasst uns unsere Gläser erheben und so tun als wären wir fröhlich.« In der Unterzeile erklärten sie, dass niemandem richtig feierlich zumute sei. Jeder Amerikaner verstand das als Anspielung auf Ground Zero und die Folgen. Aber mit zwölf neuen Monaten vor der Brust sei es Zeit nach vorne zu schauen. »Und obwohl die Silvesterhappenings alles bieten, von Veranstaltungen ohne Verzierungen und Kinkerlitzchen bis zur Dekadenz, vereinigt sie alle ein Sinn: Menschen zusammen zu bringen. Und ist es nicht das, was wir gerade jetzt brauchen?«

Lea hatte genickt, beim Lesen gegrinst und war gewillt, dieses Motto auf ihre eigene kleine Lebenssituation anzuwenden.

Jetzt überlegte sie, ob sie ihre Pläne aufgeben, ihr Abendkleid im Schrank lassen sollte, um stattdessen in Pullover und Anorak mit einer Flasche Moët & Chandon neben Damian auf der Klippe ihres Malibu Beach RV Parks über dem Meer zu stehen und das neue Jahr am weiten Horizont heraufdämmern zu sehen. Das Angebot war verlockend. Sie wollte darüber nachdenken.

Sie wunderte sich, dass ein Mann im Showbusiness Silvester einsam auf dem Campingplatz verbrachte, statt zu den sagenumwobenen Privatpartys eingeladen zu sein. Ihre Fantasie malte sich aus, es handelte sich hier um einen jener enttäuschten und verbitterten Altstars, der die ganze Show, das affektierte Gekicher, die künstlichen Busen und Hollywoodgebisse, die Kälte der Herzen und Charaktere satthatte. Robert Redford hatte sich schließlich auch auf eine Ranch in Montana zurückgezogen und zog eine Hamburgerin den Beverly Babys vor.

Als Damian sie zum Abschied in die Arme nahm, versank sie in seinem weichen Anorak. Ihr Gesicht fühlte die warme, gut rasierte und duftige Haut seiner Wange, und seine Hände schienen liebevoller als alle, die sie bisher gestreichelt hatten. –

Aber diese Nacht war einzigartig. Wer wusste, ob sie jemals wieder Silvester in Beverly Hills verbringen konnte? Wer wusste, was das Leben brächte? Silvester würde sie jenseits der Hügel feiern.

Verdarb sie sich jetzt wieder das kleine, warme Glück, indem sie das große, glitzernde erstrebte? Ihre Gedanken kreisten so sehr um sich selbst, dass sie sich kaum einen Augenblick fragte, was Damian dachte. Was bedeutete sein Verhalten? Was wollte er von ihr? Warum wollte er so bald mit ihr frühstücken und Silvester feiern? Weil sie so offen, ehrlich und warm war? Weil ihre wilden, krausen Haare den seinen glichen und ein Zeichen waren, dass er sich an sie heranwagen durfte?

Da sie auf keine dieser Fragen eine Antwort wusste, hielt sie sich nicht lange damit auf.

Sonntags in Beverly Hills

Den 31. Dezember verbrachte sie in der Koje mit Meerblick, um sich auf die Nacht der Nächte vorzubereiten. Als der Sonnenstrahl die Wand ihres Vans heruntergewandert, und die rote Sonne im Pazifik versunken war, begann sie ganz langsam mit der Verwandlung in ein Geschöpf der Nacht. Sie feilte und lackierte die Fingernägel, zupfte die Augenbrauen, legte die erste Schicht Werbe-Soldatinnen-Make-up auf, um zu erkennen, dass das ihre frühen Falten betonte. Der Puder verkrümelte sich in die Schluchten, als sei der Wind über die Ebene des Gesichts geweht. Also wusch sie das Gesicht der Mitte Dreißigjährigen, in deren Haut sich das Kind in ihr fremd fühlte. Damian hatte ohnehin gesagt, ihre Hautfarbe gleiche der einer Mulattin. Mit dem Anlegen des schwarz-weißen Abendkleides und des weißen Mantels wartete sie, bis sie den nächtlichen Sunset Boulevard hinaufgekurvt war und in einer Parklücke auf dem Crescent Hights Boulevard die Fußbremse trat. Dann schaltete sie das Licht an, ging nach hinten an den Schrank. Er war viel zu klein für Gala-Garderobe. Die Kleider der kleinen Hochstaplerin gaben einen seltsam schönen Kontrast zum Van ab. Sie liebte solche Stilbrüche. Alfred Hitchcocks große Filmerfolge waren auf den Bruch von Klischees zurückzuführen.

Die Van-Tür schwang auf, eine elegante junge Dame auf Lackschuhen sprang in den weichen Rasen am Rande der Fahrbahn. Das rosarote Gebäude lag zurückversetzt vom lärmenden Sunset Boulevard an die Hügel von Hollywood geschmiegt. Es war umgeben von den stillen Alleen, unter deren Palmen die sorgfältigst gesprengten Rasen der Welt lagen. Außer den mexikanischen Gärtnern waren keine Menschen zu sehen, wenn nicht eine schwarze oder weiße Stretchlimousine vorfuhr. Im Schatten der Gärten versteckten sich die weißen Villen der Stars, ihrer Manager und Agenten, der Filmproduzenten und Finanzberater. Aus ihnen und ihren internationalen Gästen und Geschäftspartnern rekrutierten sich die Gäste des Beverly Hills Hotels. Einige von ihnen wohnten langfristig hier.

Aus den umliegenden Villen kamen an normalen Sonntagen mittags Familien, um im Patio zu speisen. Nachmittags von zwei bis sechs besetzten ehemalige Models, Managerinnen und ältere Ehefrauen der bis zuletzt hart arbeitenden Produzenten und Agenten die Tische um das Piano und den Kamin im Foyer. Weiße Tischtücher überzogen den Marmor, goldene Etageren ragten auf, sodass sie die Damen zu Sitzzwergen degradierten, die ihre Köpfe mal rechts mal links herum recken mussten, je nachdem, mit welcher Dame gegenüber sie plaudern wollten.

Als Lea das erste Mal dazustieß, glaubte sie, auf eine geschlossene Gesellschaft gestoßen zu sein. In gewissem Sinne, aber nicht offiziell, war sie das auch. Jede folgte dem Modekodex ihres Standes, jede trug das Haar glatt und blond, jede war schlank und alle Brüste waren gleich gewölbt. Jede kannte die andere, man grüßte und küsste sich zwischen den Tischen und über die Tische hinweg, sprach laut, war vertraut, setzte Unterhaltungen fort, tauschte an den zusammengestellten Tischen die Nachrichten aus Beverly und Hollywood aus. Wie gravierend diese scheinbar belanglose Plauderei war, sollte Lea viel später von einem deutsch-amerikanischen Filmproduzenten erfahren, der ihr erklärte: »Das Wichtigste in dieser Branche ist nicht dein Talent, nicht dein Drehbuch, nicht die Examen der Regieschulen. Das Wichtigste sind Kontakte, Kontakte und nochmals Kontakte.«

Was hier gesprochen wurde, wurde beim Dinner zu Hause oder beim letzten Glas Wein im stillen, sanft ausgeleuchteten Wohnzimmer wörtlich an den Mann gebracht. Manches konnte ihm nützlich sein, was er im Büro, beim Geschäftsessen, am Telefon und beim Sport nicht erfuhr. Meist waren es keine sensationellen Nachrichten, Lea als Außenstehende langweilte sich bei solch einem Geben und Nehmen von Personennamen, Restaurantnamen, Ortsnamen, Zahlen und deren Verbindungen und Beziehungen. Der Ehemann nahm sie auch nur mit gewöhnlicher Aufmerksamkeit auf, packte sie in sein Mittel- oder Langzeitgedächtnis und wusste eines Tages, wen er anrufen konnte, um Kontakt zu bekommen – zum Beispiel zum Chef der Oskar-Kommission.

In ihrer grenzenlosen Naivität fragte Lea den Produzenten, warum er nicht gleich jenen anriefe, den er brauchte. Er lächelte sie an, die Außerirdische im großen Wirtschaftsspiel. »Ohne Kontakte bist du irgendein Name, ein Niemand. Allein Kontakte machen dich zu jemandem, nämlich jemandem, hinter dem ein anderer steht.«

»Das klingt nach Mafia«, wagte sie vorsichtig einzuwenden. Sie argwöhnte, ihr Produzent schaue zu viele seiner eigenen Filme. Doch er lächelte und sagte: »Jetzt hast du die Grundlage der Filmindustrie verstanden.«

Die Damen im Beverly Hills Hotel waren jemand, andernfalls säßen und standen sie nicht hier. Als Nächstes mussten sie jemand bleiben. So sahen ihre Ziele und Bedürfnisse aus. Als Motiv für eine Drehbuchfigur völlig unzulänglich, dachte Lea. Woher nehmen ihre Gatten die Stoffe? Oder sind die Schreiberlinge wieder ganz andere? Womöglich tatsächlich der Typ auf dem Campingplatz? Und erst der sogenannte Script-Doctor presst die lebensnahen, originellen Geschichten, die niemand sehen will, weil sich niemand sehen will, wie er wirklich ist, in die Form des Drehbuchschemas mit Figuren, die das Mitleid von Millionen erzeugten? Lea verwirrte sich. Sie dachte zu viel.

An den Zweiertischen, wo es nach der Begrüßung und nach einigen Platzwechseln still wurde, schoben Finger die Champagnergläser zur Seite, damit sich die Gesichter nähern und die Stimmen senken konnten. Wurde der Blick der Freundin zu eindringlich und intensiv, drehte man den Glasstiel, sah sich die eigene Hand oder die Karate darauf an oder warf sich nach hinten gegen die goldene Lehne und griff zum Wasserglas. Lea erwartete, dass sich jetzt Falten auf den Stirnen bildeten, Krähenfüße vertieften, Hollywood-Zähne in Lippenstift gruben. Aber auch der Bruch der Hollywood-Idylle war ein Klischee, das Filme und Zeitschriften über das angeblich wahre Leben der Models und Sternchen uns eintrichterten. Jedem von uns wuchsen kleine Sorgen groß, wenn sie nicht durch noch größere relativiert wurden, dachte Lea. Sie fragte sich, ob sie abschätzten, wie alt ihre Hände wirkten, und wenn ja, mit welchem Ziel sie schätzten. Männer, Rollen, Ansehen, reiner Vergleich? Gleichzeitig meinte sie zu beobachten, dass sie überhaupt nicht auf ihre Hände schauten. Sie sahen sich selbst gar nicht an. Lea täte es, dachte sie. Sie würde sich den ganzen Tag im Spiegel betrachten, wenn sie so aussähe, weil die Damen exotisch wirkten. ›Moment.‹ Sie hielt in ihrem Gedankenstrom inne. ›Weil ich so exotisch aussähe, müsste der Satz heißen.‹ Die Korrektur machte sie darauf aufmerksam, dass erstens *sie* es war, die die anderen ansah, weil sie für Lea exotisch wirkten, und dass zweitens sie es war, die hier exotisch wirkte. Und sie bemerkte, dass sie sich den ganzen Tag beobachtet fühlte und sich deshalb selbst beobachtete. Sie ging neben sich durch die Straßen, stand neben sich im Foyer, betrachtete die Fremde in dieser Stadt, und ab und an versuchte sie sich mit den Augen der anderen zu sehen, was ihr nicht gelang, weil es in deren Augen zu viele Möglichkeiten für Leas Geschichte geben musste und weil ihr deren Perspektive fremd war. Was dachten und fühlten die anderen? Sie wusste nichts über sie. »Das wundert mich nicht«, dachte Lea, »ich kann ja kaum verfolgen, was ich selbst denke und weiß nicht, was ich fühle.«

Gegen sechs oder sieben holen die Damen Lea aus den sinnlosen Gedanken, indem sie aufstanden und zu zweit oder tischweise zum Aperitif in die Polo Lounge hinübergingen. Dort stießen die Männer hinzu. Im Foyer verschwanden die weißen Tischtücher, die Tische wurden voneinander getrennt, um intime, kleine und verschwiegene Inseln und Enklaven der Stille zu bieten. Jetzt durfte Lea zwischen den Sofas am Kamin oder den Bistrotischen an der goldenen Balustrade mit Blick auf das Geschehen in der Eingangshalle wählen. Abends fände sie hier absolute Ruhe, ließen sich nicht die rauschenden Gala-Garderoben vor dem überdimensionalen Weihnachtsbaum fotografieren. Nach acht Uhr, wenn sich die Abendkleider und Smokings in die Partysäle zurückzogen und die goldenen Türen geschlossen wurden, störte Janin am Klavier. Um diese Zeit spielte sie nur noch für Lea. Vorzugsweise Elton John. Wann immer Lea vom Laptop aufschaute und nachdenklich durch Janin hindurchsah, nutzte die Pianistin die Gelegenheit zu einem strahlenden Lächeln. »Are you dreaming, Lea? Träumst du?« Und sie beugte sich mit Schwung über die Tasten, dass ihre blonden Haare über ihre dünnen nackten Schultern bis auf die langen, schlanken Hände fielen, die für Lea »Candle in the wind« weinten, Elton Johns Hommage an Marilyn Monroe.

Lea hatte sich eingebildet, dass Hotel- und Kaffeehauspianisten viel lieber anderes vortrugen als diese seichte, monotone Musik, die nicht stören durfte. Sie hatte erwartet, die Musiker täten dies nur zum Broterwerb. Daher fragte sie Janin, was diese am liebsten spielte.

»Elton John«, antwortete Janin.

Lea bat sie, auf die Rolling Stones umzusteigen. Das konnte Janin nicht. Versprach aber, Hausaufgaben zu machen.

Sie hatte nur ein Jahr lang Klavier gelernt, sich den Rest selbstständig beigebracht. Lea vermutete, sie hatte sich mehr auf ihre Schönheit als auf ihr Talent verlassen, um im Beverly Hills Hotel entdeckt zu werden. Nun schien sie von Lea entdeckt werden zu wollen. Eines Abends stand sie von ihrem Schemel auf, trat devot an Leas Tisch heran, die Hände vor dem Schoß gefaltet, die Hollywood-Zähne zu einem Strahlen entblößt.

»Wohnst du hier? Was machst du auf dem Laptop?«

Lea stellte das hohe Weinglas ab, nahm das übergeschlagene Bein herunter und richtete sich in ihrer Couch auf, um keinen lässigen Eindruck zu vermitteln. In dieser Haltung, in dieser Atmosphäre, in ihrem dunklen Anzug kam sie sich vor der leicht bekleideten und werbenden Janin wie ein Mann vor.

»Reist du viel? Bist du berühmt in deiner Heimat?«

Aus ihren Fragen schloss Lea, dass Janin eine der Vielen war, die anhand ihrer europäischen Kleider auf eine reiche Französin spekulierten, die behilflich sein konnte, den amerikanischen Traum von Ruhm und Reichtum zu erfüllen.
»Kannst du nicht eine Pianistin auf deinen Reisen brauchen?«, fragte sie.
»Klar«, beeilte sich Lea das Missverständnis auszuräumen. »Wenn es dir nichts ausmacht, in einem Van zu leben und selbst zu kochen.«

Janin musste vom Klavier aus beobachtet haben, dass Lea häufig von Männern angesprochen wurde. Meistens nahmen sie ihr Laptop zum Anlass, herauszubekommen wer oder vielmehr *was* Lea war. Denn das *Wer* interessierte hier nicht vorrangig.

Die Herren ließen ihr noch weniger Zeit als Janin, ihre Erfolglosigkeit zu beteuern und zu erklären, dass ihr Lebensstil weitaus bescheidener war, als der jedes Durchschnittsamerikaners, der sich von Fertigprodukten ernährte. Was in Deutschland nicht die Welt kostete, war in Los Angeles für einen Normalbürger unerschwinglich. Lea verdächtigte Janin und die Herren, dass sie nicht zuhörten, nicht hören wollten. Sie wollten festhalten an ihrem Traum. Die Männer ließen ihr gerade noch Zeit zu sagen, dass sie auf einem Campingplatz wohnte, bevor sie ihr ihre Visitenkarten in die Hand drückten.

»Ruf doch mal an, ich zeige dir meine Bilder.«

Das war Anthony, der schöne langhaarige Maler im schwarzen Jackett. Er lehnte sich auf die goldene Brüstung, die die Marmortische von der Lobby trennte. Er lebe lieber hier als in New York, sagte er. In Kalifornien sei es warm und gleichgültig, wenn man in keiner kreativen Phase steckte. Er suchte die reiche Französin, die seine Bilder berühmt machte.

»Nimm sie doch mal mit zum Wellenreiten«, ermutigte ein Jetsetter seinen armen alten Kameraden, den er wie alle paar Jahre seit ihrer gemeinsamen Schulzeit auf einen Drink ins Beverly Hills Hotel geladen hatte, um gleich weiter auf die Dinnerparty des Agenten eines Rockstars zu eilen. Sein Freund wirkte dümmlich in der ungewohnten Umgebung. Er war beeindruckt von der Leichtigkeit, mit der sein großer Kumpel eine Lady ansprach und dass der es wagte, wegen eines Drinks mit der Frau zu spät zur Party zu erscheinen. Und das auch noch ohne Anzug. Stattdessen trug der Reiche einen bekleckerten Pullover. Goldi, nannte Lea ihn aufgrund seiner Goldkette auf den Weinflecken. Goldi wollte seinem alten Freund Gutes in Form einer Frau tun, gabelte Lea vor dem Dinner auf und versuchte seinen Kameraden bei ihr abzuladen, bevor er selbst in eine bessere Gesellschaft entschwand. Lea war nicht sicher, ob der Begriff »Synergieeffekt« hier zutraf, wenn Goldi gleich mehrere Ziele in einem großen Wurf erreichte. Er hatte 1. eine kleine Leerlaufzeit, eine kurze Phase der Einsamkeit zwischen zwei Events überbrückt, 2. seinen alten Freund beeindruckt, 3. ihm etwas Gutes getan und war ihn 4. wieder losgeworden. Lea fragte sich voller Bewunderung, wie lange man darüber nachdenken musste, um auf solch eine Strategie zu kommen. Brauchte es dazu eine spezielle Ausbildung? Ein besonderes Talent? Ein Brainstorming vor einem Flipchart mit vielen Pfeilen und rasch gezogenen Kreisen?

Eines Tages begriff sie, dass die Herren viel genauer zuhörten, als sie zu erkennen gaben. Dass sie ihr am Ende von Leas Erklärungen ihre Visitenkarten in die Hand drückten, zeugte nicht etwa vom Wunsch nach weiterem Kontakt, sondern war die diplomatische Art, sich zu verabschieden, um andernorts die Suche fortzusetzen und Lea ihrer eigenen Klasse der Erfolglosen zu überlassen. Die Einladungen fielen unter die Kategorie »amerikanische Einladungen«: Sie waren nicht so gemeint.

Den Beweis ihrer Theorie erbrachte Lea nie, weil sie keine der Nummern wählte. Denn auch sie wünschte keine dieser Begegnungen zu vertiefen, obwohl sie sich manchmal fragte, wen sie kennengelernt hätte, was weiter in ihrem Leben geschehen wäre. Sie ging einfach davon aus, dass sie denjenigen, den sie zum Freund, Mann, zur Vaterfigur, zum Streichler und Gesprächspartner haben wollte, sogleich erkennen würde. Ab und an kamen ihr an dieser Voraussetzung Zweifel. Entstammte sie womöglich den Filmen, die sie zeit ihres Lebens konsumiert und unachtsam auf das Leben angewandt hatte? Hatte sie die Oberflächlichkeit der Filmindustrie zu ihrer eigenen gemacht? Andererseits konnte sie unmöglich alle diese Leute kennenlernen. Oder hätte sie von vornherein weniger kennengelernt, wenn sie gleich den Ersten angerufen und tiefer und besser kennengelernt hätte? Allein schon diese Überlegungen waren ihr zu anstrengend. Die Karten häuften sich in ihrer Handtasche, bis sie sie leerte und alle wegwarf. Das zeigte ihr, dass sie sich all diese Begegnungen hätte sparen können.

Mitglieder des inneren Gesellschaftskreises, der eigentlichen Beverly-Gesellschaft, die Stars, sprachen Lea nie an. Und wenn, dann gaben sie sich nicht zu erkennen, wie Lea später erfahren sollte. Sie blieben unter sich und schützten sich vor jenen, die von ihnen profitieren wollten, jenen, die am Rande der Gesellschaft entlang streiften, die durch die Hotellobby strichen, suchten und ab und an zugriffen. – Manchmal versehentlich bei Lea.

Indem sie das taten, lernte Lea verstehen, dass sich die Schönen und Reichen schützen mussten. Diese wiederum brauchten Lea nicht. Diejenigen, die sie ansprachen, hofften, Lea könnte ihren amerikanischen Traum erfüllen. Mit ihrer Wärme, Offenheit und Ehrlichkeit, die Damian als einer der Ersten angesprochen hatte, sah Lea aus, als könne sie ihnen auch in anderen Lebenslagen helfen, ihren Status als Verlierer zu verlassen. Sie sah nicht aus wie eine Frau, die verletzen konnte, und eine, für die man jemand darstellen musste, um sie zu bekommen. Sie sah aus, als könnte sie auch ein Kleiner haben, und als könnte man neben ihr wachsen wie neben einer guten Freundin, Schwester und Mutter.

Niemand verfiel auf die Idee, dass Lea das nicht von sich wusste und nicht wollte. Sie jedoch glaubte zu scheinen, wie sie sich selbst sah: eine in ihrer Entwicklung steckengebliebene, kindliche Frau, die ihrerseits großgezogen werden wollte.

Silvester in Hollywood

Sie gewann den langen Kampf, nachträglich auf die Gästeliste der 200 des Silvesterabends gesetzt zu werden. Um die Zeit bis zum Dinner totzuschlagen, setzte sie sich an den Kamin und trank ein Glas Merlot. An den kleinen Marmortischen um sie herum saßen Familien beim Beluga-Kaviar. Galagarderoben knisterten und rauschten an ihr vorbei. Doch musste Lea erkennen, dass die Leute den umgekehrten Weg gingen wie sie. Die Gäste wohnten im Hotel, ließen ihre Stretchlimousinen vorfahren, um sich zu anderen Partys bringen zu lassen. Jenen Partys, vermutete Lea, die die LA Weekly als die dekadentesten der Stadt ausgezeichnet hatte. Jene Partys, die Lea nun verpasste.

Natürlich kamen Gäste zum Dinner. Familien aus Beverly Hills, abgehalfterte Stars mit ihrer Begleitung. Einen hatte Lea in den Cowboy-Filmen der sechziger Jahre spielen sehen. Noch immer fielen seine Körpergröße und das sonnengebräunte Gesicht mit den harten, kantigen Zügen auf. Doch jetzt fasste er eine ältere, smaragdbehangene Dame am Oberarm und führte sie an den Tisch der jungen Frau. Er verbeugte sich vor Lea und erklärte, dies sei seine Schwester. Er sei bereit, sie für einen Kuss von der Schönen zu verkaufen. Sicher, seine Schwester habe schon einen Bauch, und er zeigte auf die Rundung unter der langen, schimmernden Kette, aber er wolle ja auch nicht mehr als einen Kuss. Lea starrte den Mann an und fragte sich, ob sie sein Englisch wirklich verstanden hatte, da sagte die Frau an seiner Seite: »Nein, ich habe nichts zu geben.«

Lea konnte nicht hören, ob das melancholisch und bedauernd oder empört klang.

Nachdem sie weiter gegangen waren, versuchte sich Lea den Abend auszumalen. Sie säße einsam an einem Tisch zwischen reichen Familien, verrückten Ex-Stars und Paaren, die dem Altersheim entlaufen waren. Das kostete 300 DM, also ungefähr 150 Euro. – Heute Nacht verpasste sie nicht nur die Party ihres Lebens, sondern auch den Währungswechsel in Europa.

Es war fünf Minuten vor neun. Um neun sollte das Dinner beginnen. Die Schlange vor der Polo Lounge wuchs. Lea rauschte an ihr vorbei, um auf der Terrasse eine Zigarette zu rauchen. Goldenes Scheinwerferlicht färbte die Palmen weihnachtlich. Zwischen den lindgrünen Wedeln standen schmiedeeiserne, weiße Tische und Stühle unter zehn Heizstrahlern. Sie brannten, dass Lea um ihre Locken fürchtete. Sich duckend dachte sie daran, dass Palm Springs Eisnebel über seine Gehsteige sprühte, damit bei größter Hitze zu jeder Tages- und Nachtzeit geshoppt werden konnte. Zumindest benutzte man dort erneuerbare Energie aus jenen riesigen Windparks, die draußen in der Wüste standen.

Sie drückte die Zigarette im gläsernen Aschenbecher aus, raffte ihr Kleid, ging an der langweiligen Schlange vorbei und verschwand. Es quälte sie ein schlechtes Gewissen dem deutschen Oberkellner gegenüber, der sich bemüht hatte, ihr noch einen Tisch zu organisieren. Aber sollte sie seinetwegen das Leben verpassen?

Vielleicht war es auch gerade umgekehrt: In dem Moment, in dem sie das Haus verließ, kam womöglich derjenige, mit dem sie diese Nacht verbringen wollte oder die Gruppe, mit der sie für den Rest ihres Lebens befreundet bleiben wollte oder diejenigen, die ihr eine Heimat bieten würden. Solche Unsicherheiten konnte sie nur durch Ortswechsel verdrängen.

Sie schwang sich auf den Fahrerbock. Die Palmblätter kratzten über das Dach des Vans. Sie steuerte aus dem stillen Beverly und reihte sich in den Stau auf dem Hollywood Boulevard ein. Massen von Menschen standen vor den Clubs und marschierten über die Straße unter den unüberschaubaren Leuchtreklamen entlang. Es war unmöglich, all die Werbung während der Fahrt zu lesen, wodurch sie ihre Wirkung verlor. Nur wenige der Werbetexte drängten sich in ihr Bewusstsein – und das auch nur, weil Lea die Namen der betreffenden Marken kannte. *Kiss* würden bald auftreten, kündigte eine megagroße Tafel an. Key Club glitzerte über schwarzer Eingangstür. Im La Dome speisten die Stars. Im Standard übernachteten die Teenie-Stars im modernen Kunststil und im Chateau wohnten die Altstars in englischer Atmosphäre. Das Coffee-House hatte sich vom Lunchlokal der Schauspieler in einen Club verwandelt und würde um drei Uhr nachts zum Frühstückslokal für alle Übriggebliebenen werden. Dies war die Stadt der Metamorphosen, aber die Grundlagen der äußeren Häutungen blieben seit Beginn der Filmindustrie gleich.

Lea suchte nach einer Hausnummer in den 9000ern. Das neue Hollywood-and-Highland-Center war nicht schwer zu finden. Es zeigte die Größe einer ägyptischen Pyramide, einen Treppenaufgang, von dem 60 Skateboard-Fahrer gleichzeitig nebeneinander hätten springen können, wäre er nicht von zwei schwarzen Security-Gorillas in dunkel schillernden Uniformen abgeriegelt gewesen. Aus den Brusttaschen der Sicherheitsleute führten Kabel in ihre Ohren. Diese Verbindung zwischen Herz, Ohr und Sicherheits-Chef schien ihre Lebensberechtigung zu bedeuten. Ihre Augen blickten leer wie die der Pharaonen, die auf die Horusfalken in ihren Nacken lauschten. So lauschten die Securitiys ihren Chefs im Ohr. Nur wenn Lea ihnen nahe kam, klärten sich ihre Pupillen und fokussierten die Kleidung des Menschen, der vor ihnen stand. Die Abendhaut des Gegenübers galt als Reisepass, der anzeigte, ob der Zutritt erlaubt war oder nicht.

Hinter den breiten Rücken der Sicherheitsmänner lag das Versprechen der sauberen, virtuell anmutenden Welt der Hollywood-Stars. 1000-Watt-Scheinwerfer strahlten weißen Stuck und Marmor an, gemeißelte Säulen in Form von niedlich fetten Elefanten, die an Disney World mit einem Schuss vergangener ägyptischer Kultur erinnerten. Ein einziges Symbol amerikanischer Unkultur und Dekadenz. Im Boden waren goldene Schriftzüge eingelassen. Sie erzählten, wie Karrieren von Stars begonnen hatten. Lea las die Anfänge der Märchen von Aschenputteln, denen der goldene Schuh angepasst worden war. »Ich kam mit einem Koffer nach LA ...« »Mein Hochschuldozent fragte, ob ich eine Rolle in einem Science-Fiction spielen wollte ...«

Nach dem Kampf gegen die Gorillas um Einlass ins Reich der Sterne hatte Lea es eilig, den heißesten Club von Hollywood zu finden. Wie alle hippen Lokale lag er versteckt zwischen Restaurants, Theatern und Kinos auf dem Dach der weißen Stadt. Sie zahlte ein Vermögen, um in die kalte, moderne Atmosphäre einer Tanzfläche aufgenommen zu werden, auf der trainierte, hungernde, nackte Bäuche und junge Siliconbrüste unter Schwarzlicht tanzten. Die Häute schienen glatt, trocken und kühl. Kein Schweißtropfen grub ein Bachbett durch den hier matten, dort glitzernden Körperpuder, kein unangenehmer Geruch vermenschlichte diese perfekten, virtuellen Figuren. Von ihren Begleitern am Rande der Fläche waren weiße Kragen und schimmernde Cocktails zu erkennen. Ihre faltenlosen, schwarzen Anzüge verschwanden in der Dunkelheit. Ab und an bewegte sich eine manikürte Männerhand, um den gepflegten Zopf aus dem Kragen zu klauben und auf dem Rücken zu drapieren. Ihre Augen waren kalt wie ihre Cocktails. Lea vermutete, unter ihrer Kleidung wäre es nicht viel wärmer. Das konnte nicht allein der Nebeneffekt des Kokains sein. Es musste sich um einen Schutzmechanismus gegen das eigene Verhalten handeln und gegen all jene, die an ihrem Erfolg teilhaben wollten. Lea sollte bald lernen, wie nötig der Kälteschutz im totalen Konkurrenzkampf war.

Sie fror, fühlte sich provinziell, altmodisch, arm und alt. Gegen diese Symptome orderte sie Margarita, um ihre Körpertemperatur der der anderen anzupassen. Am nasskalten Glas konnte sie ihre Hände unterbringen und hinaus auf die Galerie treten.

Hoch über der Stadt stand sie jetzt. Über den Sunset Boulevard kroch die Schlange der Scheinwerfer. Lichter glitzerten auf dem schwarzen Lack der Stretchlimousinen. Rechts und links tanzten bunte Gestalten und Kostüme mit Corona-Flaschen und Bierdosen in den Händen über die Gehsteige. Rastalocken, löcherige Jeans, hohe Stiefel und nackte Oberschenkel. Galagarderoben und Smokings stiegen aus den Limos. Sie alle spiegelten sich in den Sonnenbrillen der Securitys, die Zeit ihres Daseins an ihre Handys angeschlossen schienen. Im Hostel gegenüber dem Club feierten junge, arme Leute bei Bier, Kerzenlicht und doppelstöckigen Betten. Sie befanden sich auf gleicher Stockwerkhöhe mit den Söhnen und Töchtern der Reichen, mit den aufgehenden Sternen, den frisch Entdeckten auf dem Markt der Models und Manager. Dahinter erstreckten sich die Lichter der Stadt, die blaue Landebahn des Los Angeles International Airports und die stillen Hügel von Hollywood.

Lea beschloss, die Nacht draußen zu verbringen. Unter freiem Himmel schien es wärmer als drinnen. Nur einen Blick in die Toiletten wollte sie werfen, möglicherweise lüde sie jemand auf eine Linie Koks ein. Einmal im Jahr durfte sie ihrem Körper das antun.

Es gab fast alles. Lippenstifte, Kondome, Lidschatten, Wimperntusche, Wattebäuschchen, Tampons, Zigaretten, Feuerzeuge – kein Kokain. Die Mädchen standen Schlange und tauschten zwischen zwei Schluck Campari on the rocks aus, woher sie kamen, mit wem sie gekommen waren. Nach ihrem Geschäft spritzte ihnen die Toilettendame einen Schuss Flüssigseife in die zarten Hände und wartete darauf, dass die Mädchen ihr ein Papierhandtuch abnahmen.

Die Armbanduhr zeigte 23:00 Uhr. Lea überlegte, ob sie den Club verlassen und auf den RV-Park zurückkehren sollte, um mit Damian anzustoßen. Mit Blick auf den Sunset und seine Scheinwerferkette schüttelte sie den Kopf. Wenn sie jetzt führe, müsste sie den Jahreswechsel im Stau erleben.

Je näher Mitternacht rückte, desto mehr Handys wurden gezückt. Man schrie sich zu »I love you« und wie cool und crazy die Partys waren, um herauszufinden, welche die beste war, und was man woanders verpasste. »Oh, I love you.« Der Satz hätte merkwürdig fremd in dieser kalten Schönheit angemutet, wenn er nicht affektiert geklungen hätte, künstlich aufgeputscht, euphorisch. Auf der Galerie suchte die Zunge eines jungen Managers das Zäpfchen seiner Partnerin. Sein Unterleib stieß das Mädchen in regelmäßigem Rhythmus gegen die Balustrade und sein Hüftknochen versuchte, ihr Abendkleid zu durchstoßen. Der Stoff war zu eng um die Schenkel gespannt, als dass sie die Beine hätte spreizen können. Darum hielt sie ihm ihren Venushügel hin.

Es gab kein Feuerwerk über der Stadt. Lea lobte die Sparsamkeit der Bürger, glaubte aber, der wahre Grund liege im Krieg oder in der Sicherheit.

Ein Betrunkener rieb sich seinen Penis an ihrem Satin. Sie entzog sich mit der freundlichen Ausrede, sie brauche dringend einen Drink. Die Bar umging sie. Stattdessen tröpfelte sie in den Strom der Passanten auf dem Hollywood Boulevard. Einige, die die Gorillas nicht einließen, standen vor dem Hollywood-and-Highland-Center und schauten, wer den Tempel der Schönen und Reichen verließ und in die schwarzen Stretchlimousinen stieg. Sie starrten Leas langem weißen Mantel nach, der sich im eisigen Mitternachtswind und den warmen Abgasen bauschte. Lea genoss die Verwechslung, fühlte sich wie eine Hochstaplerin in einem Film. Womöglich ging es auch den Echten so.

Damian 2

»Oh, the wild woman«, begrüßte Damian sie zum neuen Jahr und führte sie durch das Wohnmobil. Früher war sein Vater damit zum Fischen gefahren. Damian öffnete den Küchenschrank. Darin versteckten sich eine Mikrowelle und ein Foto von seinem Sohn. Er musste über zwanzig sein und trug ein Skateboard in der Hand. Auf einem anderen Bild zeigte sich seine Tochter in der Pose der Models. Sie stellte eine gut gelungene Mischung aus schwarzem Vater und mexikanischer Mutter dar. Damian war seit langem geschieden. Er hatte noch einmal geheiratet, um einer Russin die Immigration zu ermöglichen. Inzwischen hasste er sie. Nach der Hochzeit sei sie der Faulheit verfallen, habe schlecht gekocht und lächerliche europäische Kleidung getragen. Zu seinen Kindern pflegte er gleichfalls keinen Kontakt mehr, ebenso wenig wie zu seinen vier Brüdern, die alle irische Namen trugen. Lea behielt nur Patrick und Martin. Die Familie war an einem Streit zwischen ihm und einem seiner Brüder zerbrochen. Seinen Vater liebte er als einziges Familienmitglied.

Schon malte sich Lea die Familienzusammenführung aus, stellte sich vor, wie sie den alten Austen durch eine grüne Waldlandschaft an einen See steuerte, während Damian mit seinem Vater, der im selben Alter wäre wie Leas Vater, hinten auf der zerschlissenen Couch plauderte und Damians erwachsener Sohn neben ihr auf dem Beifahrersitz die Straßenkarte studierte. Offensichtlich sehnte sie sich nach einer Heimat und einer Familie in den USA.

Damian öffnete weitere Schränke und präsentierte sein Equipment. Es gab kein Fach, in dem es nicht von Boxen und Kabeln für Fernseher, Video, Stereoanlage und Computer wimmelte. Über den fleckigen, beigefarbenen Teppich zu laufen, kam einer Fußmassage gleich. Überall lagen blauweiße Kristalle vom Katzenklo verstreut, die sich in Leas Socken bohrten.

»Ich muss diese Sauerei aufräumen«, entschuldigte Damian das schmutzige Geschirr in der Spüle, von dem der Geruch nach kaltem Chili ausging. Er räumte einen Platz auf der Couch für sie frei, was hieß, ein Loch inmitten seiner Kleidungsstücke zu schaufeln, die alle Leas Geschmack trafen. Dann servierte er den Champagner, wozu er die Gläser zwischen die Kabel auf dem Tisch klemmte, unter denen Ringe von Kaffeepötten und Coronaflaschen zum Vorschein kamen. Ubu, sein Kater, sprang auf Leas Schoß. Seine Haare stoben auf, hefteten sich unter ihre Nase, bevor sie sie fortpustete und sie ihren endgültigen Platz auf ihrem dunkelblauen Pullover fanden. Sie fühlte sich willkommen, gemocht und gemütlich.

Nachdem Damian sein erstes Glas im Stehen gelehrt und ihren Geschmack beim Einkauf des Champagners gelobt hatte, ging er in den Schlafraum hinüber und führte ihr den Sound seiner Anlage anhand der Filmmusik von *Pearl Harbor* vor. Der Streifen war gerade in die deutschen Kinos gekommen, als Lea ihr Land verlassen hatte. Obwohl sie Hollywoods Massenware nicht leiden mochte, zogen sie die Bilder in ihren Bann. Sie bewegten sich heftig, und Lea hatte seit Monaten kein fern mehr gesehen.

»Willst du?«, bot Damian an. Sie nickte.

»Rutsch rüber«, wies er ihr den Fensterplatz in seinem Bett zu.

Von hier aus blickte sie hundert Meter in den Abgrund bis in die schäumende Brandung des Meeres. Damian hatte den Wagen so geparkt, dass er mit dem Heck über die Klippe ragte. Beide liebten den Kitzel der Freiheit und der Gefahr, das Kitzeln des freien Flugs und Falls. Die Sonne versank in der Lagune von Malibu, in den Hügeln schalteten sie die Lichter der Villen ein. Damian holte den Champagner herüber, füllte die Gläser auf dem Nachttisch und legte sich neben Lea. Ubu massiere ihren Bauch mit seinen Tatzen auf der Suche nach einem bequemen Platz. Er fand ihn auf Leas Unterleib.

Sie konnte der Handlung des Films bis zum Plot Point I folgen, danach folgten ihre Augen den Konturen des dunkelbraunen Ohrs an ihrer Seite. Sie entdeckte ein Loch, das seit Jahren brachlag, weil Damian Ohrringe inzwischen lächerlich fand.

»Wie alt bist du?«, wollte sie wissen. Seine glatte Haut widersprach den silbernen Strähnen in seinen langen Haaren. Sie breiteten sich schwarz auf dem weißen Kissen aus.

»Nächsten Monat werde ich 52.«

Leas Mund verzog sich ohne ihren Willen zu einem glücklichen Lächeln. Genau das hatte sie gesucht, dachte sie.

Er richtete sich halb auf, reichte ihr das Glas, nahm seines, trank, stellte das Gefäß ab, legte sich zurück und schob seinen Pullover hoch, um seinen Bauch zu massieren. »Drück mal hier«, forderte er sie auf, ohne den Bildschirm aus den Augen zu lassen. Sie folgte seiner Aufforderung weniger im Glauben, seinen Magenproblemen Abhilfe schaffen zu können, sondern mehr, um ihre von der Laptop-Arbeit am Strand sonnengebräunte Hand mit seiner Haut zu vergleichen. Sie erfühlte einen vom Baseballspielen immer noch strammen Leib ohne Behaarung. Den Bauch des Ex-Models von Yves Saint Laurent in New York, das Damian im Jahre 1975 gewesen war. Das alles gefiel ihr so gut, dass sie ihre Forschungen auf anderen Gebieten seines Körpers fortsetzte.

Beim Bombenangriff auf Pearl Harbor zog er sie aus. Er bewunderte ihre wohlgeformten, glatten, braunen Beine und streichelte sie. »Schön«, sagte er. »Meine Ex-Freundin hatte weiße Beine mit blauen Adern unter der Haut und eine harte Silikonbrust. Sieht gut aus, fühlt sich aber nicht gut an.«

Er berührte sie, wie es noch kein Mann außerhalb ihrer Tagträume getan hatte. Augenblicklich verliebte sie sich in ihn, was sie ihm auf Deutsch ins Ohr flüsterte. Er stand auf und ging ins Bad. Sie hörte es knistern und erwartete, dass ein Kondom seinen Körper verunzierte, verzeichnete aber Verantwortungsbewusstsein.

Sie irrte sich. Er kam im Bademantel zurück, und seine Haltung und die Art, wie er sich resigniert ins Bett legte, verriet, dass sein Versuch fehlgeschlagen war, noch bevor er erklärte: »Ich nehme Medikamente gegen meinen Schnupfen.«

Sie lächelte. Sie liebte Männer, wenn sie ermatteten. Um seine Laune aufzuheitern und in der Hoffnung auf ihre eigene Erfüllung, wandte sie ihre Liebeskünste bis in die höheren Weihen des Kamasutras und der Toys of Love an. – Mit dem Effekt, dass er ohne Erektion und nicht in ihrer Vagina kam und ihr keine Befriedigung geschenkt wurde. Aber solche Enttäuschung hatte sie schon so oft empfunden, dass sie sie kaum noch spürte, und den Rest verdrängte die

Hoffnung, seine Hände vollendeten doch noch, was sie so kenntnisreich begonnen hatten. Doch wie jeder Mann, den sie befriedigt hatte, tat er es nicht. Lea begriff langsam, dass das altmodische Zieren der Frau nicht nur dazu gedient hatte, die schamhafte Unschuld vorzugaukeln, sondern dazu, dass der Mann sich um die Lust der Frau bemühte. Die Lehre ihrer 68er Lehrer war unvollständig geblieben. Auch das war eine Enttäuschung. Sie hatten selbst daran geglaubt, dass man seine Bedürfnisse befriedigen konnte, wenn man nur frei genug dazu wäre. Lea hatte sich freigemacht. Aber was hatte sie davon, wenn ihre Gegenüber egoistisch oder nicht frei waren?

Auf der Mattscheibe startete eine Propellermaschine, während gleichzeitig draußen über dem Ozean neben ihnen ein Jumbojet zum Landeanflug auf den Los Angeles-Airport ansetzte. Sie spülte ihren Mund mit Champagner, kuschelte sich unter seine starke Schulter und wandte sich dem Rest des Films zu.

»Du könntest da mitspielen«, meinte sie. »Deine Stimme klingt ebenso dunkel wie die deutsche Synchronstimme von Robert Redfort.«

»Das habe ich auch mal gemacht«, erklärte er.

»Was?«, versuchte sie ihm weitere Informationen zu entlocken.

»Synchronsprecher und Schauspieler.«

»In welchen Filmen?«

»Fernsehen, ein Kinofilm. *Cruisin' high*, heißt er. Vielleicht findest du ihn noch auf Video. Ich bin der Schwarze mit der Zigarre und der weißen Minipli-Frisur. Damals habe ich nicht wirklich geraucht.«

Sein Film ließ auf die siebziger Jahre schließen. Inzwischen besitzt Lea ihn, kann ihn aber nicht sehen, weil das deutsche Videosystem nicht dasselbe ist wie in den USA.

»Und was kam nach dem Film?«, wollte sie wissen.

»Danach war ich DJ beim Radio in LA, daraufhin musikalischer Direktor in Denver.«

Lea wartete, aber Damian schwieg wieder.

»Damian!«

»Was?«

»Muss man dir immer alle Informationen aus der Nase ziehen? – Ja, muss man. Du bist so schrecklich verschlossen. Jetzt rede doch mal!«

»Gut, was soll ich reden?«

»Erzähl mir deine Geschichte.«

»Na gut. Ich bin in San Diego aufgewachsen. Meine Familie kennst du ja schon. Als junger Kerl bin ich mit einem Freund in einem verrosteten Van durchs Land gezogen. Wir sind einmal quer über den Kontinent bis nach New York.«

Lea rundete ihre Augen, schubste die Katze von ihren Bauch und richtete sich auf, um besser zuhören zu können. Sie lehnte sich gegen das Plastikfenster und fühlte das Prickeln über ihre Wirbelsäule tapsen bei der Vorstellung, sie hätte jetzt so viel Gewicht über die Klippe geschafft, dass der Wagen kippen würde. Sie schüttelte den Gedanken aus dem Kopf, um der hoffentlich viel realistischeren Geschichte zu lauschen.

Eines Nachts fuhren sie, so erzählte Damian weiter, Stunde um Stunde durch die Wüste. Und man musste wissen, er war ein echter Cityguy. Er fürchtete sich im Dunkeln und in der Weite der Natur, egal, ob es sich um Wüste oder Wald handelte. Beides war ihm unheimlich. Er war ein Stadtkind. Er brauchte Menschen, Enge, Mauern, die Zeichen der Zivilisation.

›Was für ein krasser Unterschied zu mir‹, dachte Lea, während Damian fortfuhr.

Umso erfreuter war er über den Anblick einer Tankstelle mitten in der Wüste. Er war müde, hatte kleine Augen, es regnete in Strömen, und der Weg bis zur nächsten Ortschaft war noch weit. Auf gar keinen Fall wollte er in der Wüste übernachten. So stieg er aus.

Ein junger Mann sprach ihn an. »Hey man, du siehst müde aus. Nimm das.« Und er drückte Damian eine Pille in die Hand, die er sofort schluckte.

»Damals«, legitimierte er den jungen schwarzen Hippie, der er gewesen war, »damals warf man einfach alles ein, ohne nachzudenken und zu fragen.«

»Ich fuhr etwa eine halbe Stunde durch den Regen, die Dunkelheit, die Wüste. An die Pille dachte ich gar nicht mehr. Ich war deprimiert und müde und mir war unheimlich. Bis plötzlich der Flash einsetzte ...«

»Als wir Tage später in New York ankamen, waren wir vollkommen erledigt. Total müde. Und enttäuscht. Wir redeten kein Wort. Es war dunkel, es regnete, die Stadt war kaputt und schmutzig. Grauenhaft. Ich hasste New York auf der Stelle.«

Für ihn war es die Stadt der kaputten Straßen, heruntergekommenen Häuser und hohen Preise. Er beschrieb, wie er über die Brooklyn-Bridge nach Manhattan gerumpelt war. Er mimte das Fahren über die Schlaglöcher als spielte er in einem Film. Er kurvte in seinem verrotteten Van durch die Häuserblocks von Greenwich Village im Jahre 1974. Er und sein Freund stierten enttäuscht aus dem Fenster, hielten an und stiegen aus. Es war dunkler Abend, die Straße war leer. Plötzlich schallte Musik aus einem der abgewrackten Häuser, und ein Mann trat in den beleuchteten Eingang. Musik interessierte die Hippie-Freunde immer, also folgten sie dem Mann. Drinnen wurden sie von Helligkeit und Modernität überrascht, kurz bevor sie hinausgeworfen wurden. Sie waren in einem Aufnahmestudio gelandet.

Müde von der Fahrt und einigen Joints, legten sie sich im Van schlafen.

Der junge Damian wurde von einem Geräusch geweckt. Er bekam die Augen kaum auf. Er registrierte, dass ein Mann an seinem Steuerrad saß und so tat, als führe er. Damian riss die Augen auf, denen er nicht traute, denn der Mann am Lenker war James Brown.

»Hey, man, das ist der abgefuckteste Van, den ich jemals gesehen habe«, rief er, als er bemerkte, dass er einen der schwarzen Jungs geweckt hatte. »Ihr kommt aus Kalifornien? Ich gebe dir 50 Bucks, damit ich hier sitzen darf. Ist das cool!«

Tatsächlich reichte er dem ungläubigen Kiffer 50 Dollar nach hinten und drehte weiter am Lenkrad. Damian starrte ihn und das Geld in seiner Hand noch eine Weile an, dann schlossen sich seine Augen wieder, und er schlief ein.

Damian wurde Model, anschließend Schauspieler, Songschreiber, Sänger, DJ in LA, musikalischer Direktor in Denver und Produzent einiger Bands. Er hatte mit Fleedwood Mac gearbeitet, mit Kiss.

Er war schuld daran, dass Denver nie die Leadsängerin der Pointer Sisters gehört hatte. Auf diese Weise rächte er sich, nachdem sie ihn im Anschluss an eine Negligé-Party im Lift eines Hotels in Hollywood von oben herab behandelt hatte.

Er hatte Muhammad Ali interviewt und Bill Crosby. Mr. Crosby war arrogant gewesen, der einzige, der sich im Studio mit Nachnahmen ansprechen ließ. Muhamed Ali dagegen ganz anders. Man hatte ihn demontiert, weil er den Kriegsdienst verweigert und die Religion gewechselt hatte.

Konzerte hatte Damian immer Backstage erlebt. Nur einmal, erzählte er, habe er beim Publikum gesessen. Er habe die Begeisterung der Menschen erlebt und plötzlich habe sie auch ihn erfasst. Und er erkannte, dass ihm das alles nichts bedeutet hatte, weil er auf der falschen Seite stand. »Alles hatte seinen Wert verloren«, antwortete Damian auf Leas Frage, warum er aufgehört hätte.

»Als Model und als Sänger war man geradezu gezwungen, schwul zu sein. Nicht nur, dass viele den Produzenten bedienen mussten, auch die Leute, die einem nachsahen, wenn man durch Greenwich Village ging, erwarteten einfach, man wäre schwul. Darauf konnte ich gar nicht.« Er zündete sich eine von seinen süßlichen Zigarren an. »Und als DJ wurde einem Geld in die Hand gedrückt, damit man ihren Song spielte, und der nächste drückte einem Geld in die Hand, damit man ihn nicht spielte. Und als DJ verdiente man so wenig, dass man das Geld nehmen musste.« Damian sprach ruhig wie immer, nur ein paar Töne tiefer als sonst. »Aber vor allem verlor man den Wert der Dinge. Überall in Denver bekam ich alles umsonst. Man kannte nicht mein Gesicht, aber meine Stimme und meinen Namen. Weil ich täglich von einer schwarzen Limousine abgeholt wurde, hielten mich meine Nachbarn für einen Beerdigungsunternehmer.«

Damian brach seine Erzählung einfach ab. Er starrte aufs Meer. Lea ahnte, Gott hatte ihm damals gesagt, er solle aufhören. Sie schätzte, heute würde er gerne wieder zurück. Den Wert kannte er jetzt, da er alles verloren hatte.

Später jedoch sollte Damian ihr erzählen, dass er aufgehört hatte, weil er durch diese Jobs ein schlechter Mensch geworden war. Noch später sollte Lea denken: »Du bist es noch.«

Damian hasste es, wenn Lea rauchte. Sie gab zu, dass seine leichten, süßlichen Zigarren besser rochen, er gab ihr jedoch keine ab. Beschämt fragte sie sich, ob die Zigaretten der Grund waren, warum er sie nicht küsste. Um fünf Uhr am Morgen hielt sie den Entzug nicht mehr aus. Damian schlief. Vorsichtig stieg sie über die vielen Wolldecken und Kleidungsstücke hinweg. In diesem Gewühl landete ihr Knie präzise auf seinen weichsten Teilen. Er stöhnte kurz und heftig auf, fragte, ob er ihr später Kaffee bringen sollte, um gleich weiter zu schlafen. Sie zog an, was sie fand, wobei sie auf ihren Schlüpfer verzichtete, der zu klein war, um ihn zu finden. So leise wie möglich öffnete sie die knarrende Tür des Austen-Mobils. Ubu schoss zwischen ihren nackten Füßen hindurch in die Wandelröschen, die Böschung hinauf, mitten hinein ins Gebiet der Kojoten, deren Jaulen ein einziger Hungerschrei nach Katzen zu bedeuten schien. Lea hatte den Kater unmöglich aufhalten können, versuchte sie ihr Gewissen zu beruhigen. In einer Hand hielt sie die Tür, in der anderen ihre Turnschuhe. Sie sog die frische Morgenluft ein, weitete die Augen in der Dunkelheit und lauschte dem Pazifik. Endlich konnte die Brandung bis über die Klippen heraufschallen. Endlich einmal herrschte Stille auf dem Highway.

Sie schlenderte die Klippen hinunter zur Tankstelle, füllte Kaffee in einen Pappbecher und kaufte eine Packung American Spirit Light, in der Hoffnung, sich mithilfe der Zigaretten ohne zusätzliche Suchtmittel eines Tages leichter das Rauchen abgewöhnen zu können.

Der Tankwart erkannte die Frau mit den wilden Haaren, die immer die teuren Stängel holte. Er glaubte, sie fahre jeden Morgen früh zur Arbeit. Weil sie beim letzten Mal Instant-Kaffee hatte kaufen wollen, brachte er ihr heute welchen mit und schenkte ihr ein Päckchen Mokka aus seiner türkischen Heimat. Diese

Frau war nicht von hier, und sie lächelte so freundlich, offen und einladend, die konnte man ansprechen.

Da Lea wusste, dass sie für Geschenke zu bezahlen hatte, versuchte sie zunächst abzulehnen. Und tatsächlich lud sie der Tankwart zu einem Familienessen mit seiner Schwester und seiner Mutter ein. Lea wollte nicht unhöflich sein, sagte aber auch nicht fest zu. Stattdessen verabredeten sie, dass Lea sich um fünf Uhr, also in zwölf Stunden melden sollte.

Sie betrat die Tankstelle nie wieder.

Trotz der Explosionsgefahr steckte sie die erste Zigarette neben den Zapfsäulen an, bevor sie in der Dunkelheit den Highway No. 1 entlang und die Klippen hinauf zurückkehrte. Die wenigen Autos hupten. Amerikaner gingen nie zu Fuß. Ein Fußgänger in der Dunkelheit musste irre sein.

Sie war nicht irre, nur leichtsinnig. Ihr Leben bedeutete ihr nicht viel. Sie hatte nichts zu verlieren als ihre Freiheit und ihre Einsamkeit.

***

Wie ein Kind fiel sie die Treppe hinunter, Damian in die Arme. Er brachte ihr frischen Kaffee mit Zimtgeschmack und sagte, sie solle weiterschreiben. Ihre Einladung zum Sektfrühstück lehnte er ab. Seine Assistentin sei gekommen, die müsse er wegbringen. Heute Abend hätte er Zeit für sie, versprach er. Es sei ohnehin zu früh für Alkohol.

In den folgenden Tagen verließ sie kaum noch den RV-Park. An Beverly Hills, an den Beobachtungen der Gesellschaft in den berühmten Hotels, in denen die Dinnerpartys stattfanden, hatte sie das Interesse verloren. Den ganzen Tag und die halbe Nacht wartete sie auf den Pink Cadillac. Spät rollte er vorbei. Vorbei. Selten blieb er auf einen Plausch stehen.

Damian zog auf einen Full Hook up um, auf einen Standplatz mit Abwasseranschluss. Auf diese Weise sparte er sich das Rangieren mit dem großen Mobil zur Abwasserstation. Offenbar besaß er mehr Geld als Lea. Während sie auf dem Beifahrersitz hockte und tat als tippe sie, betrachtete sie seine Lichterkette. Sie sollte verhindern, dass er erneut den Grill aus dem Boden rammte. Lea starrte auf das permanent brennende Licht in seinem Austen. Er war nicht da. Das Licht brannte für Ubu. Als er ihr eines Morgens wieder Zimtkaffee brachte, versuchte sie ihn davon zu überzeugen, Strom zu sparen, um den Ausstoß von CO_2 zu vermeiden, das bei der Produktion und beim Transport der Energie in die Atmosphäre entlassen wurde und für die Klimakatastrophe mitverantwortlich war.

»Wir leben nur einmal«, lachte Damian.

»Ja«, behielt sie das letzte Wort, »unsere Mitbürger in der Dritten Welt und unsere Kinder ebenfalls.«

Anstatt abends nach Beverly zu fahren, lag sie früh in der Koje, träumte von einem väterlichen Freund, dem sie über Jahre hinweg das Gesicht David Bowies verliehen hatte, denn er war von herausragender Intelligenz, sodass sie ein angemessener Gesprächspartner auf ihren Stadt-, Strand- und Bergwanderungen begleitete. Doch jetzt verdrängte die schwarze Hand die weiße. Minutenweise schob sich Damians Gesicht vor Davids. In Damian glaubte sie den intelligenten Mann im richtigen Alter gefunden zu haben, der sie stundenlang im Arm hielt.

Tat er das? Nein, genau das tat er nicht. Eine einzige Nacht lang hatte er sie diese Wärme und Geborgenheit, das Gefühl von Heimat kosten lassen. Seitdem lag sie wieder allein in ihrer Koje und träumte Wiederholungen. Je mehr er sich entzog, desto begieriger wartete sie. Die Möglichkeit bestand zumindest. Im Gegensatz zu David war Damian da. Er existierte für sie, er war ihr Nachbar. Und er mochte sie. Ihre Wärme, ihre Offenheit, ihre Ehrlichkeit, ihre Beine, ihre natürliche Brust ohne Siliconfüllung, ihre wilden Haare und die weiche Haut, von der er sagte, sie sei die Haut eines Mannequins.

Sie wälzte sich in der Koje unter den zwei Decken im Rauschen der Gasheizung. Die Winternächte von Malibu waren kalt und feucht vom Nebel. Er kroch vom Meer die Klippen herauf und zog in die Bettwäsche. Sie ertappte sich, bei jedem Motorengeräusch, das sich näherte, bei jedem Scheinwerferlicht, das für Augenblicke das Innere ihres Wagens erleuchtete, die Vorhänge beiseite zu ziehen und zu versuchen, die Scheinwerfer des Cadillacs zu identifizieren. War er es nicht, zog sie stöhnend die Gardinen vor unerwünschten Nachbarn zu und versuchte zu lesen. Weiter als drei Sätze kam sie nie. Dann steckte sie eine Zigarette an und träumte die Fortsetzung ihrer Träume.

Endlich rollte der Cadillac neben den Van. Zuerst öffnete sie ein Fenster. Ihr Stolz verbot es ihr, auszusteigen und sich an seine Tür zu stellen, während er bei heruntergelassener Scheibe bequem dasaß.

Er stieg nicht aus. Also musste sie es tun. Sie konnte sich die Möglichkeit nicht entgehen lassen, von ihm berührt zu werden.

»Du willst hier bleiben«, sagte er. »Warum?«

»Dumme Frage«, antwortete sie. »Deinetwegen. Du bist kein Reiseabenteuer für mich. Mal dir unsere Zukunft aus! Bitte.«

»Ich kann dich nicht heiraten«, erklärte er.

Sie starrte ihn entgeistert an. Wie konnte er derart schnell ans Heiraten denken?

»Ich habe eine Russin geheiratet, damit sie die Greencard bekommt. Zweimal darf man das nicht. Außerdem ist sie nachher stinkfaul geworden.«

»Ich will nicht geheiratet werden«, empörte sie sich. »Was ich brauche, ist ein Job, daraufhin bekomme ich ein permanentes Visum.«

»Ich möchte dir gerne helfen. Du könntest in meiner Internet-Firma arbeiten, aber die steckt in Schwierigkeiten.«

Erst jetzt erfuhr sie, dass er eine Internet-Firma besaß, und dass alle seine Jobs im Entertainment der Vergangenheit angehörten. Doch sie ließ die Alarmglocken unbeachtet weiterklingeln und lief nicht weg.

»Ich glaube, es ist viel besser, wenn wir Privatleben und Beruf auseinanderhalten«, redete sie wie ein Profi und dachte an seine Assistentin, über die er sich beschwerte, sie möge ihn und wolle immer mit ihm reden, anstatt zu arbeiten. Eben jetzt sei sie auf dem Weg hierher. Deswegen müsse er herüber und den Computer reparieren.

»Ich schaffe das«, protzte Lea, »ich brauche deine Hilfe nicht.« Weil das abweisend klang, setzte sie hinzu: »Das ist es nicht, was ich von dir will.«

Damian war soeben die paar Meter zu seinem Austen herübergefahren, als ein dunkelblauer Pick-up heraufrollte und hinter seinem Cadillac parkte. Aus stieg eine große Blondine auf hohen Absätzen, in Jeans und knappem Rollkragenpullover, unter dem vollendet geformte Siliconbrüste wippten.

Lea hätte sich den Fauxpas im Büro der Platzwärterin sparen können. Während sie auf ihr Flüssiggas wartete, scherzte sie mit der Wächterin: »Ach übrigens, wie konnten Sie meinem himmlischen Nachbarn erlauben, auf einen Full Hook up umzuziehen?«

Die Platzwärterin stutzte einen Augenblick.

»Ach Mr. Evans? Der Schwarze mit der blonden Freundin? Gefällt er dir?«

»Ach, seine Assistentin ...«

Sie stutzte erneut. Dann sagte sie leise mit einem Lächeln, das einem naiven Kind zugedacht sein sollte und nicht Lea, der gestandenen Frau: »Hat er dir etwa erzählt, das sei seine Assistentin?«

Lea beeilte sich, das Gas zu bezahlen und aus dem Büro zu laufen.

Arbeitssuche

Ab fünf Uhr am nächsten Morgen wartete sie ungeduldig darauf, dass die Cafés öffneten. Kaum einen Blick widmete sie dem rosafarbenen Sonnenaufgang über den Hügeln und der Bucht von Malibu. Camper gingen mit dem Mond ins Bett und standen mit der Sonne auf. Lea sah sie in Trainingsanzügen, mit krummgelegenen Haaren und der für alle Einwohner von LA obligatorischen Tasse Kaffee in der Hand an den Klippen lungern. Sie waren auf Urlaub oder schrieben an ihren Drehbüchern, die sie jenseits der Hügel in Hollywood zu verkaufen suchten. Lea nicht. Sie war ernsthaft beschäftigt. Sie musste jetzt für ihren Lebensunterhalt in Amerika sorgen. Also nahm sie den Sonnenaufgang nur als entzückenden Luxus ihrer neuen Heimat und fuhr geradewegs in ihn hinein. In den Sonnenaufgang und in den Stau auf der No. 1 in Richtung Venice Beach.

Dort hatte sie vor langer Zeit ein billiges Internet-Café aufgetan. Es gehörte zu einem Rund von Hippie-Cafés, die sich um einen kleinen, schmucken Parkplatz versammelten. Früher oder in Südeuropa wäre dies ein öffentlicher Ort der Kommunikation gewesen. Autos verhinderten die Kommunikation. Nicht nur, weil sie solche Plätze zuparkten. Wenn Lea viel mit dem Auto gefahren war, überkam sie das Gefühl, den Kontakt zur Außenwelt zu verlieren. Um das notdürftig zu verhindern, implantierten sich die US-Bürger Headsets, jene Knöpfe im Ohr, die es ermöglichten, die gesamte Fahrt und Staustrecke über mit ihren Familien, Freunden und Geschäftspartnern zu kommunizieren. Da sie nie zu Hause waren, hängten sich viele ihre Adventkränze vor den Kühlergrill, und über den Autos wehte seit dem Krieg die US-Flagge. Nur in Venice entdeckte Lea einen einzelnen Van, auf dem gemalt stand: »War is not the answer. War is terrorism.«

In Venice gab es wenige Handyträger. Die Hippies hatten sich hier gehalten und bunten Nachwuchs bekommen. Lea bewunderte die Kids in ihren Kapuzenjacken, ihre nackten Kinderbäuche unter zerfledderten T-Shirts, ihre Hosen, die den Steiß der bräunenden Sonne preisgaben und umso länger auf die Turnschuhe fielen. Wie konnten sie mit dem Schritt in der Kniekehle und dem Hosenstoff um die Fesseln gelenk Skateboard fahren? Lea starrte das Mädchen mit den Rastalocken an, das neben ihr an der Bar des Cafés auf ihren Eis-Mokka wartete. Es versuchte sich am Kopf zu kratzen, doch die Locken waren dicht gewirkt, sodass sich der gesamte Haarschopf bewegte und ihre Kinderfinger nicht bis zur Kopfhaut hindurchgruben. Wasser drang hier nicht ein. Seifenreste verstärkten den Rastaeffekt.

Lea stellte den Pappbecher Cappuccino neben die dreckige Tastatur und schob einen Dollar in den Schlitz. Während es nach frischen Muffins duftete, surfte sie über den Stadtplan von Los Angeles. Sie sandte eine Bewerbung an das World Council for Renewable Energy und machte sich auf nach Downtown.

Das große, weiße Federal-Building besaß zwei Türen. Vor der einen wartete schätzungsweise die Hälfte aller mexikanischen Staatsbürger. Also entschied sich Lea für die andere. Sie passierte die Passkontrolle, die Röntgenkontrolle, die Körperkontrolle, um drinnen ein Schild zu finden, das die Immigrantin nach draußen rechts um die Ecke wies. Ihre Aufenthaltszeit im Inneren stand in keinem Verhältnis zu der Zeit, die sie in der Sicherheitskontrolle verbracht hatte. Nun ahnte sie Schreckliches. Sie fragte einen der Sicherheitsbeamten, ob das dort draußen Zimmer 1001 sei. Der nickte. Sie nickte ebenfalls. Eine Weile stellte sie sich in die Schlange, obwohl sie wusste, das hielte sie nicht durch. Die Mexikaner waren ihr an Geduld überlegen. Oder ihre Not war größer. Die Not, die sie zwang, dieses Land zu okkupieren. Die Deutsche trieb nur die Sehnsucht nach ihrem Liebhaber.

Die eingebildete Europäerin suchte nach Auswegen. Telefon, Internet, Beziehungen. Aber da war nichts. Kein Ausweg.

Erneut stellte sie sich vor die blaue Uniform mit den blendenden Abzeichen und dem Kabel zwischen Herz und Ohr. »Gibt es eine günstigere Zeit?«

Er schüttelte den Kopf.

»Wann machen Sie auf?«

»Sechs Uhr morgens.«

Sie zuckte zusammen. Eine Stunde Fahrt, machte fünf Uhr aufstehen. Um das zu überstehen, brauchte sie einen Kaffee, machte vier Uhr dreißig.

Okay, ergab sie sich in ihr Schicksal als Immigrantin. Die nächste Nacht, in der sie nicht schlafen könnte, gehörte dem INS.

Sie dachte an Rod Stewart, den sie am Heiligen Abend beinahe über den Haufen gerannt hätte, weil er nach einem Weihnachtseinkauf tratschend auf dem Rodeo Drive gestanden hatte. Und sie dachte an die zwei Stunden in Zimmer 712 des Regent Beverly Wilshire, wo sie mit zwei Persern in der Badewanne und im Bett gelegen hatte, um der grausamen Einsamkeit am Weihnachtsabend zu entgehen. Dies alles, ihre Rolle als Hochstaplerin, als Pretty Woman im Regent, die Atmosphäre von Beverly Hills existierten in großem Kontrast zu Downtown LA, dem INS und zu Leas Alltag, der ihr jetzt als Immigrantin bevorstand. Als Touristin, die Geld ins Land brachte und bald verschwand, war sie willkommen, als Immigrantin war sie arm und arbeitslos. Der Staat sah sie lieber außer Landes. Besonders seit dem 11. September des letzten Jahres.

Sie stellte Damian wegen seiner vermeintlichen Assistentin nicht zur Rede. Das war nicht ihre Art. Sie war nicht eifersüchtig, weil sie nicht das Verlangen verspürte, einen Mann zu besitzen. Das hatte einen praktischen Sinn. Denn solange ihr ein Mann nicht gehörte, war auch sie nicht sein Eigentum, sondern frei. Und sie benötigte diese Freiheit, um ihr Leben zu bestimmen. Deswegen sagte sie nichts, als Damian sie einlud, mit ihm ins Fernando Valley zu fahren, wo er seinen Computer reparieren lassen wollte. Vielleicht brauchte er Zeit, sich zu entscheiden. Er musste sie erst kennenlernen. Und sie ihn.

Er fuhr die Serpentinen des Topanga Canyon hinauf, kurvte durch die versteppten Hügel, von denen die Bäume gerodet und nicht aufgeforstet worden waren, sodass Wind und Regen die Erdkrume ins Rollen brachten. Ab und an überschwemmte und blockierte sie die Straße, die mit viel Geld und Arbeit geräumt und erneuert werden musste. Wesentlich ökologischer und ökonomischer wäre es gewesen, aufzuforsten und von Anfang an für ein Gleichgewicht in der Natur zu sorgen.

»Stell dir vor, du bist Bäcker«, unterbrach Damian das lange Schweigen, währenddessen sie auf eine Berührung gewartet und überlegt hatte, ob sie ihre Hand auf seine weiße Hose legen sollte. Er schaute kurz über die Sonnenbrille hinweg, ob sie sich in die Rolle des Bäckers hineinversetzte. Dann wandte er seine Aufmerksamkeit den gefährlichen Kurven zu und fuhr fort: »Der Großkunde, dem du das Brot verkaufst, zahlt regelmäßig zu spät. Was tust du?«

»Ihn verklagen«, sagte sie nach amerikanischer Art.

»Das dauert zu lange. Bis die Gerichtsverhandlung zu Ende ist, vergeht ein halbes Jahr. Inzwischen liegen die Brote da, und du hast Hunger.«

»Ich esse das Brot und verklage.«

»Du isst die Brote eines anderen.«

»Solange er nicht zahlt, sind es meine. Wieso zahlt er eigentlich nicht? Kann er nicht oder will er nicht?«

»Er will nicht.«

»Warum nicht?«

»Er ist ein schlechter Mensch.«

»Es gibt keine schlechten Menschen. Etwas hat sie dazu gemacht. Kann natürlich schon während der Kindheit passiert sein.«

»Er wollte immer besser sein als ich, und er war neidisch auf meine Jobs und Erfolge. Das ist mein Bruder.«

»Was ist mit deinem Bruder?«

»Er ist der Finanzchef eines der berühmtesten amerikanischen Prediger. Ich war damit beschäftigt, ihnen ein Computerprogramm zu schreiben. Er aber zahlte grundsätzlich so spät, dass ich nach und nach alles verloren habe. Ich hatte drei Apartments, zusätzlich zu meinem Cadi einen Dienstwagen und ein Büro in Pasadena. Jetzt stehen meine Möbel im Storage, wofür ich nicht einmal die Miete aufbringen kann, und weil ich mein Büro aufgeben musste, besitze ich keinen Internetanschluss mehr, mit dem ich den Auftrag erfüllen könnte. Genau das war sein Trick. Ich kann ihn nämlich gar nicht verklagen. Er behauptet ganz einfach, ich hätte meinen Auftrag nicht erfüllt. Was letztendlich ja stimmt«, setzte Damian kleinlaut hinzu.

»Da hast du noch moralische Bedenken?«

»Er ist mein Bruder.«

»Wenn er nicht zahlen könnte, hätte ich versucht, mit ihm gemeinsam eine Lösung zu finden.«

»Er kann zahlen. Rate mal, wo er zusammen mit dem Prediger steckt?«

Sie zuckte die Schultern.

»Auf den Bahamas.«

Er schwieg eine Weile, was ihr Zeit gab, sich das Klischee von einem betrügerischen Prediger und seinem Manager unter Palmen mit Cocktails in den Händen vorzustellen.

Damian steuerte den Cadi unter überhängende Felsen. »Ich habe versucht, der Kirche Mitteilung zu machen, dass er sein eigenes Familienmitglied betrügt und verrecken lässt. Doch sowohl mein Bruder als auch der Prediger lassen sich verleugnen. Er predigt, man solle seine Rechnungen pünktlich bezahlen und tut es selbst nicht. Aber wahrscheinlich weiß er nicht einmal davon«, lachte Damian bitter. »Ich habe vier Monate dagesessen und gegrübelt, was ich tun kann. Ich habe keine Rachegefühle, aber ... Ich werde alle Zeitungen, alle Radiosender, alle Fernsehstationen im ganzen Land unterrichten. Was glaubst du, was das für einen Medienskandal gibt. Das habe ich ihnen geschrieben. Was kann ich sonst tun? Ich fühle mich nicht gut bei diesem Plan, aber was soll ich anderes tun? Seit vier Monaten muss ich im Wohnmobil meines Vaters leben. Er ist der Einzige, der etwas für mich tut. Seit vier Monaten sitze ich da und tue nichts als Grübeln und um ein Zeichen Gottes bitten.«

Lea betrachtete Damian. Es war seltsam, man sah ihm die Verzweiflung nicht an. Sein schönes Gesicht blieb entspannt, auch seine Stimme behielt ihr ruhiges, tiefes Timbre. Nur seinen Worten und seinem starren Blick auf die Straße, die jetzt den Kamm der Hügel erreichte und durch einen übriggebliebenen Wald führte, war anzumerken, in welch schwerem Konflikt er sich quälte. Seine Religiosität war ihr fremd. Aber seine hohe Moral entsprach der ihren. Trotz der Verschiedenartigkeit waren sie sich ähnlich. Denn was machte es für einen Unterschied, ob sie sich als Richtlinie ihres Handelns die Bibel oder Kants kategorischen Imperativ aussuchten?

Diese Ähnlichkeit in Fragen der Moral hatte Damian bereits beim Frühstück am Ozean erkannt. Doch glaubte er, Lea sei eine verkappte Christin, sie leugnete nur oder sei sich Gottes in ihr nicht bewusst. Ihre wahren Vorbilder, die Aufklärer und Idealisten Kant, Herder und Schiller, kannte Damian nicht. Dieses Missverständnis konnte Folgen haben.

Sie hielten auf einem stadtgroßen Parkplatz umgeben von riesigen Gebäuden mit kahlen, fensterlosen Außenwänden. Damian hob den Computer aus dem Kofferraum, in dem Lea ein Skateboard entdeckte. Er trug den Rechner in Alices Wunderland, tatsächlich ein wahres Wunderland für Computerfans, das vorgab, die Träume seiner Kunden zu erfüllen. Ganze Computerwelten ließen sich kaufen, aber niemand dort war fähig, Damians kleines Problem zu reparieren. Ärgerlich schleppte er den Kasten zurück zum Kofferraum, während Lea ihm Schlüssel und Handy hinterhertrug und sich wie eine stolze Ehefrau fühlte. – Bis das Handy klingelte. Sie reichte es Damian, der beim Einsteigen eine Zigarre anzündete.

»Ich bin beschäftigt«, hörte sie ihn sagen. Nachdem er eine Weile schweigend zugehört hatte, fing er eindringlich an zu reden. »Hör zu. Ich habe deinetwegen seit Weihnachten nicht mehr gearbeitet. Das macht mich immer nervöser. Ich kann mir das in meiner Situation nicht leisten. Hör mir zu.« Er ließ sich nicht unterbrechen, sondern hob die Stimme. »Du wolltest, dass ich aus Phoenix komme, um dich zu besuchen. Okay, ich bin gekommen. Jetzt muss ich wieder etwas tun. Und du trägst nicht gerade dazu bei, dass ich erfolgreich arbeite. Du ziehst mich herunter. Du sagst ausschließlich Negatives. Ich brauche eine positive Stimmung, wenn ich mit den Anwälten und Geschäftspartnern verhandeln will. Hör endlich auf mich anzurufen. Hör auf mit deiner Fragerei, wo bist du, was tust du, du könntest auf einen Sprung vorbeikommen, wann kommst du? Ich kann jetzt nicht, verstehst du? Gleich ist deinetwegen mein Akku leer. Und ich muss für andere erreichbar sein. Ich ruf dich später an, okay? Bye.«

Lea rauchte aus dem Fenster heraus in die Hitze, die sich im San Fernando Valley staute. Dessen Bebauung hatte Robert Redford in Zorn und Tränen versetzt; so hatte sie es in seiner Biografie gelesen. Denn es war zuvor ein wunderschönes Tal voller pflanzlichen und tierischen Lebens gewesen. Jetzt war das Feuchte trocken, das Weiche hart, das Schöne hässlich. Die Hitze lastete auf dem Asphalt.

Lea heuchelte, sie hätte Demians Telefonat nicht zugehört. Ein Vers fiel ihr ein: »When you're standing on my feet, I've got the right to shout you down.«

»Das war Jodie.« Damian wandte sich ihr zu, als er an der Ampel hielt.

»Sie ist nur eine Freundin, aber sie tut so, als wären wir ein Paar. Ich habe ihr tausend Mal gesagt, sie soll nicht vor aller Welt so tun, als wären wir ein Paar, aber sie mag mich, ich mag sie ja auch, aber sie ruiniert mich. Sie ist schuld daran, dass mein Vermieter mich rausgeschmissen hat. Sie redet zu viel. Sie hat den Nachbarn erzählt, ich hätte sie geschlagen, dabei habe ich noch nie eine Frau geschlagen. Und sie hat meinem Vermieter von meinen Schwierigkeiten erzählt. Da hat er Angst bekommen, dass ich die Miete nicht mehr aufbringe und mich rausgeschmissen. Obwohl wir uns bis dahin wunderbar verstanden hatten. Sie hat es ruiniert. Das ist der Dank, dass ich ihr geholfen habe, als sie in Schwierigkeiten steckte. Ich habe sie bei mir wohnen lassen, ihr Geld gegeben, ihr geholfen einen Job zu finden. Das hat sie zum Anlass genommen zu glauben, wir wären ein Paar. Aber wie soll ich warm und anschmiegsam sein, wenn sie so etwas tut, wenn sie jedem erzählt, in was für einer Lage ich mich befinde, an der sie mitschuldig ist? Wenn sie bei mir übernachtet, verkrieche ich mich in die äußerste Ecke. Ich will nicht, dass sie kommt, aber sie tut es einfach. Ich muss verschwinden. Wenn ich den RV-Park verlasse, werde ich ihr nicht sagen, wohin ich fahre.«

»Wohin fährst du?«

»Nach Phoenix.«

»Wieso nach Phoenix?« Sie zeigte auf die Ampel. Schon hupte es hinter ihnen.

»Da ist das Leben billiger. Und da sitzen die meisten Computerfirmen, Earthling zum Beispiel, für die ich arbeiten könnte.«

»Du willst weggehen? Kannst du nicht hierbleiben?«

»Wie denn?«

Lea zögerte. Sie hatte noch nie in ihrem Leben ein solches Angebot gemacht. Es sollte ihr die Chance eröffnen, mit dem Mann, in den sie bis zum Zittern verliebt war, zusammenzubleiben.

Nur schemen- und schlierenhaft zog an ihr der Gedanke vorbei, dass dieser Mann an sich wenig zu dieser Verliebtheit Anlass gab. Dass das Gefühl vielmehr ihr selbst entspringen musste und sich immerfort ein Objekt in der Außenwelt suchte. Und dann genügte irgendein schönes männliches, menschliches Wesen, um sie zu überreizen und ihren Hormonen einen Sinn zu verleihen.

»Ich miete ein Apartment, und du wohnst bei mir.«

»In Phoenix kannst du für dasselbe Geld eine größere Wohnung mieten.«

»Ich will in LA bleiben.«

»Ich könnte dich bei mir anstellen, dann bekommst du eine Aufenthaltserlaubnis. So helfen wir uns gegenseitig.«

»Ich brauche keine Hilfe, ich schaffe das alleine.«

»Klar, du schaffst das alleine. Dumme Immigrantin.«

»Ich habe Bewerbungen verschickt, und ich habe kein Geld, um in dein Unternehmen zu investieren. Und das müsste ich, stimmt's?«

»Nicht viel.«

»Wie viel?«

»Um deine Bewerbungen kannst du dich von Phoenix aus kümmern. Wir brauchen ohnehin beide einen Internetanschluss. In Phoenix ist das billiger.«

»Mir reicht ein Internetcafé.«

»Das ist auf die Dauer teuer.«

»Ich brauche es nur ab und zu.«

Damian schwieg beängstigend lange. Lea versuchte klar zu sehen: Er benötigte einen Internetanschluss, er brauchte eine Wohnung, er brauchte Geld. Sie benötigte nichts, aber sie wollte ihn und sie traute sich nicht zu, ihn durch Hartnäckigkeit davon zu überzeugen, mit ihr in Los Angeles zu bleiben. Hätte sie ihn vor die Wahl gestellt, wäre er allein nach Phoenix gegangen, glaubte sie.

»Wie ist Phoenix? Es liegt in der Wüste, oder?«, fragte sie.

»Schön ist es, wird dir gefallen. Du reist gerne. Betrachte es als ein Abenteuer.«

»Ich habe keine Zeit mehr für Abenteuer. Ich muss einen Job haben. Ich will ernsthaft hierbleiben. Mit dir. In LA.«

»Ich kann nicht in LA bleiben. Ich brauche jemanden, der meinen Cadillac nach Phoenix überführt, wenn ich den Austen fahre.«

»Wer tut es, wenn ich es nicht tue?«

»Sten, ein Freund von mir. Aber ich traue ihm nicht. Jodie will ich nicht fragen. Dann weiß sie, wo ich hin will. Ich muss sie loswerden.«

Sie fragte sich, warum er es ihr nicht sagte. Um sich alle Optionen offen zu lassen? Aber sie wollte sich nicht einmischen und sich nicht dazwischen drängen.

»Weißt du«, meinte Damian nach einer Weile des Schweigens, »ich bin jeden Morgen auf die Klippen gegangen, um übers Meer zu sehen und mit Gott zu reden und ihn um ein Zeichen zu bitten. Eines Tages wachte ich auf, sah aus dem Fenster auf die Wand eines Vans, auf der in roter und blauer Schrift stand: Phoenix, USA. Ich beobachtete, wie du abends mit deinen Lackschuhen ausgestiegen bist, deinen langen, weißen Mantel gerafft hast, um das Stromkabel und den Wasseranschluss einzufahren, und wie du weggefahren bist. Da wusste ich: Mit dieser Frau wirst du nach Phoenix gehen. Das ist das Zeichen Gottes. Er will, dass ich nach Phoenix fahre.«

Lea fühlte sich geschlagen von seinen Worten. Schließlich brachte sie hervor: »Es ist ja lieb, wie sich dein Gott um dich kümmert. Ich hätte es nett von ihm gefunden, wenn er *mir* ein Zeichen gegeben hätte, wo und wie ich das Glück finde. Ich habe ganz und gar nicht das Gefühl, dass es in einer Stadt wie Phoenix liegt. Bis dahin gehe ich davon aus, dass *ich* mein Leben bestimme und beherrschen muss, und dass meine Wahl eine Entscheidung aus Vernunft, Erfahrungen, meinen eigenen Hoffnungen und Träumen und meiner gottverdammten Psyche, Erziehung und Kindheit ist.«

Damian schwieg dazu und steuerte durch die Hügel zwischen San Fernando und Malibu. Die Abendsonne färbte die trockene Erde rotgolden. Lea empfand das Bedürfnis, das blaue Wasser des Ozeans über die Berge zu gießen. Doch es hätte wenig mehr bewirkt als eine weiße Salzkruste. Dem Boden fehlte seit langem der Samen. Sanft und unwirklich dunkelten die versteppten Erhebungen. Rot lag noch das letzte Licht auf dem höchsten Felsen. Rot ging die Sonne im Meer unter. Heftig schlugen die Schaumkronen auf den Sand. Viele Meter weit raste die Gischt den Strand hinauf und umspülte die schwarzen Steine. Dunstig, dunkel und starr standen die Klippen von Malibu, und zwischen dem weißen Schaum und dem dunklen Land bewegte sich die Lichterkette der Buicks, Lincolns, Chevrolets und Dodges über den Pacific Coast Highway.

»Lass uns die letzten Dollars verprassen«, rief er spontan, gut gelaunt und laut, setzte den Blinker, um vom Highway No. 1 auf ein Fischrestaurant zuzusteuern.

Mit dem Unterarm schob er den Kabelsalat und die Asche auf dem Tisch zur Seite und machte Platz für geräucherten Thunfisch und in Knoblauch eingelegte Muscheln. Gerade goss er ihr ein Glas Merlot ein, als das Telefon klingelte.

»Jodie ist auf dem Weg hierher«, verkündete er, an einem Stück öligen und doch trockenen Thunfisch kauend.

Lea stand wortlos auf, wickelte sich ein Stück Fisch ein und ging.

»Hey, warte, nicht so schnell.«

Er verrieb das Öl in seinen Händen und nahm sie in die Arme. Sie schmiegte sich tief in seinen Anorak, und er kommentierte ihre Anschmiegsamkeit: »Ja, solche Tage hat man.«

»Ich habe das jeden Tag.«

»Hey, come on«, sagte er und griff ihr in die Haare, um ihren Kopf aus seinem Anorak zu ziehen und ihr einen seiner seltenen Küsse zu schenken.

»Ich bin kein großer Küsser«, hatte er sich entschuldigt.

»Nein, das ist dir zu viel Nähe«, versuchte sie den wahren Grund zu erkennen. Der Kuss war nur die Gabe, die sie warm halten sollte, damit sie nicht entnervt aufgab und er seinen Fahrer nach Phoenix verlor. Für Lea war der Kuss ein Versprechen auf mehr, das schon die Eltern nicht gegeben hatten, und dem Lea seither hinterher lief. Ihren Fisch allein auf dem Klippenrand essend fragte sie sich, was sie während des Rests ihres Lebens erstreben würde, wenn sie einmal bis zur Sättigung liebkost worden wäre, wenn sie einmal um ihrer selbst willen geliebt worden wäre.

Als sie ihre Van-Tür aufschloss, rollte der blaue Pick-up herauf. Das schöne Mädchen mit den blonden Haaren grüßte Lea. Jodie wusste nicht, dass sie die Geliebte ihres Freundes war.

Alle Stunde stand Lea von ihrer Koje auf, setzte Teewasser auf und sah aus der Windschutzscheibe, ob der Pick-up noch dastand. Damian hatte gesagt, Jodie sei ebenfalls in das Geschäft verwickelt. Auch sie wolle seinen Bruder verklagen, darum arbeite sie zusammen mit ihm am Computer. Am Freitag entschied der Anwalt, ob sich eine Klage lohne, danach brauchte Damian Jodie nicht mehr.

War Jodie ins Geschäft eingestiegen, um mit ihm zusammenleben zu dürfen? War das seine Bedingung? Suchte er sich nach diesem Kriterium seine Freundinnen aus? Seine Distanz wäre auf diese Weise erklärlich.

Eine andere Erklärung waren seine enttäuschenden Erfahrungen mit Frauen. Da war nicht nur die faule Russin, sondern auch ein deutsches Model namens Claudia, das nach vier Wochen nach Hause geflogen war. Gegen solche Erfahrungen hatte er womöglich eine Schutzmauer um sich herum gebaut.

Lea fand keine Ruhe. Erfolglos versuchte sie abzuwägen, was ihr mehr bedeutete, mit ihm zusammenzuleben oder in Los Angeles mit seinen unbegrenzten

Möglichkeiten zu bleiben. Es gab Millionen von Männern und spannende Jobs in dieser Stadt. Aber fände sie je wieder einen wie Damian?

Am Ende hielt sie es nicht länger aus. Sie musste noch einmal los, um irgendwo ein Glas Wein zu trinken. In ihrer Eile vergaß sie, das Stromkabel und den Wasserschlauch abzuklemmen. Der Motor lief bereits, sie hatte den Rückwärtsgang eingelegt, als ihr das drohende Unglück einfiel.

Im teuersten Restaurant am Rande von Malibu, bei Geoffrey's, setzte sie sich unter einen Heizstrahler ins Kerzenlicht, sah und hörte den Pazifik unter der Holzterrasse gegen die Böschung branden. Cool fühlte sie sich, der einzige Gast in Jeans und Seemannspullover zu sein. Außer ihrem waren nur zwei Tische besetzt. Ein japanisches Yuppiepaar feierte Geburtstag, und zwölf Herren in dunklen Anzügen aßen Kaviar, besprachen Geschäfte und Schauspielerinnen.

»Actress«, nannten sie sie, woran Lea erkannte, wovon sie wirklich redeten. Künstlerinnen, ernsthafte Schauspielerinnen wurden mit dem männlichen Titel actor bezeichnet. Die weibliche Form galt jenen Geschöpfen Hollywoods, die Doppelrollen spielten. Actresses erhielten ihre Aufträge für besondere Dienste am Produzenten oder sonstigen einflussreichen Menschen.

Lea bestellte das zweite Glas Wein, stellte einen Cowboystiefel gegen die Brüstung zum Meer, legte den Kopf auf die Nackenlehne und war froh, frei zu sein. Sie verkaufte sich nicht für einen Job und eine Immigration, sie investierte weder sich noch ihr Geld in unsichere Geschäfte. Alles, was sie gäbe, müsste sich gut anfühlen. So behielte sie die Kontrolle. Gegen ihre Sehnsucht nach Liebe war nicht anzugehen, darin steckte die einzige Gefahr, sich abhängig zu machen oder sich dem Falschen zu schenken. Doch wenn sie ab jetzt vorsichtiger wäre, konnte es nicht allzu schlimm mit ihr enden. Andererseits musste sie etwas riskieren, sonst konnte sie auch keine guten Erfahrungen machen.

»So viel zur Theorie«, dachte sie.

Sterne, Mond und Flugzeuge flackerten am schwarzblauen Nachthimmel über dem Stillen Ozean, der sanft unter ihren Stiefeln anbrandete. Als sie die fliegenden Lichter doppelt sah, wusste sie, es war Zeit aufzustehen und sich und ihre Wohnung auf Stellplatz L zu rollen.

**

Um 4:30 Uhr weckte sie der Alarm ihres neuen Weckers und machte sie zu einem Teil der arbeitenden Bevölkerung Amerikas.

»Wow«, flüsterte sie in den kleinen dunklen Raum hinein. Ihre Stimme schien sich an die Windschutzscheibe unter dem klaren Sternenhimmel zu kleben. »Das ist dein Leben! Und es ist irre!« Sie drehte die Heizung höher, bis sie angezogen war, stellte die Warmwasserzubereitung für die Dusche an, fachte den Gasherd an, ließ Instantkaffee in die Tasse rieseln und bückte sich unter die Windschutzscheibe, um das Wetter abzulesen und nachzuschauen, ob Jodies Pick-up noch neben dem Cadi parkte. Tat er.

Sie war derart wild entschlossen die Einwanderungsbehörde zu stürmen, dass sie erneut abgefahren wäre, ohne vorher das Stromkabel und den Wasserschlauch abzuklemmen. Allein das Blinken des Laptops machte sie aufmerksam, nachdem sie alle anderen Lichter zur Abfahrt bereits gelöscht hatte.

Ausnahmsweise waren Highway No. 1 und Freeway 101 frei. Kein Mensch am Strand, soweit die Schwärze das erkennen ließ, niemand auf den Straßen. Plötzlich war schwer vorstellbar, dass sie sich in einer Millionenstadt aufhielt. Das änderte sich, als sie vor dem Federal-Building eintraf. Das INS war noch dunkel und geschlossen, trotzdem stand die Schlange davor fast ebenso lang wie am Nachmittag. Mit dem Unterschied, dass die Mexikaner jetzt froren, statt zu schwitzen. Viele saßen in Decken gehüllt an der Wand, einige hatten sich Klappstühle mitgebracht. Lea suchte das Ende der Warteschlange und reihte sich hinter einer kleinen Asiatin ein. Die redete in ihrer hohen und piepsigen Stimme auf ihren zitternden Sohn ein, ob er alle Unterlagen bei sich trüge. Er hatte sie sich als Kälteschild unter den Pullover gesteckt. Zwei Sekunden später stellte sich ein großer, blonder Kanadier mit einem Roman unterm Arm an. Lea bat die beiden, ihr den Platz freizuhalten, damit sie Kaffee, Croissant und Zigaretten gegen die Kälte holen konnte.

Nach zwei Stunden machte sie ein paar Gymnastikübungen, weniger zur Unterhaltung der anderen Immigranten in spe als zur Stabilisierung ihres Kreislaufs. Vom langen Stehen und vom Nikotin sackte er ab. Sobald es hell genug war, las der Kanadier in seinem Roman.

Schließlich passierte die Frau mit dem deutschen Pass die Sicherheitskontrolle – um in der nächsten Schlange anzukommen. »Next in line«, rief die Beamtin an Schalter 9. Danach ging alles sehr schnell. »Sie müssen entweder heiraten, dann bekommen Sie eine Greencard oder ein Arbeitgeber muss für Sie bürgen, dann bekommen Sie ein permanentes Arbeitsvisum.« Damit war Lea entlassen. Nach drei Stunden Warten.

Die Uhr zeigte acht. Lea nutzte die Frühe, um in Richtung Santa Monica an einer Agentur für Nannys und Housekeeper zu halten, die in der LA Weekly inseriert hatte. Aus den vielen Anzeigen hatte Lea jene gewählt, die für Malibu und Beverly Hills zuständig war, in der Hoffnung, hier erkundigten sich die Stars nach diskretem Personal.

Unter der Nummer fand sie ein normales Wohnhaus. Die Tür stand offen, ein Staubsauger rumorte, ein Kabel spannte sich als Fallseil hinter der Tür. Der Teppich hätte von ihrer Mutter gepflegt sein können, so sauber lag er da. Ungläubig erkundigte sie sich nach der Agentur.

»That's me. Das bin ich«, lächelte die Hausfrau und stemmte die dicken Oberarme in die Hüften. Sofort löste sie sie wieder, um die junge Ausländerin hereinzubitten. Sie fragte gleich nach einer Arbeitserlaubnis, ohne die Lea keine seriöse Anstellung bekäme. Sie müsse zum INS gehen. Lea erklärte ihr, da käme sie soeben her. Die freundliche Hausfrau empfahl ihr eine Anwältin. Das Büro der Juristin befand sich in Downtown. Sie musste zurück.

Als aufregend empfand sie es, ihre persönliche Elly McBeal zu besuchen. Sie liftete durch einen gläsernen, braunen Wolkenkratzer in die zehnte Etage und ließ sich in Suite Nummer 1602 in eine weinrote, englische Ledergarnitur fallen. Es duftete nach Räucherstäbchen und Mandarinen von einem winzigen Altar auf einem Aktenschrank her. Ein kleiner Brunnen plätscherte auf einem anderen Metallschrank. Asiatische Landschaftsmalereien und Bambuspflanzen stahlen den Schränken die Kälte und Starre und beruhigten das Auge. Lea schlief auf der Couch ein.

Als sie geweckt wurde und sich vor Josie Tan Gamao erhob, glaubte sie als Alice im Wunderland erwacht zu sein. Denn die Anwältin reichte ihr bis zur Brust. Die thailändische Fachfrau für Einwanderungsangelegenheiten ließ die Riesin an ihrem Schreibtisch Platz nehmen und diktierte ihr Aufträge und Fachausdrücke. Lea sollte sich beim Social Service um eine ID Card bewerben und den Führerschein beantragen. Der Deutschen kam dieses Vorgehen merkwürdig vor. Ihrer Mentalität nach war sie geneigt, zuerst einen Job zu suchen.

Die Unermüdliche fuhr den Wilshire zum zweiten Mal an diesem Tag hinunter, schleuste erneut durch eine Sicherheitskontrolle, liftete abermals in den zehnten Stock eines Wolkenkratzers und landete dieses Mal in einem Wartezimmer, das einem Klassenraum ähnlich sah. Ein schwarzer Beamter in Uniform saß vor einem Pult, das Pult stand vor Reihen zusammengeschraubter Plastikstühle, auf denen Menschen Formulare ausfüllten. Auch Lea erhielt ein Antragsformular für eine Identitätskarte. Sogleich wurde es ihr zu heiß unterm

Pullover aus Angst, sie bekäme mit dem Ausfüllen noch größere Schwierigkeiten als bei deutschen Anträgen. Leise schlich sie in die Stuhlreihe.

Erleichtert atmete sie auf, als sie den Zettel überflog. Stolz reckte sie sich und zückte den Kugelschreiber, als sie feststellte, dass sie imstande war, das Antragsformular lückenlos zu beantworten. Während sie Blockbuchstaben malte, bemerkte sie, wie sich kleine Holzfenster in der Wand öffneten. Hinter ihnen erschienen freundliche, weiße und braune Gesichter, die Nummern aufriefen, woraufhin sich die Nummern von den Stuhlreihen erhoben und leise zu bitten und zu jammern anfingen. Ein junges Mädchen bat um Geld für den Frauenarzt. Ein Vietnamveteran um seine Rente. Eine Frau im mittleren Alter fragte, wie lange sie noch arbeiten müsse. Ein Künstler erkundigte sich, wie lange er noch im Land bleiben dürfe. »Hier bist du richtig«, dachte Lea und entspannte sich, bis Nummer 53 aufgerufen wurde.

Von allen Bittstellern bekam die Deutsche die abschlägigste Antwort. Hätte sie nicht lachen müssen über den kafkaesken Ämtergang, hätte sie geweint, als sich ihr ein Fensterchen öffnete, um ihr mitzuteilen, sie solle zurück zum INS, sie habe dort die falsche Frage gestellt.

»Das bringt doch alles nichts«, erklärte sie dem Lift. Abermals fuhr sie den Wilshire hinauf nach Downtown, dieses Mal, um sich Hilfe von ihren Landsleuten zu holen. Sie passierte die Leinwand auf dem Wolkenkratzer, auf der die sinnlich blickende Mulattin unterm Stahlhelm und dem kampfbereiten American Eagle für den Krieg warb. »United we stand.« Wer stände zu Lea?

Zehnter Stock, Suite 500. Die deutsche Botschaft entschied sich für dieselbe Antwort, die ihr das INS gegeben hatte. Erst ein bürgender Arbeitgeber, danach die Aufenthaltserlaubnis.

Sie fuhr zum dritten und letzten Mal den Wilshire hinunter.

Sie joggte unter den Pfählen der Strandhäuser entlang. Dort, wo der Sunset auf den Ozean traf, standen Trucks und Cateringstände mit Saft, Wasser und Obst für die Schauspieler. In weißen Bademänteln stiegen sie die Treppen ihrer Garderobenwagen herunter, um sich vor den Kameras zu entblößen. »Action from the background«, schrie der Regisseur. Die Statisten mimten spielende Kinder, Sonnenbadende, volleyballspielende Jünglinge und Jogger, während im Vordergrund eine Lovestory lief. Der Star versagte. Die Szene musste wiederholt werden, bis die Jogger in den Sand kippten. Kilometer weiter herrschte Stille. Keine Action. Weder im Vorder- noch im Hintergrund. Lea war barfuß gerannt und stürzte sich samt Sportdress ins Meer.

Früh am Morgen, es dämmerte noch, stieg sie aus dem Van, um den Code 123 für die Damenduschen des Campingplatzes einzugeben. Da näherte sich ein Mann unterm Cowboyhut und im Anorak. Nur daran erkannte sie den schönsten Mann von Malibu. Sein dunkles Gesicht war in der Dämmerung nicht zu erkennen. Er stellte die Kaffeetasse auf den Holztisch ihres Standplatzes. Zimtduft entstieg ihr und verwehte in der salzig feuchten Morgenluft. Er habe die Nacht mit Jodie an seinem Fall gearbeitet. Es gehe um rund eine Million Dollar. Jetzt sei er auf dem Weg zu den Klippen, um übers Meer zu schauen und mit Gott zu reden. Ein Adler flog über sie hinweg, über den Mann mit dem amerikanischen Traum vom Reichtum und über seinen Engel mit den goldenen Flügeln, wie er Lea nannte, weil sie von Gott gesandt war. Der American Eagle schwebte über den Pacific Coast Highway an der Lagune entlang in Richtung LAX. Und die beiden Menschen gingen jeder seiner Wege.

»Der Mann steckt so sehr in Schwierigkeiten«, blubberte sie unter dem Wasserstrahl der warmen Dusche. Es hallte im gekachelten Raum. »Der kann sich keine zwei Frauen leisten. Ich muss Abstand gewinnen.«

Stuntman Damned Man

Sie platzierte den Laptop so auf dem eisernen runden Tisch unter den Malibu-Arkaden, dass sich weder die Sonne im Monitor spiegelte noch die Vögel hinein koteten. Daneben stellte sie den Becher Cappuccino und einen Aschenbecher. Die LA Weekly legte sie hinzu. Am Nebentisch saß der dicke Sheriff von Malibu, plauderte mit zwei Obdachlosen und schlürfte Kaffee. Ein weiterer Berber trat heran, fand keinen Platz am Tisch, sondern begnügte sich mit der Mauer um den fließenden Brunnen. Zahnlos grinste er den Sheriff an, und weil Lea ihm gegenübersaß, auch sie. Da sie auf Lebensgeschichten und auf die Frage neugierig war »Was tut ein Mensch den ganzen Tag, seit er nicht mehr selbst sein Land bestellt und seine Tiere domestiziert«, lauschte sie nicht unauffällig.

Der Obdachlose ohne Schneidezähne grüßte, und da Lea wie stets freundlich antwortete, wurde sie bald in das Gespräch eingebunden. Am Ende fragte er: »Kommst du mit zum Strand?«

Den Weg war sie noch nie gegangen. Wie alle bürgerlichen Amerikaner in Brot und Arbeit fuhr sie ihn. Es ging ein Stück den Pacific Coast Highway entlang, danach auf einen schmalen Feldweg ins Schilf bis zur Malibu Lagoon. Sie setzten sich auf Steine. Lea gab eine Runde Zigaretten aus. Dale verfütterte die Reste ihres Muffins an Enten und Möwen. Dann riss er eine Dose doppelt gebrautes Ale zum Frühstück auf. »Cancake statt Pancake«, nannte er das.

Unter den Arkaden und auf den Straßen durfte er nicht trinken. Die Droge selbst war nicht verboten, aber ihr öffentlicher Konsum. Er störte das ästhetische Stadtbild, erinnerte an soziale und gesellschaftliche Probleme und war ein übles Vorbild für die Jugend.

Dale war klein für einen Mann. »Warst du mal Jockey«, fragte Lea ihn. »Nicht schlecht geraten, Kleines. So was Ähnliches. Ich war 18 Jahre lang Stuntman.«

»Und dann?«

»1988 hatte ich einen Unfall. Ich musste in Pension gehen. Letzte Woche habe ich meinen 51. Geburtstag gefeiert. Mädchen, bin ich alt!«

»51. Das kommt mir nicht alt vor.«

Zehn Jahre älter als Damian sah er allerdings aus. Doch er trug weiterhin die langen, braunen Haare und den Bart wie auf dem Foto in seinem Pass. Den holte er aus seiner Jeanstasche, um nachzuschauen, wie die Straße hieß, auf der er offiziell wohnte. Dale vergaß alles. Auch der Name der Stadt bei LA fiel ihm nicht mehr ein. Dort lebte eine Redakteurin des Rolling-Stone-Magazins. Er nannte sie seit 30 Jahren seine Freundin.

Sie hatten sich auf dem College kennengelernt. Dale war Aktivist gewesen, sagte er, Hippie. Stolz strich er seine langen Haare zurück. Bei näherer Betrachtung schauten sie schmutziger und fettiger aus als auf dem Passbild. Ein goldener Ohrring kam zum Vorschein. Mit seiner Redakteurin vom Rolling-Stone-Magazin war Dale nach Amsterdam gereist, um eine Story über eine Drogenstraßenparty oder einen Tag der legalen Drogen zu recherchieren. Das Heft brachte ein Foto heraus, auf dem Dale einem Polizisten seine Marihuanapfeife zeigte. Anschließend waren sie zum Oktoberfest nach München gefahren. Dale hatte beweisen müssen, dass er trinken konnte wie ein Bayer. Daher wusste er von Deutschland nichts mehr.

»Warum hast du keine Frau«, fragte Lea, weil sie heraushörte, dass er seine Freundin liebte.

»Meine Frau ist am Kokain gestorben. Meine Freundin kann das Segeln nicht leiden.«

Er zeigte ans andere Ende der Bucht in Richtung Marina del Rey. »Dort liegt mein Segelboot. 35 Dollar die Woche. Jederzeit zur Ausfahrt bereit.«

»Wann stichst du in See?«

Sie glaubte ihm, dass er das Boot tatsächlich besaß. Aber sie glaubte nicht, dass er noch einmal segeln konnte. Geschweige denn, dass er ein weiteres von den Abenteuern überlebte, von denen er erzählte und aus denen er jetzt ein Comic zeichnete. Auch den Comic schaffte er nicht mehr, fürchtete sie.

»Wann immer du willst.« Er wandte den Kopf vom Meer zu ihr und lachte sie zahnlos an. Dann sah er zurück über die Lagune.

»Worüber schreibst du den Comic?«

»Damned Man. So nennt man mich nämlich.«

»Was ist der Plot?«

»Na, seine Abenteuer.«

»Zum Beispiel?«

»Damned Man trifft eine schöne Frau mit wilden Haaren. Er nimmt sie zum Surf Rider Beach mit.« Er strahlte sie an.

»Das ist noch kein Plot. Gib mir ein Beispiel für einen Plot«, bat sie ihn.

Jetzt stellt Euch einen Comicstrip vor, liebe Leserinnen und Leser. Ein Segelboot auf offenem Meer liegt nachts vor Anker. Die Kamera schwenkt ins Innere des Schiffs. Eine Frau und ein Mann, Damned-Man mit seinen langen, braunen Haaren, schlafen friedlich in der Koje. Damned-Man nennt jeder Dale, und Damned-Man ist auch der Titel seines Comics.

Das Schiff dümpelt. Immer lauter werden die Geräusche der pendelnden Lampe, des rutschenden Geschirrs, des Kompasses, der über den Tisch schlittert. Damned-Man erwacht. Er geht an Deck, sieht die weißen Schaumkronen auf den Wellen. Sie leuchten im Vollmond. Allenfalls 20 Fuß entfernt droht dunkel eine Insel. Der Anker sitzt nicht fest im Schlick, das Boot treibt auf die Insel zu. Damned-Man lichtet den Anker und wirft ihn erneut, den zweiten gleich hinterher. Aber eine riesige Woge ergreift das Schiff und wirft Damned-Man, der sich bei der Arbeit nicht festhalten kann, über Bord. Natürlich schafft der Damned-Man es, zurück an Deck zu klettern. Er betritt seine Koje und kuschelt sich an seine Freundin. »Iiiih«, schreit die auf, »du bist kalt und nass. Wo warst du?«

»Im Meer«, antwortet Damned-Man ruhig. Nur sein Atem pumpt ein wenig nach der Anstrengung. »Everything's all right now, baby.«

Und sie kuschelt sich dankbar an ihren Helden.

Leicht schwankend erhob sich Damned-Man Dale vom Stein. Lea griff ihm unter den Arm, bis er festen Stand fand. So gingen sie die Malibu-Lagune entlang auf den Surf Rider Beach zu. Sie mussten die Schuhe ausziehen, die Jeans hochkrempeln und durch das Wasser waten. Sie passierten einen Turm der Lifeguard und ein Volleyballfeld. Dahinter lag ein Baumstamm. Vor dem ließen sie sich nieder und streckten sich im Sand aus.

»Ach, könnte ich noch einmal so eine Frau bekommen wie dich. Ich käme vom Alkohol herunter und fände Arbeit. Wir hätten eine Wohnung ...«.
Er stach ihr ins Herz mit seinem Gerede. Sie konnte einen Sinn im Leben haben. Den Sinn, ihm zu helfen. Aber war das ihr Sinn? Gab es nichts für sie?

Es tat ihr weh, dass sie ihm vielleicht helfen sollte, es aber nicht tat. Der Preis schien zu hoch. Sie müsste alles aufgeben, möglicherweise sich selbst.

Der Stich schmerzte noch mehr, als er erzählte: »Meine Tochter ist in deinem Alter. Sie lebt in Key West. Einen Enkel habe ich, kannst du dir das vorstellen? Wenn er sich ein Spielzeug wünscht, vertröstet ihn meine Tochter mit dem Spruch:»Bald kommt der Großvater und kauft es dir.« Das ist nicht richtig. Das ist nicht gut. – Ich habe immens viel Geld für ihn ausgegeben, weißt du. – Ich möchte gerne frisches Ale kaufen. Aber ich habe kein Geld mehr.«

Es fiel ihm schwer, die Anstrengung auf sich zu nehmen, über den Strand und die Straße bis zum Jack in the Box zu gehen, um sich und ihr Burger für einen Dollar zu holen. Lea lehnte ihren ab, er packte ihn für später in seinen Rucksack. Schwer ließ er sich neben sie fallen. Er schlang, dass er einen Schluckauf bekam. Nach dem Essen schlief er für ein paar Minuten ein. Auch Lea gab sich ihren Träumen hin und sah träge den Surfern zu.

Hier funktionierte das anders als auf Hawaii. Dort rollten die Wellen, auf denen sie ritten, gerade auf den Strand zu. Hier surften sie mit der Welle, schnitten sie schräg an, sodass sie am Strand entlang ritten. Sie standen locker in den Knien zurückgelehnt auf ihren Boards, manche liefen auf ihnen vor und zurück. Es sah aus, als müsste die Welle jeden Augenblick über ihr Surfboard schlagen, immer lag der Kamm in Kniehöhe über ihrem Brett. Auf diese Weise kam eine lange, manchmal reitende Bewegung zustande. Bis die Beach Boys in Neoprenanzügen auf Grund gerieten und absprangen.

Indem Dale aufwachte, bat er um eine weitere Zigarette.

»Beeing lazy«, fragte sie Dale, ob die Vokabel richtig war für das, was sie hier taten. Der warf den Kopf in den Nacken, um der kalifornischen Sonne seine Zahnlücken zu zeigen vor Freude, dass auch die Frau einfach nur am Surf Rider Beach sitzen wollte, den Sand in den Haaren, die Füße kalt vom Wind, die Jeans nass von der Durchquerung der Malibu-Lagoon. Sie verschränkten die Arme hinter ihren Köpfen und lachten.

* * *

Dale reckte seinen tätowierten Unterarm hinaus aufs Meer, über dem die Sonne hing. Die Küste hieß West Coast. Folglich bestanden die Leute darauf, dass dort am Horizont Westen sei, erklärte Dale. Sie beide sahen jedoch, dass die Sonne dort zum Mittag stand. Also war da Süden. »Aber die Leute«, sagte Dale, »wollen das nicht wahr haben.« Und Lea philosophierte: »Sie glauben lieber, was sie lesen, als das, was ihre eigenen Augen ihnen sagen.«

Er zeigte die Hügel von Malibu hinauf. »Siehst du die Burg?«, fragte Dale, »wie findest du sie?«

Sie zuckte die Schultern, wusste, wem sie gehörte. »Passt nicht hierher. Sieht aus wie eine alte Burg am Rhein.«

Er grinste. »Die Lady, die da wohnt, braucht sie für ihre immensen Partys.« Er vermied ihren Namen zu sagen, diskret war er. Daran merkte sie, dass er in Hollywood zu Hause gewesen war, und dass er seine Kunden nicht verlieren durfte. Lea wiederum mochte den Ort nicht verraten, wo sie gehört hatte, dass es Cher Bonos Villa war. Was hätte Dale von ihr gedacht, wenn er wüsste, dass sie im Beverly Hills Hotel und im Regent verkehrte?

»Ich habe gerade die Fenster gestrichen«, sagte er. »Dort oben habe ich alte Freunde. Ich streiche ihre Häuser. Dafür bekomme ich 15 Dollar die Stunde.«

»Wie erfährst du von den Jobs?«

»Ich frage nach. Sie kennen mich alle, ich war 18 Jahre lang ihr Stuntman. Auch Steve vermittelt sie mir. Er ist mein bester Freund, der beste der Welt.«

Er schrie nach Steve. Der eilte vom Volleyballfeld zur Dusche. Steves dicklicher Bauch war nass vom Schweiß, in der Hand hielt er sein Handy. Dale stellte Lea vor. Steve betrachtete sie verwundert, sodass Dale meinte, ihm eine Erklärung zu schulden. »Sie ist Schriftstellerin und schreibt über mich, den Damned-Man.« Und wieder warf er vor Lachen den Kopf in den Nacken.

»Steve ist Konstrukteur, er baut den Reichen ihre Villen in die Hügel von Malibu. Ich streiche anschließend die Fenster. 15 Dollar gibt er mir, er verdient 35 die Stunde.«

Als sich Steve eilig verabschiedete, fragte Dale ihn noch: »Have you got something for me?« Steve schüttelte den Kopf.

Bevor er sich schwer erhob, sah Dale auf seine Hände und sagte: »Damn it, sind die dreckig.« Er reichte Lea seinen dünnen, schrumpeligen und tätowierten Arm wie ein Gentleman. So gingen sie am Strand entlang. Er zeigte ihr die Stelle, einen Stein, wo er üblicherweise saß. »Schöne Aussicht«, mehr gab es nicht zu sagen. Die Bucht lag in Richtung Santa Monica im Sonnendunst. Die Surfer steuerten in den Dunst. Der Steg ragte auf hohen, hölzernen Stelzen ins Nichts. Pelikane starteten von hier aus. An den Pfählen klebten Muscheln. In Wind und

Wasser schaukelte der Tank. Lea kannte die beliebte Location aus vielen Filmen. Bei trübem Wetter verwendete man sie gerne für melancholische Szenen im Anschluss an den Bruch einer Liebe, das Ende eines Lebens oder eine Kündigung.

Sie schleppten sich den Pacific Coast Highway unter Chers Villa entlang, am Strandhaus von Janet Jackson vorbei und zurück zu den Malibu-Arkaden. Dale blieb oft stehen. Wozu sollte er gehen, wenn er kein Geld hatte, etwas zu kaufen? Er bettelte in mehreren Läden, bekam aber nichts. Lea zerrte den schwankenden, schwachen Mann weiter. Immer langsamer ging er. Er schwankte zwischen der Verzweiflung, kein Geld und nichts zu trinken zu bekommen und der Freude sie am Arm zu führen. »Eine Frau wie dich. Wenn ich das noch einmal erreichen könnte. Das ist alles, was ich mir wünsche.«

Plötzlich brach er von der Straße aus ins Unterholz. Sie drückten sich durch drei Meter hohe Sträucher. Zwischen den kahlen Ästen rauschte die No. 1. Dale setzte sich auf eine Wurzel und rief nach seinen Freunden. Zögernd und müde antworteten sie. Sehen ließen sie sich nicht.

»Ich will zurück«, forderte Lea. Aber Dale hielt sich an einem Baumstamm fest, um nicht umzusinken und einzuschlafen aus lauter Verzweiflung. Die große Mühe, sich aufrecht zu halten, bewegte seine Tätowierung über den Sehnen am Unterarm.

Leas Magen krampfte sich zusammen, ihre Kehle schnürte sich zu, Tränen stiegen auf, ohne das untere Lid zu erreichen. Wie konnten sie und all diese Fahrer auf dem berühmtesten Highway der Welt diesen Mann einfach im Straßengraben verrecken lassen? Niemandem hatten Eltern, Lehrer, Staat und Wirtschaft beigebracht, was zu tun sei. Vor Wut und Scham biss sie die Zähne aufeinander. Abstumpfen und ignorieren. Das hatten sie ihnen eingeprägt. Für sich selbst sorgen. Sich schützen.

»Ich muss dich jetzt verlassen«, erklärte sie, obwohl es weh tat, das zu sagen. Sie wusste, diesen Moment vergäße sie nie mehr. Er bilde einen weiteren Stein in der Mauer. Sie müsste ihm helfen. Wie allen ihren Freunden. Doch nach Jahren der Verletzungen hatte sie gelernt, dass ihr das ebenso wenig gut tat, wie das, was sie jetzt tat. Beides war schlecht. Hilfe hätte sie benötigt. Aber niemand half. Am wenigsten jene, die ihr Geld mit Versprechen verdienten: Anwälte, Ärzte, Psychologen, Priester. Jeder von ihnen gaukelte vor, eine Wissenschaft zu betreiben, die in Wahrheit keine war. Sie waren die Medizinmänner und Scharlatane des 21. Jahrhunderts und der westlichen Welt. Und die Zuständigkeit aller anderen Mitmenschen beschränkte sich auf Produzieren, Konsumieren und auf die eigene Familie. Wer war für Dale zuständig?

»Ich bringe dich zurück«, sagte Dale, aber er begriff gar nicht mehr, worum es ging. Damned-Man nahm sie ein letztes Mal in seine Arme. »Es ist okay, wenn du mich verlässt«, sagte er wie zu einer Tochter, die er nicht mit ins Elend ziehen durfte, der er die Freiheit schenkte, ihr Leben zu finden. Er war zu müde, um ihr noch zu folgen. Er gab den Kampf auf.

Damian 3

Lea heulte, während sie fuhr. Der leere Raum in ihrem Rücken schwankte und klapperte mit Geschirr. Die Verriegelung des Kühlschranks war nicht ordnungsgemäß verschlossen. Die Tür schwang auf und erbrach Milch, Marmelade, Butter, Käse. Draußen auf der No. 1 war nichts davon zu sehen. Dort zog unauffällig ein Ford-Mobil durch die Sonne an der Küste entlang. Lea blickte nicht auf das Asphaltband, sondern auf den Grünstreifen am Rande der Straße. Wie viele Menschen mochten darin liegen? Sie sah niemanden, nur die vielen plattgefahrenen Felle, Federn, Stacheln und Schnäbel fielen ihr auf. Aus einigen ragten noch Augen. Was war das für eine Gesellschaft? Was waren sie für Menschen? Waren sie schon Menschen? Oder mussten sie sich erst noch dahin entwickeln?

Sie heulte und beugte den Rücken, schlug mit der Faust auf das Lenkrad. Das gab nicht nach, machte nicht einmal ein lautes Geräusch. Sie richtete nichts aus. Sie war überflüssig wie ein Parasit auf dem Planeten. Sie alle waren überflüssig. Einschließlich derer, die sich für wichtig hielten. Es machte nicht den allergeringsten Unterschied, wenn einer von ihnen, egal welcher, das Lenkrad geradeaus steuerte und bei der kommenden Kurve über die Klippen kippte. Im Gegensatz zu vielen ihrer Mitmenschen hatte sie aber den Glauben, das menschliche Leben habe einen Sinn, stets für pure Arroganz gehalten. Gehofft hatte sie nur auf ein wenig Freude. Die erwuchs aus dem Fühlen, Riechen und Sehen der Natur, aus Liebe und Anerkennung. Von allem war zu wenig da, als dass sich das Leben lohnte.

Sie versuchte sich auszumalen, wie es wäre. Das grausige Zucken des Herzens, wenn es sich erschreckte in Todesfurcht. Das kannte sie schon. Einen Fall ins Leere gäbe es nicht. Dazu waren die Felsen nicht steil genug. Ein Aufschlagen auf den Stein würde nicht reichen, sie zu töten. Sie müsste mehrere ertragen. Wie stark wären die Schmerzen? Sie wusste, sie hatte noch nicht viel in dieser Hinsicht erlebt. Andere hatten Schlimmeres erlitten.

Sie verpasste die Einfahrt des RV-Parks. Sie könnte jetzt weiterfahren nach San Francisco. Oder sonst wohin. Auch das spielte nicht die geringste Rolle. Weder wo noch wann und ob sie war.

Sie war müde. Daher setzte sie den Blinker nach rechts. Das Mobil kippte zur Hälfte in den Sand des Randstreifens. Im Seitenspiegel verfolgte sie das Vorbeifahren der Autos. Sie setzte den Blinker nach links und gab Gas. Der Sand spritzte gegen die Kotflügel, das Geschirr klapperte, das Marmeladenglas rollte unter das Bremspedal. Lea riss den Lenker bis zum Anschlag nach links und zog einen Halbkreis über den Highway. Die Marmelade rollte in den Rückraum zurück. Auf der anderen Straßenseite sackte das Wohnmobil erneut in den Sand. »Mit einer Lenkraddrehung entscheide ich über mein Leben«, sagte Lea in die Leere. »Hab ich das früher schon gewusst, als ich die falschen Entscheidungen getroffen habe?« Sie konnte sich nicht erinnern. »Wie trifft man unter solchen Umständen Entscheidungen?« Sie kniff die Augen zusammen. Die Sonne fasste ihr jetzt frontal in die Pupillen. Sie ließ das Lenkrad stehen, bis die Pferdestärken das Fahrzeug aus dem Sand gezogen hatten. Erst dann kurbelte sie in die Geradeausstellung.

Während des Einparkens klingelte ihr Handy. Beim Rangieren klemmte sie es sich zwischen Ohr und Schulter. Deutschland probierte ihre neue Nummer mit der Vorwahl von Beverly Hills. Amerikaner hatten ihr erklärt, dass potenzielle Arbeitgeber nach der Vorwahl schauten. Wer aus einem liederlichen Stadtteil kam, hatte weniger Chancen auf eine Stelle. Lea hatte gefragt, wie man vom Tellerwäscher zum Millionär aufsteigen konnte, und hatte zur Antwort erhalten: »Indem man die richtige Vorwahl wählt«.

»Also man lügt«, hatte Lea gesagt, jedoch nur ein Kavalierslächeln zur Antwort bekommen.

»Der amerikanische Mythos beruht auf Lügen«, schloss sie. Damian hatte gelogen, als er behauptet hatte, er sei als Schriftsteller und im Showbiz tätig, Dale ließen die Mitmenschen verrecken, weil er nicht mehr arbeiten konnte, Lea erklärte man, sie müsse lügen, um Erfolg zu haben.

Wie soll jemand aus einem schlechten Viertel herauskommen und die gemeinsamen Kassen und den sozialen Frieden weniger belasten, wenn er nicht als Erster vor allen anderen einen Beruf bekommt? Aber die menschliche Logik ist nicht dieselbe wie die wirtschaftliche. Ist das nicht merkwürdig? Denn ist nicht »Wirtschaften« all das, was Menschen untereinander tun, um ihre Güter und Fähigkeiten auszutauschen, damit jeder bekommt, was er braucht, und gibt, was er mehr kann und hat, als er selbst verwertet? Wenn wir aber von »Wirtschaft« reden, meinen wir nicht mehr das, sondern etwas, was sich verselbstständigt hat, eine eigene Macht von Menschen geworden ist, die aus der Anonymität heraus unsere Fäden zieht, an denen wir wie Marionetten hängen. Werden die Fäden zu stramm, wählen wir einen aus unserer Mitte, der sie abschneiden soll, anstatt es selbst zu tun. Und dieser Eine wird bald der neue Strippenzieher. Ohne Fäden zu gehen und dennoch aufrecht zu stehen, das muss unser Ziel werden.

Aber unabhängig würde sie weder mit noch ohne Job.

Dumm war auch, dass sie nicht erfahren genug war zu wissen, ob das reichste Viertel günstig erschien oder eine gutbürgerliche Adresse ihre Aussichten auf Arbeit verbessert hätte.

Leider besaßen Handys nicht mehr die Größe einstmaliger Telefonhörer, und was praktisch sein sollte, erwies sich jetzt als Unglück. Das Handy rutschte ihr von der Schulter. In dem Moment, in dem sie nachfassen wollte, verriss sie leicht das Lenkrad, genug, um den Grill zu rammen.

Als sie ins Büro ging, um den Schaden zu melden und gegebenenfalls zu bezahlen, eröffnete man ihr, dass ihre Frist von 30 Tagen abgelaufen sei. Sie hätte den Campingplatz morgen früh zu verlassen. Außerdem sei ihr Van zu klein, sodass sie zwischen Wasser- und Abwasseranschluss hin- und herrangieren müsste. Das sei nicht gern gesehen und noch weniger, dass sie zu schnell fahre. Als letztes Argument für den Rausschmiss brachten sie vor, jemand hätte behauptet, Lea hätte beim Rangieren sein Mobil beschädigt. Sie bestritt mit reinem Gewissen und kochte vor Wut über die Diskriminierung armer oder einfach nur praktisch denkender Leute, die sich kein 30 Fuß langes Wohnmobil leisten konnten oder wollten. Im Gegensatz zu den anderen war es ihr schließlich vergönnt gewesen, durch die engen Straßen von Beverly Hills zu fahren. Doch dies sollte jetzt ein Ende haben.

Damian fasste den Unfall und Rausschmiss als weiteres Zeichen Gottes auf, das auch sie wohl nicht mehr bestreiten konnte. Er irrte: »Wieso schickt dein lieber Gott dir Zeichen, mir aber nicht? Hat der ein Problem mit Frauen oder was?«

Trotzdem gefiel ihr Damians Vision der Geschichte, in der eine arme Ausländerin fortgeschickt und gerettet wurde von einem Mann mit einem Pink Cadillac. Er entführte sie in die Wüste von Arizona.

Den Gedanken, dass sie die Retterin für ihn sein sollte und er wieder log, konnte sie jetzt nicht mehr ertragen. Irgendwann brauchte auch sie Hollywoodlügen, um der alltäglichen Wahrheit zu entfliehen, die sie nicht ändern konnte. Sie wollte schwach sein dürfen und sich von ihm retten lassen.

***

Sie lieferten ihren Van an der Vermietstation ab. Sie stieg um in den Cadillac und senkte das Lenkrad ab. Damian steuerte den Austen. Ubu blickte aus dem Rückfenster als wolle er alle Zeit sichergehen, dass sie noch folgte.

Sie beherrschte den Cadi souverän, als hätte sie nie ein anderes Modell unter sich gehabt. Gut und geübt fuhr sie Kolonne, folgte Damian durch die fremde Stadt, auch wenn er drohte, auszureißen oder sich andere Wagen zwischen sie drängten.

Auf der 405 klemmte sie einmal wieder ihr Handy zwischen Schulter und Ohr. Sie ließ sich mit der British Airways verbinden. Sie nahm das Ticket in die Hand, gab die Flugnummer durch und lenkte unterdessen mit dem Knie. Ihre Augen blickten in schneller Folge vom Ticket auf den Austen zwei Autos vor ihr, zurück aufs Flugticket und erneut nach draußen auf die Stoßstange ihres Vordermannes. Der Mann in Bremen gab sein Okay für die Umbuchung auf jenen Tag, an dem sie spätestens das Land verlassen musste. Einen Tag länger und sie wäre als Illegale registriert und dürfte nicht noch einmal einreisen, falls sie ausreiste. Niemand würde nach solch einem Vergehen glauben, dass sie sich nicht von Neuem illegal niederließ.

Am Admiral Highway brach sie aus. Sie kannte den Weg zu ihrer ersten Station und nahm die Gelegenheit wahr, Pizza, Corona und Merlot zur Feier von Damians 52. Geburtstag zu kaufen.

Sie fand ihn beunruhigt auf dem Dockweiler RV Park vor. Weil er kein Geld hatte, konnte er nicht einchecken.

»Ich dachte, du wärest abgehauen.«

Sie stieg aus. »Wie kommst du nur auf solche Sachen?«

»Sowas kommt vor.«

»Nicht da, wo ich herkomme.« Mit Absicht sagte sie nicht Deutschland. So weit wollte sie nicht verallgemeinern, für so Viele wollte sie nicht bürgen. Aber für ihren Freundeskreis konnte sie es. Der Preis für ihre Zuverlässigkeit war ein sicheres, normiertes Leben und Langeweile. Der Preis für die spannenden Menschen von Los Angeles war das Risiko, verlassen, verletzt, betrogen zu werden. Das machte die Tragik ihres Daseins aus.

Damian hatte keine Wahl. Er musste hier leben, und er war abhängig von ihr. Sie musste entscheiden und hatte entschieden zwischen Langeweile in Sicherheit und dramatischer Unsicherheit.

Was aber bedeutete dann Glück, wenn beide ihrer Möglichkeiten keins war? Über diese Frage dachte sie nach, während sie zwei monotone Formulare mit ihrem Namen und den Daten der Fahrzeuge füllte. Die Formulare besiegelten ihre Zugehörigkeit zu dem Mann in ihrem Rücken und allem, was zu ihm gehörte. Das fühlte sich glücklich an. Aber war es das, wenn er ihr nicht vorher ankündigte, dass er finanziell von ihr abhängig war? Er hatte mit keinem Wort erwähnt, dass er den Stellplatz nicht bezahlen konnte. Vielleicht aus Scham. Dann zog er sie nicht böswillig aber aus Charakterschwäche ins Ungewisse. Die Schriftstücke besiegelten zugleich ihre Verantwortung für ihn. Das schränkte ihre Freiheit ein.

Bedeutete Glück immer auch die Einschränkung der Freiheit? Gab es in dieser Stadt, in diesem Land einen Mann, bei dem sie beides genießen könnte? Ließ sie den zurück? Verpasste sie die Chance ihn kennenzulernen, wenn sie LA verließ? Sie wusste es nicht. Aber den Preis der Freiheit kannte sie. Er hieß Einsamkeit und Isolation.

Vollkommen wäre das Glück also, wenn Damian offen und ehrlich wäre und auf eigenen Füßen stände. Bliebe er dann bei ihr? Umfassend glücklich wäre sie, wenn sie zusammen mit ihm Ruhe fände in dem Wissen, dass es morgen weiterging. Sie richtete sich jedoch darauf ein, dass es lange dauerte, bis sie dieses bisschen Sicherheit erobert hätten.

Sie steckte ihre Kreditkarte ein, drehte sich zu ihm um, dessen Gesicht ein einziger Ausdruck von Scham war. Indem sie hinausgingen, flüsterte er: »Schreib alles auf, was du für mich ausgibst. Ich werde es dir doppelt und dreifach zurück zahlen.«

Sie senkte peinlich berührt die Augen auf den Asphalt und schüttelte den Kopf.

»Doch«, drängte Damian. »Ich weiß, dass du nicht der Typ bist. Aber wenn du es nicht tust, mach ich es.«

Tatsächlich schrieb er am selben Abend bei Merlot und Corona eine Zahlenkolonne auf. Zwei Tankfüllungen, ein mexikanisches Essen, eine Nacht auf dem Dockweiler Campground. Es kämen noch Nächte, Ortsamen und Benzinfüllungen für Cadi und Austen hinzu, bis sie beide einen Job gefunden hätten.

***

Der Tisch sah aus wie ein Hackerbüro. Damians riesiger Bildschirm, die Maus, zwei Kabel, ihr Laptop, dessen Monitor Rücken an Rücken zu Damians Bildschirm stand, ihre Kabel, und zwischen all den Kabeln ein Aschenbecher, zwei Kaffeetassen mit Zimträndern, zwei Coronaflaschen, und nur in einer steckte eine Limonenspalte. Damian trug auch bei der Arbeit seinen Cowboyhut. Er zündete sich eine Zigarre an, Lea eine Zigarette. Erst ihr Qualm veranlasste ihn, Fenster und Tür aufzureißen. Zum Ausgleich störte sie der Lärm seines Computers. Sie hatte gehofft, er schriebe Bewerbungen oder bereite seine Inter-

net-Arbeit vor. Stattdessen spielte er die amerikanische Moorhuhn-Version. Sie ging zu Bett und wagte es, Radio und Fernseher abzustellen. Damian rief noch einmal erfolglos nach Ubu, legte die Zigarre in den Aschenbecher, sein Haargummi daneben, löschte mit einer Berührung des Schirms die Lampe und packte ihren Kopf auf seine Brust. Nach einer Weile hörte sie seine dunkle Stimme in der Dunkelheit: »Ich will dich nicht erregen.«
»Ich bin aber schon erregt.«
Er atmete aus.
»Streichle mich«, forderte sie.
»Nein.«
»Warum lässt du dich streicheln?«
»Weil es schön ist.«
Sie holte tief Luft. Sie konnte es nicht fassen. Dann brach sie in ein Gelächter aus, das von ihrer horizontalen Lage dumpf gezeichnet war. »Du Hund«, hämmerte sie auf seine glatte, muskulöse Brust. »Das gibt's doch wohl nicht. Hör mal, Ausländer verstehen keine Witze. Du bist nicht wirklich so ein Macho, oder?«
»Weißt du«, sagte er leise, »was du in der ersten Nacht gemacht hast, das war toll.«
Sie drehte ihren Kopf, sodass sich ihre Ohren aufstellen konnten. Aber es kam nichts weiter.
»Ja, das denk' ich mir. Was *du* in der ersten Nacht gemacht hast, war auch ganz toll. Offen gesagt, so toll wie nie. Das hat noch keiner ohne viel Worte verstanden. Und ich hasse es, lange Erklärungen abgeben zu müssen.«
Nachdem sie eine Weile geschwiegen hatten, ohne dass sich ihre jeweiligen Hoffnungen erfüllten, lobte Damian: »Du hast gute Hände. Hat dir das schon jemand gesagt?«
»Nicht direkt.«
»Sondern?«
»Ich sei besser als ein Junge.«
Damian schluckte. »Gib mir Zeit. Ihr Mädchen seid immer so schnell. Dann verschwindet ihr, und das tut weh. Wenn es zu früh ist, und du gehst weg, tut es weh.«
Sie erschrak vor dem Schmerz, den der 52-Jährige ertrug, und ließ den Druck ihres Venushügels auf seine Hüfte nach. Müsste sie in den zwanzig Jahren, die sie voneinander trennten, noch einmal ebenso viele Verletzungen einstecken, wie sie hinter sich hatte? Sie konnte sich nicht vorstellen, das zu überleben. Nach einer Weile merkte Damian an: »Außerdem sollten wir vorsichtig sein.«
»Wieso, wenn du sowieso nicht mit mir schläfst?«

Da sie keine Antwort erhielt, stellte sie klar: »Ich habe kein Aids, ich will kein Kind von dir, und wenn ich weggehe, dann nur, um zurückzukommen und mit dir zu leben.« On another place, in another space, to another time, in another world. Mick Jaggers traurigster Song fiel ihr ein und tönte in ihren Ohren, die sich zum Schlafen in ihr Inneres kehrten.

***

Vor dem Frühstück und bevor Damian erwachte, nahm sie ein letztes Bad im Pazifik. Frühe Jogger und Radfahrer, die sie beobachteten, hielten sie für verrückt. Es war bitterkalt. Gut durchblutet, frierend und hungrig fuhr sie die No. 10 Richtung Osten. Palm Springs/other desert cities. Das Straßenschild tauchte auf, halb verdeckt vom Austen, dem sie an der Stoßstange klebte. Warmer Wüstenwind wehte in das offene Schiebedach, wirbelte durch ihre Mähne. Ihre Haut saugte die Morgensonne auf. Vor ihr erstreckten sich die Hügel von San Bernadino. Sie passierte die ersten Kakteen. Zwischen den grünen Ohren glitzerten weiße Wohnwagenburgen. Pink Floyds »The Wall« drang aus Leas Fenstern und schien die Wüste zu durchdringen. »Open your arms, I'm coming home ... But it's just a fantasy.« Sie lächelte im Glück unterwegs zu sein, die Sonne auf der Haut zu fühlen, den Wind im Gesicht, die Spitze des Pink Cadillacs über die schnurgerade Asphaltpiste gleiten zu sehen.

Vor zehn Jahren hatte sie die Wüste und Palm Springs verlassen im Glauben, nie zurückzukehren. Heute fuhr sie erneut auf die Windparks zu. Folgte dem Austen Meile um Meile. Glücklich war sie, endlich nicht mehr allein reisen zu müssen, sondern in Begleitung des ersten Mannes, in dessen Armen sie einschlafen konnte. Sie hatte die Nacht auf ihm und unter Ubu verbracht, warm eingehüllt von allen Seiten und sich wohlgefühlt.

»Warum reist du so viel«, hatte er gefragt.

»Weil ich alles wissen, sehen, schmecken, fühlen, hören will«, hatte sie geantwortet. »Und weil ich kein Zuhause habe.«

***

Sie wusste bald, dass Phoenix auch nicht ihr Zuhause werden mochte. Nachdem sie Reisen durch diesen Kontinent unternommen hatte, behauptete sie nicht mehr, in keine inneramerikanische Klein- oder Mittelstadt ziehen zu wollen, aber nach Phoenix sicherlich nicht.

Mitten in der flachen Wüste tauchten weiße und beigefarbene Reihen von Einfamilienhäusern auf. Vor jedem ein gesprengter Rasen und ein Grill. Neben jedem eine Garage mit einem Auto davor. Die Einwohner arbeiteten in den gläsernen, braunen Hochhäusern im Zentrum der Stadt. Auf deren obersten Stockwerken prangten die Namen der Banken und Computerfirmen. Die Campingplätze wirkten wie verlassene Gettos. Kein Mensch war zu sehen, die Wohnwagen verrottet, kein Baum spendete Schatten gegen die Wüstenhitze. Straßen zum Bummeln, Schaufenster netter Boutiquen, Wanderwege durch die Wüstenlandschaft fand sie nicht. Allerdings fehlte die Zeit, Ausschau zu halten. Sie bekamen keine Wohnung, weil Damian keine Kreditbiografie vorweisen konnte. Lea verstand zunächst nicht. Man durfte eine Wohnung weder bar bezahlen noch die Miete vom Konto überweisen, wenn man sein Leben lang schuldenfrei gewesen war. Man musste Kredite aufgenommen und diese abbezahlt haben, um zu beweisen, dass man dessen fähig war. Die Logik wollte der Deutschen nicht in den Kopf. Das machte aber nichts, alle Apartments, die ihnen halbwegs bewohnbar erschienen, waren ohnehin zu teuer. Auch weigerte Lea sich, die Miete von Monaten zu bezahlen, in denen sie nicht in den USA weilte. Ihr Touristenvisum lief in den nächsten Wochen aus.

»Es gefällt dir nicht.«

Sollte sie lügen? »Typisch inneramerikanische Wüstenstadt.«

»Du hast recht.«

»Womit?«

»Mir gefällt es auch nicht.«

Sie dachte an jenen ersten Arbeitstag mit ihm, als sie gefragt hatte, wie es dort sei. »Schön«, hatte er geantwortet, »wird dir gefallen.«

»Aber du hast doch gesagt ...«

»Ich habe gesagt, hier ist alles billiger, und ich kriege leicht einen Job. Sobald ich es mir leisten kann, kehre ich wieder zurück.«

»Nein, du hast auch gesagt ...«

»Du legst jedes Wort auf die Goldwaage. Du weißt alles besser, right? Du bist so logisch.«

»Ja. Typisch Frau, ich weiß. Das sagen alle Männer und Kinder, wenn sie sich nicht mehr zu helfen wissen, um ihre Unterlegenheit und ihr Unrecht nicht zuzugeben.« Sie schaute geradeaus durch die verstaubte Windschutzscheibe, auf die die Wüstensonne brannte, die schnurgerade Straße entlang, die noch keinen Baum gesehen hatte. Sollte sie hier versuchen, einen Job zu finden? Für den Übergang? Einen stinknormalen Bürojob, für was? Die Freizeitqualität war gleich null. Gleich null? Sie käme von der Arbeit, kochte, kuschelte sich zu Damian auf die Couch, ließ sich jeden Abend in den Schlaf streicheln, bis sie endlich satt wäre. Ein alltägliches kleines Leben würde sie führen, ohne dunkle, drängende Sehnsüchte, ohne Depressionen und Einsamkeit, die sie weitertrieben und hetzten. Nur kleine alltägliche Sorgen gäbe es noch. Schlecht war das nicht. Zumindest eine willkommene Abwechslung.

Die Hälfte des Tages waren sie damit beschäftigt, nach Internetanschlüssen und Telefonkarten zu suchen, weil ihre alten mit Überfahren der Staatsgrenze von Kalifornien nach Arizona ihre Gültigkeit verloren hatten. Sie brauchten sie aber dringend für ihre Arbeit und Arbeitssuche. Das alles kostete Geld, das nur Lea besaß. Doch obwohl sie die finanzielle Macht hatte, war sie von Damian abhängig. Abhängig von einem Mann, der sie ein einziges Mal geküsst hatte, nie mit ihr geschlafen hatte, der sie seit Malibu nicht mehr intimer berührte, als sie im Arm zu halten, bevor er einschlief. Sie hatte angenommen, dass er unter dem Druck seiner Lebenssituation litt, aber je abhängiger er sich von ihrem Geld zeigte und je mehr sie auf seine Entscheidungen angewiesen war, desto mehr drängte sich ihr der Verdacht auf, dass er sie nicht liebte, sondern nur brauchte.

Die andere Hälfte des Tages lagen sie beide mit Depressionen im Bett. Dabei ging es ihr wesentlich besser als Damian. Denn sie war nicht mehr allein. Sie fühlte sich stark, selbstständig und Damian überlegen.

Er lag unter dem Fernseher, die Hände auf seinen Magen gelegt. Die Aussicht, weitere Monate im beengten Raum zu leben und nicht arbeiten zu können, drückte ihn zusätzlich zur Wüstenhitze nieder. Lea wusste nichts zu sagen als: »Eines Tages wird es besser werden.« So lautete die Statistik frei nach Schopenhauer. Sie versuchte, ihren Geliebten mit ihren Händen zu trösten. Auf seiner Schulter lag ihr Kopf, in dem es zwischen Phoenix und LA, zwischen RV und Hotel, zwischen Deutschland und Amerika hin und her ging.

»Was denkst du?«, wollte Damian ausgerechnet jetzt wissen.

»Nichts. Ich weiß nichts zu denken«, log sie. Sie durfte ihn nicht verlassen. Sie durfte ihn nicht noch mehr niederdrücken. Wer wusste, was er täte.

Damian rief seinen Vater an. Indem er sie fest im Arm hielt, erzählte er ihm, er habe einen Engel gefunden. Der habe seine goldenen Flügel ausgebreitet, sei auf dem Campingplatz neben ihm gelandet und habe das Zeichen Phoenix/USA gesandt. Damian versprach seinem Vater einen neuen RV. Welchen er sich wünschte. »Was hältst du von einem Gulfstream Friendship? Welcher ist besser? Kenn ich nicht. Glaub mir, ich schaff das, believe in me. Du und mein Engel«, sagte er ins Handy, »ihr seid die Einzigen, die mir helfen. Danke für alles, was du für mich getan hast. Ich liebe dich, Daddy. Lass uns jede Woche telefonieren. Wenn ich Geld habe, fahren wir zum Fischen.«

Lea würgte an einem Stein. Heimliche Tränen tropften auf Damians Schulter. Sie öffnete den Mund, damit ihr stockender Atem nicht auffiel. Unauffällig versuchte sie, die Nase hochzuziehen, während ihre Hände über Damians Bauch eilten und nicht wussten, wie sie helfen sollten. »Du siehst doch, dass ich kein Engel bin.«

»Bist du.«

Damian stierte auf das Quiz, in dem gerade jemand eine Million Dollar mit dummen Antworten auf dumme Fragen gewann. Sie kochte Zimtkaffee, brachte Damian eine Tasse, ging unter die 60er-Jahre-Dusche des RV-Parks, trank die zweite Tasse Kaffee, saß auf der Couch, starrte aus dem Fenster, dachte: »Wenn ich bleibe, werde ich es putzen. Und die Jalousie. Vielleicht ist sie in Wirklichkeit grün. Wie der Rasen vor dem Fenster.« Sie dachte an ihren Philosophieunterricht in der Schule. Sie hatten darüber philosophiert, ob die Tür tatsächlich grün wäre. »Wieso hat man uns nicht gelehrt zu wissen, was zu tun wäre? Ich weiß, warum man uns nichts Praktisches gelehrt hat: damit wir abhängig von Arbeitgebern und Vermietern werden, anstatt das Land selbst zu bebauen und unsere Wohnungen selbst zu bauen.«

»Damian? Damian! Ich will noch mal die Mails kontrollieren. Und eine Telefonkarte für öffentliche Fernsprecher kaufen. Zur Bank und Obst und Salat holen. Kann ich den Cadi nehmen?«

Sie freute sich auf die Fahrt in die Stadt. Der Tapetenwechsel, Praktisches zu tun und mit dem Cadillac auf Welle zu machen, täte gut.

»Ich fahre dich.«

»Warum denn? Früher oder später muss ich sowieso mal alleine raus. Sonst kommst du nie zu etwas.«

»Du kennst dich hier nicht aus.«

»Aber du, was? Hör mal, ich bin früher alleine zurechtgekommen. In LA habe ich mich auch nicht ausgekannt. In Florida, Kanada, Mexiko, Marokko, London, Paris, New York, San Francisco übrigens ebenfalls nicht.«

»Der Wagen ist nicht versichert.«

»Wie bitte?«

»Ich sagte ...«

»Ich habe gehört, was du gesagt hast. Das sagst du mir früh. Warum wusste ich in LA noch nichts davon?«

»Ich wollte dich nicht beunruhigen.«

»Wie fürsorglich! *Deswegen* stand dir die Panik in den Augen, wenn ich dich überholt habe. Okay, jetzt willst du mich beunruhigen, right?«

»Wenn du einen Unfall baust ...«

»Ich weiß, was dann ist. Ich habe seit achtzehn Jahren meinen Führerschein.«

Sie schwieg eine Weile am Fenster, Damian auf dem Bett. Sie saß auf einem Campingplatz fest. Es gab keinen öffentlichen Nahverkehr und die Wege in der zersiedelten Stadt waren unendlich weit.

»Ich muss beweglich sein.«
»Wir leihen dir einen Wagen.«
»Sonst geht's dir gut, ja? Was soll ich noch alles anschaffen? Und wieso kannst *du* den Wagen fahren?«
»Versteh mich nicht falsch, du bist eine gute Fahrerin, besser als ich, aber ...«
Dabei blieb es.

»Damian, bist du nicht mal auf die Idee gekommen, dass ich auch ein Leben zu führen habe, nicht nur deines? Dass ich auch Notwendigkeiten und Interessen besitze?«
»Selbstverständlich.«
»Und?«
»Was und?«
»Und was hast du dir gedacht?«
»Ich kann nicht an alles denken.«
»Du hast recht. Ich auch nicht.«

Er lag, sie saß schweigend da. Sie hatte das Gefühl, nie in ihrem Leben solchen realen Schmerz empfunden zu haben. Jedenfalls konnte sie sich nicht erinnern. Noch nie hatte sie so sehr genossen, nie solche Angst ausgestanden. Sie war absolut frei zu tun, was sie wollte, und doch fühlte sie ihre Freiheit beschnitten. Sie liebte zum ersten Mal, aber sie fürchtete, diese Liebe ruinierte sie. Sie sah sich als heruntergekommene Ehefrau, die sich vernachlässigte und aus Frust fraß, die voller Neid die High-Society-Magazine las und sich von ihrem Mann schikanieren ließ. Einem Mann, auf den ihr gesamtes Leben, ihr ganzes Leiden zentriert war. Und doch kam ihr dieses Leben sekundenlang wünschenswerter vor, als allein durch die Straßen von Beverly Hills zu laufen.

Wieder fragte sie sich, worin der Genuss des Lebens bestand. In einer sinnvollen Arbeit. Aber man konnte nicht nur arbeiten. In zwischenmenschlichen Beziehungen. Aber die brachten einen um. Isoliert in der Natur zu leben. Aber man sehnte sich nach zwischenmenschlichen Beziehungen. Wo waren die besten zu finden? Was waren die Voraussetzungen, die man mitbringen musste? Sie hatte so viel von der Welt gesehen, war in allen Gesellschaftsschichten zu Gast gewesen. Aber Antworten auf diese Fragen hatte sie keine gefunden.

Es dämmerte, da fragte Damian nochmal: »Was denkst du?«
Und sie gab zu: »Dass ich nach LA zurückfliege, Damian.« Sie sackte in sich zusammen, krümmte sich, als hätte ein Terrorist einen Bauchschuss gelandet.

Der Schlag traf sie schwerer als Damian. Sie hatte ihn sich eigenhändig versetzt, und doch schien es, als käme er von jemand anderem. Wer verletzte sich selbst? Und warum? Sie riss den Mund auf, um Luft zu bekommen und schob das Fenster auf. Sie fragte sich, für was sie diese reine Wüstenluft eintauschen wollte. In LA wäre sie allein! Vor allem hatte sie das Gefühl, Unmoralisches zu tun. Sie sah den Himmel über Phoenix, sah sich in einem Flugzeug wegfliegen. In einem Flugzeug, während Damian hier im Wohnmobil festsaß.

Mit nassen Augen sah sie ihn an, der jetzt aufgestanden war und langsam zu ihr kam. Wie ein Häufchen Elend setzte er sich auf den Sessel. »Ich wusste, dass du mich verlassen würdest.«

Sie atmete heftig aus.

»Es ist okay. Ich find's hier auch schrecklich.«

»Ich gehe nicht, weil es schrecklich ist. Ich wollte überall mit dir leben. Aber ich muss beweglich und erreichbar sein und mich um meine Einwanderung kümmern, um mit dir leben zu können. Die Alternative ist, dass ich nach Deutschland muss. Und ich will bei dir bleiben. Ich tue das, damit ich mit dir zusammenleben kann. Dafür brauche ich einen Job, und ich darf dich nicht länger davon abhalten, einen Job zu finden. Du bist schneller und motivierter, wenn du allein bist.«

»Allein kann ich mich nicht halten.«

»Ich gebe dir die Hälfte meiner Ersparnisse.«

»Sollen wir zusammen zurückfahren?«

»Warum sind wir hierher gekommen?«

»Ich wusste nicht, dass ich keine Wohnung bekommen könnte.«

»Das hättest du wissen können. Statt mit Gott zu reden, hättest du mit jemandem in Phoenix reden sollen, sorry. Aber egal, irgendwo musst du anfangen. Du hast gesagt, du hättest Chancen bei Radio und Fernsehen. Wieso gehst du nicht hin? Such dir Arbeit, so schnell wie möglich.«

»Ja, du hast recht.«

Er stand mühsam auf und ging ins Bett. Sie hörte ihn stöhnen, und sie weinte: »Ich will dich nicht verlassen.« Auch sie stand auf und kroch über ihn hinweg auf ihre Fensterseite und drängte sich an ihn. Sie hatte erwartet, er bliebe apathisch liegen, ignorierte sie, aber er nahm sie fester in seine Arme als je zuvor und nannte sie immer noch seinen Engel mit den goldenen Flügeln. »Niemand hat je so viel für mich getan. Das vergesse ich dir nie. Du bist mein Engel mit den goldenen Flügeln.«

»Du siehst, was für ein Engel ich bin.«

»Ich werde Arbeit finden, und ich werde dir alles doppelt und dreifach zurückzahlen. Ich werde für dich sorgen. Wir werden in LA leben.«

»Du musst mir nichts zurückzahlen, du sollst nicht für mich sorgen. Nur für dich. Nur du musst auf die Beine kommen.«

Damian schien still dazuliegen. Allerkleinste Regungen zeigten ihr, dass er vor Verzweiflung nicht wusste, wohin. Dass er geweint hätte, wenn ein kleiner schwarzer Junge in San Diego nicht gelernt hätte, dass das reine Energieverschwendung war und nicht das Allergeringste nutzte, um die nächste Demütigung abzuwehren. Tränen verschleierten den Blick auf das Ziel, den Ausweg. Aber Damians Gedanken bewegten sich im Kreis, auch das sah sie noch, bevor er es bemerkte und Schluss damit machte. Er zerschlug den Kreis, zerschlug die kreisenden Grübeleien mit der Handkante. »Ich brauche jetzt einen Drink.«

Damian zählte das Geld nach. Es war weniger als sie versprochen hatte. Ihr Limit war erreicht.

»Ich muss mich noch mehr beeilen, Arbeit zu finden«, sagte er ohne Vorwurf, es versetzte ihr dennoch einen Stich. »Danke«, wiederholte er, »du hast so viel für mich getan, mein Engel mit den goldenen Flügeln.«

Wenn er stattdessen nur einmal sagte, dass er sie liebte, dachte sie.

Zum letzten Mal hörte sie den Motor des Cadillacs, sah seine Schnauze durch die späte Nachmittagssonne über den grauen, geraden Asphalt gleiten, zwischen den gläsernen, braunen Hochhäusern entlang.

»Schalte dein Handy ein, wenn du da bist.« Damians dunkle Stimme ging beinahe im Lärm des Abflug-Terminals unter. Mehrere Wagen ließen gleichzeitig ihre Motoren an. Türen schlugen, Koffer landeten auf Caddies. Mitten in diesem Chaos gab ihr Damian den zweiten und letzten Kuss ihrer Beziehung. »Wir sehen uns in LA. It's not over.«

Ian Precilla der III. von Châteaularault 2

Sie verpasste ihren Flug. Seit Tagen hatte sie in Phoenix gewohnt, ohne die Stunde Zeitverschiebung bemerkt zu haben. Daran erkannte sie, wie isoliert sie mit Damian gelebt hatte. Das Personal der South-West Airlines ließ sie sofort in die nächste Maschine einsteigen. Die Uhr umzustellen erübrigte sich. Bald lebte sie wieder in der alten Zeit. Der Zeit der Einsamkeit. Sie blickte aus dem kleinen Fenster. Das Flugzeug stieg über der Wüste auf. Es durchbrach die Wolkendecke und flog in den Sonnenuntergang. Er breitete einen roten Teppich auf den Wolken aus. Der Teppich entführte die Gemüter der Menschen aus dem Alltag. Er stimmte sie leise, warm und weich und ließ sie fallen. Wohin die Gemüter fielen, ob ins Glück oder in die Verzweiflung, hing von den Stunden und Tagen vor diesem Sonnenuntergang über den Wolken ab.

Lea krümmte sich, als ahmte sie die Sicherheitserklärungen der Stewardess nach. Sie legte den Kopf zwischen die Knie, als wartete sie auf den Absturz. Und sie stürzte. Sie ließ die Tränen auf den Teppich zwischen ihren Lackschuhen tropfen. Ihre Nachbarn bemerkten es nicht. Ihr Stöhnen ging im Dröhnen der Turbinen unter. Sie musste sich wenig Zwang antun.

»Wenn es zu früh ist, und du verlässt mich, dann tut es weh.«

Am Los Angeles Airport war sie kurzfristig in den Transfer zur Autovermietung eingespannt. Doch schon im Bus sah sie wieder Damians Gesicht in der dunklen Fensterscheibe. Es ließ sie würgen. Sie fühlte sich wie aus dem Nest gestoßen, heimat- und obdachlos ohne Zugehörigkeit. Sie sehnte sich nach Vertrautheit. Aber vor allem das schlechte Gewissen quälte sie. Hatte er sie tatsächlich ausnutzen wollen oder liebte er sie mehr, als der stolze Mann mit den schmerzlichen Erfahrungen gestehen mochte?

Der weiche, graue, neu stinkende Innenraum ihres eigenen Mietwagens dämpfte die Verzweiflung. Sie raste über den Freeway 405. Das Gefühl von Freiheit und Unabhängigkeit begann unterm Hintern zu kitzeln. Der Schmerz verschwand in der Dunkelheit der Nacht. Sie fuhr auf den Wilshire Boulevard auf und zählte die vertrauten Straßennamen von den blauen Schildern. Sie leuchteten im Scheinwerferlicht auf: Beverly Glen, Linden Dr., Brighton Blvd., Rodeo Drive, Beverly Drive. Ein letztes Mal setzte sie den Blinker und bog in den ruhigen und palmengesäumten Reeves Drive ein. The Beverly Reeves Hotel stand in goldenen Buchstaben auf dem dreistöckigen alten Gebäude. Davor wurden zwei Palmen angestrahlt und schimmerten golden. Der Rasen darunter lag weich, satt und hellgrün wie ein Stückchen Golfplatz. Lea sah das Hotel zum ersten Mal bei Nacht. Unter den Fenstern im Erdgeschoss hing die amerikanische Flagge. Ihr sollte bald klar werden, dass der Besitzer bemüht war, seine amerikanischen Gäste zu betreuen, um nicht zu sagen, zu hofieren. Seit dem 11. September litt das Hotel an einer Flaute. Zwar war die gesamte Tourismusbranche davon betroffen, aber Mr. Ashvrani glaubte, es träfe ihn besonders hart, weil er indischer Abstammung war. Er fürchtete sich vor Denunziationen und den Behörden. Die Preise waren enorm gefallen.

Mr. Ashvrani öffnete das klemmende Schloss von Zimmer 212. Lea erschrak. Der Raum war klein und verwohnt, die Farbe blätterte von den Wänden, der Teppich war fleckig und von Brandlöchern gezeichnet. Die Glaslamellen ließen kalte Nachtluft durchdringen, obwohl sie geschlossen waren. Staubig verklebt sahen sie aus, und doch nicht genug, um das dahinterliegende Bürogebäude hinreichend zu verschleiern. Um diese Zeit lagen die Räume im Notlicht still und steril. Der Parkplatz darunter war leer und unheimlich.

Plötzlich hörte sie den Fernseher in ihrem Rücken schaukeln. Dann knackten die Glaslamellen. Ein leichtes Erdbeben versuchte, die Wände des Hauses zu verschieben und die Lamellen zu sprengen. Lea drehte sich um, aber Mr. Ashvrani stand ungerührt da und machte ein unbekümmertes Gesicht. »Das ist nicht das große Beben, auf das wir in Kalifornien warten. Seit 1906.« Bei dem erwarteten Erdbeben würden Los Angeles und San Franzisko zerstört werden. »Noch ist es nicht so weit.«

»Ich nehme das Zimmer.«

Ashvranis Angebot, ihr einen Parkplatz für zehn Dollar am Tag zu vermieten, lehnte sie ab. Sie wagte den Versuch, den Wagen vor der Tür stehen zu lassen, obwohl sie wusste, dass in Beverly Hills nur Einwohner mit Spezialausweis am Straßenrand parken durften.

Sie stellte den Koffer ab und kroch sofort ins Bett, bemüht, nicht mit der ungewaschenen Wolldecke in Berührung zu kommen. Schlafen konnte sie nur stundenweise.

Es wurde Tag. Sie sah die Sonne nicht mehr aufgehen wie am Meer und in Arizona, sah nur, wie das Licht den Wilshire Boulevard rötlich färbte. Sie schloss die Augen und erinnerte sich an die aufgehende Sonne in der Wüste und über dem Ozean.

Lärm zerbarst direkt unter dem Fenster. Sie sprang erschrocken aus dem Bett. Sie konnte nichts sehen, ließ die Ohren versuchen, das Geräusch zu identifizieren. Die Müllabfuhr leerte Container. Müllgestank kroch durch die Lamellen, bald darauf Essensgerüche. Autos fuhren auf den Parkplatz. Türen wurden geschlagen. Stimmen riefen Morgengrüße. Schritte waren auf dem Hotelgang zu hören, so nahe, dass sie Angst bekam, jemand könnte klopfen. Ihr klopfte das Herz. Die Sonne streifte das Zimmer. Sie drang weder ein noch wärmte sie es auf.

Als Lea die Augen wieder öffnete, schlossen sich im Bürogebäude gegenüber automatisch die Jalousien zu einem Drittel. Lea wünschte, sie schlössen sich vollständig, damit sie die arbeitenden Menschen nicht sehen musste und von ihnen nicht gesehen wurde. Der Anblick dieser arbeitenden Bevölkerung bereitete ihr augenblicklich ein schlechtes Gewissen und trieb sie aus den Laken, obwohl sie sich vorgenommen hatte, drei Tage im Bett zu bleiben. Außerdem wusste sie nicht, was sie da draußen sollte. Sie fühlte sich ausgeschlossen aus der Gesellschaft, abgelegt in einem engen Raum, aus dem sie nicht heraus wollte. Auch nicht konnte. Wie in jenen Kinderalbträumen hielt sie die Schwäche ans Bett genagelt. Sie nahm nicht am Leben der Anderen teil. Ihre Freiheit war ungenießbar geworden. Trotzdem stand sie auf. Sie ließ ihrerseits die schmutzigen Jalousien herunter, um sich ohne Drohung einer Strafanzeige ausziehen zu können und stellte sich unter die kalte Dusche. Der enorme Chlorgehalt des Wassers erinnerte sie an Kindertage im Freibad.

Anschließend stand sie unschlüssig im Zimmer herum, auf dem Teppich, vor dem sie sich fürchtete, weil er Fußpilzen Unterschlupf gewährte. Sie fühlte sich für fünf Minuten erfrischt und wusste nicht, was sie mit dem bisschen Energie anfangen sollte. Um zum Strand zu fahren oder ins Internet-Café zu gehen, reichte sie nicht. Und zu einem weiteren orientierungslosen Spaziergang durch die Straßen der Stadt fehlte ihr die Motivation. Daher, und um dem Teppich zu entgehen, stieg sie wieder ins Bett, bemüht, nicht mit der Wolldecke in Kontakt zu geraten.

Bald wanderte die Sonne um die Hausecke, lag noch eine Weile sanft auf dem Wilshire Boulevard, wo die Rushhour rumorte. Die Jalousien gegenüber hoben sich, Lea sah die Angestellten aus den Büros treten. Sie steckten sich Knöpfe und Kabel in die Ohren. Sie stiegen in ihre Autos. Sie warteten mit dem Anlasser, bis sie eine Nummer in ihr Handy eingegeben hatten, fuhren einer nach dem anderen fort und ließen den Geruch ihrer Katalysatoren zurück. Bald würde es dunkel werden. Eine neue Nacht.

Erst am folgenden Tag stand sie auf, duschte, öffnete endlich den Koffer, in dem es schon miefig roch und die Kleider zerknittert waren. Sie zog sich an und wandelte den Gang entlang und die Treppe hinunter, wobei sie sich fühlte wie eine von der Grippe Genesende. Doch ihre Krankheit hieß Einsamkeit.

In der kleinen Eingangshalle lag ein dreckig roter Teppich, hingen blinde Spiegel und standen verklebte goldene Möbel. Lea fand eine Kaffeemaschine. Sie goss einen Pappbecher voll und setzte sich draußen auf die noch eiskalten Backsteinstufen unter den Palmen über dem frisch gesprengten, fast künstlich grün wirkenden Rasen. Allein sein lieblicher Duft beteuerte seine Echtheit. Sie glaubte genau unterscheiden zu können zwischen dem Geruch des feuchten Grases im Schatten der Palmen und dem der verdunstenden Feuchtigkeit auf jenen Rasenstücken, auf die die Morgensonne schien. Diesen Vorteil hat die Einsamkeit, dachte sie, sie schärft das sinnliche Empfinden.

Die Glastür hinter ihr wurde aufgestoßen. Sie hörte das harte Aufschlagen eines Absatzes auf der Treppe. Sie sah einen Cowboystiefel aus Schlangenleder, den Schlag einer Jeans, spürte den Luftzug einer Bewegung. Als der Körper in schnellem Tempo die Stufen hinunterklapperte, blendete das weiße Hemd. Die Sonne durchleuchtete es, sodass Lea einen schlanken Oberkörper erahnen konnte. Zuletzt schlugen die langen, dicken, grauen Haare in ihr Blickfeld. Heute klatschten sie nass und schwer. Jesus war hier! Und abermals hatte sie sein Gesicht nicht gesehen. Sie blickte dem schnellen Mann in der Morgensonne nach, bis er sich in der Allee des stillen, schmalen Reeves Drive zwischen Palmen, Rasenflächen und kleinen Kolonialstilhäusern verlor. Er passte gut hierher.

Sie senkte den Blick auf die Stufen und den Rasen. Sie wollte sich für niemanden interessieren. Die Gefahr war zu groß, dass er einen weiteren Stein in die Mauer einließ, die sie von der Gesellschaft trennte. Er konnte sie verletzten. Deswegen wartete sie nicht, ob der Leichtbekleidete in der Kühle bald zurückkäme, sondern stand auf, rieb sich den Po und stieg die schmutzigen Teppichstufen hinauf. Kälte und Kaffee drängten sie zur Toilette.

Im Moment, in dem sie die Toilette auf dem Flur verlassen und auf ihr Zimmer zugehen wollte, öffnete sich Nummer 214, das Nachbarzimmer. Eine dicke, in Ballonseide gekleidete Frau war von einem blonden Pagenkopf gekrönt. Die Frisur schlug ihr beim Sprechen gegen die Brille. Die Dame setzte ein breites, anbiederndes Lächeln auf, das etwas Flehendes an sich hatte. Ihr Englisch war nicht zu verstehen.

»Sie können Deutsch mit mir reden«, sagte Lea. Das hätte sie bleiben lassen sollen. Das Lächeln der Ballonseidenfrau verbreitete sich zu einem Strahlen.

Ihre Hose knisterte, als sie bedrohlich schnell auf Lea zustürmte und sie in ihre starken Arme schloss.

»Ach, was für eine Freude in der Fremde eine Landsfrau zu finden«, rief sie nahe an Leas Ohr. Lea hörte den Felsen von ihrem Herzen fallen. Ihr Misstrauen begann sich zu regen.

In den folgenden Tagen klopfte die Deutsche morgens, mittags, abends zeitweise vier Mal hintereinander. Anfangs öffnete Lea aus Höflichkeit, später aus Mitleid, zuletzt öffnete sie nicht mehr. Jedes Mal brachte ihr die Landsmännin ein kleines Geschenk, eine Briefmarke, eine Tasse Tee, einen Plastikbecher Milch, eine Banane, das Beverly Hills Magazin, um mit ihr reden zu dürfen. Sie bezahlte für Leas Ohren. Leas Mund durfte untätig bleiben. Allein ihre Augen mussten signalisieren, dass sie der Einsamen zuhörte. Sie redete im sächsischen Dialekt, wobei sie heftig mit dem Kopf nickte, sodass ihre Pagenfrisur gegen ihre Wangen schlug und sich Strähnen in ihren Mund klebten. Lea dachte: »So werde ich bald sein. Meines ist das Anfangsstadium, die Frau zeigt die verstärkten Symptome der totalen Vereinsamung.«

Die wahnsinnige Deutsche musste die zweiteinsamste Frau der Welt sein. Sie saß den ganzen Tag vor dem Fernsehapparat und wartete auf ihren Rückflug. Hinaus ging sie nicht wegen der vielen Ausländer. Lea bekam nicht hundertprozentig heraus, ob damit *alle* Amerikaner gemeint waren oder nur die Schwarzen, die Mexikaner, die Juden und die Polen. Nur einmal unterbrach Lea den Redefluss: »Warum reisen Sie?«

Die Frau stockte in ihrer Klage über die gefährlichen Polen und Juden, denen alle Geschäfte von Beverly Hills gehörten, und die, genauso wie die Schwarzen, versuchten sie auszunehmen. Sie habe bereits Kontakt zur Stasi in Los Angeles aufgenommen, erklärte sie. Obwohl die Stasi ihre Mutter grauenhaft behandelt und verfolgt habe. Die Mutter sei es übrigens gewesen, die ihr die Reise geschenkt hätte. Gott sei Dank könne sie das noch. Ein wenig hatte ihr die Stasi gelassen.

Die Wahnsinnige in Ballonseide hatte Chicago, Washington, San Francisco besucht, jetzt bekam sie die Zeit nicht mehr herum. Am liebsten flöge sie nach Hause.

»Tun sie das«, schlug Lea vor und wollte die Tür schließen. Aber die Landsfrau stemmte sich dagegen.

»Das kostet extra.«

»Sie sparen eine Menge Geld für Hotel und Restaurants«, rechnete Lea ihr vor und bereute es gleich. Statt sie auf diese Weise loszuwerden, gab sie ihr Stichwörter, die einen neuen Redeschwall hervorriefen: »Meistens mache ich mir was in der Mikrowelle.«

Deswegen also roch es auf dem Gang stets unangenehm nach Essen.

Allein sei es nicht schön, essen zu gehen. Ob Lea sie einmal nach Santa Monica ins Restaurant von Arnold Schwarzenegger begleiten würde? Lea schüttelte heftig den Kopf.

»Aber Arnold ist gerade dort.«

Lea interessierte sich für keinen Mann mehr, am allerwenigsten für Arnold Schwarzenegger und auf keinen Fall für sein Restaurant, das teuer und touristisch war, wie sie einem Prospekt entnehmen konnte, den ihr die Ballonseidenfrau als Vorgeschmack in die Hand drückte. Sie nahm ihn entgegen und schloss die Tür. Die Frau entfernte sich, aber nur, um nach einer Stunde wieder angeknistert zu kommen.

Immerhin trieb sie Lea dazu, endlich Bett und Zimmer zu verlassen. Lea packte ihr Joggingzeug zusammen und beeilte sich aus dem Hotel zu kommen, bevor sie der Sächsin begegnete. Rasch riss sie das Strafticket von der Windschutzscheibe. In ihrem Ford lehnte sie sich zurück. Nach einer Atempause der Stille und Erleichterung legte sie Rolling Stones »Sympathy for the devil« in den Schlitz. Sie fuhr durch Morgenkühle und Sonne den Wilshire hinunter nach Venice Beach.

Zum ersten Mal seit Tagen sah sie das Meer. Die blaue Fläche ersetzte die beigefarbene der Wüste. Lea verausgabte sich in den Tiefen des langen und breiten Strandes und warf sich anschließend in das winterliche Wasser. Es war so kalt, dass es den Walen gefiel vorbeizuschwimmen. Sofort fühlte sie ihr Herz höher schlagen. Der stereotype Ausdruck erhielt einen wörtlichen Sinn. Sie tauchte auf wie ein Seehund, schlug die schweren, nassen Haare hin und her um den Kopf. Sie öffnete die Augen und sah den blauen Himmel, die Bucht von Malibu, seine Klippen und Hügel, kahl, nackt und braun, versprengtes trockenes Grün und einzelne weiße Villen. Sie atmete auf. Fühlte den Sand unter den Füßen, schmeckte das Salz. Sie schwamm so weit heraus, dass die Lifeguard aufmerksam wurde. Lea sah den Beachboy im roten Pullover auf dem Wachturm aufstehen. So klar war die Luft. Es war Anfang März. Ihre Schamlippen froren taub, deswegen kehrte sie mit kräftigen Zügen gegen die Strömung zurück auf den Strand. Obwohl der Morgen kühl war, shampoonierte sie sich unter der Stranddusche, um den langen Weg im Berufsverkehr zu vermeiden und anschließend frühstücken zu gehen. Radfahrer, Jogger, Skater sahen der Verrückten unter dem kalten Wasser nach.

»Wow«, sagte ein Radler zum anderen, »was für eine Aussicht am frühen Morgen!« Er meinte nicht die Malibu-Bucht. Dabei hatte sich Lea nach Damians Warnungen in der Öffentlichkeit nicht ausgezogen. Ganz wollte ihr die Assimilation aber nicht gelingen. Das Wasser machte ihr T-Shirt durchsichtig und ließ es auf der seifigen, braunen Haut kleben. Vollständig ließ sich ihre Freiheit nicht einschränken.

Sie zog sich im Wagen um. Im Sitzen den nassen Badeanzug auszuziehen, sich abzutrocknen, einzucremen, Schlüpfer und Jeans über die klebende Haut zu ziehen, kam einem Akrobatikakt gleich. Zähneklappernd fuhr sie zu Dukes Frühstücksrestaurant, um sich mit Cappuccino und Rühreiern aufzuwärmen. Ihren Toast fraßen die Möwen. Erschreckend groß standen sie auf Leas Tisch, als seien sie gentechnische Mutationen.

Als Lea und die Vögel mit der gemeinsamen Mahlzeit fertig waren, flogen sie auf. Lea konnte sich endlich in Ruhe mit ihrer Tasse in den kalten Händen zurücklehnen und die Augen in die Weite des Ozeans entlassen. Doch als sie die Augen schloss und ihr Gesicht der Sonne entgegenhielt, merkte sie, dass sie nicht in angenehme Entspannung versank, sondern in Gedanken von der Frau verfolgt wurde.

Obwohl sie den ganzen Tag nicht mehr aufhörte zu frieren, blieb sie am windigen Strand.

Leise kehrte sie zurück, zog sich vorsichtig am bedenklich wackeligen Treppengeländer hoch. Doch kaum hatte sie 212 erreicht, ging die Tür zu 214 auf, und die Ballonseide knisterte ihr entgegen.

»Ich wollte Ihnen noch von meiner Mutter erzählen, die mir diese Reise geschenkt hat.« Lea verfluchte diese Mutter innerlich.

Grauenhafte Dinge habe man im Krankenhaus mit ihr angestellt, und die Krankenhäuser seien ja heute voll von der Stasi. Dort hätte sie ihre Zuflucht gefunden und schinde jetzt da die Menschen. Niemand habe ihrer Mutter geholfen. Man sei diesen Stasiärzten schutzlos ausgeliefert.

Lea lief es eiskalt den Rücken hinunter. Und das war nicht ihr schwacher Kreislauf oder die kühle Nachtluft. Redeten sie über dasselbe Land, dieselbe Heimat?

Die Frau war zusammen mit ihrer Mutter aus Sachsen in Leas Nachbarstadt gezogen. Als die Wahnsinnige hörte, dass sie auch in Deutschland Nachbarn waren, riss sie die unangenehm Berührte vor Freude an ihren großen Busen und rief mit vor Rührung zitternder Stimme: »Wir müssen hier zusammenhalten«.

Lea war geneigt, zu den jüdischen, schwarzen, mexikanischen und polnischen Amerikanern zu halten, die sich der Frau und ihren Bestechungsgeldern schutzlos ausgeliefert zeigten, weil sie sie nicht verstanden. Inzwischen hatte Lea nämlich begriffen, wie die Frau zu ihren Verdächtigungen kam. In einer Kette von Missverständnissen drängte sie den Leuten ihr Geld auf, im Glauben, sie müsse bezahlen. Um weiter gehen oder arbeiten zu können, nahmen diese Menschen letztendlich an und gaben es auf, sich gegen das Geld der Deutschen zu wehren. Sie ahnten nicht, welche Anklagen, welch ein Rassismus daraus erwuchs.

Was war jedoch während Leas Abwesenheit mit ihrem Heimatland passiert? Sie stellte sich vor, sie käme zurück ins Deutschland der 30er Jahre. Die Zeitmaschine fiel ihr ein. Lea sah sich in ihrem langen, weißen Mantel aus der Boing steigen. Das Flugfeld war dunkel, es regnete in Strömen. Sie hörte die Turbinen, aber auch die Hundertschaft schwarzer Lackstiefel über das Asphaltfeld marschieren. In den Stiefeln steckten braune Hosen, und von braunen Jacken troff der Regen. Regen rann von dunklen Käppis mit Totenköpfen über Raspelfrisuren in nackte Nacken. Am Rande des Flugfeldes, wo das Scheinwerferlicht nicht hinfiel, flohen gebückte Gestalten in Lumpen, verloren Stroh aus ihren Schuhen. Im Moment, in dem sie um die Ecke des Flughafengebäudes Düsseldorf huschten, blitzte der große gelbe Stern auf. Die Szene war düster wie Leas Zimmer. Hell leuchteten nur die Judensterne.

Lea verlor die Orientierung. Sie wusste nicht mehr, wo sie zu Hause war. Hier nicht, in der Sonne zwischen den künstlichen Brüsten, weißen Gebissen und Anzügen und auch nicht im regennassen, dunklen Deutschland. »Ich werde verrückt«, diagnostizierte sie. »Noch ein paar Tage neben der Frau, und ich werde wie sie.« Wie war das passiert? Wie konnte man so abrutschen?

Sie war zu lange über diesen Erdball gereist. Hatte zu viele Extremsituationen ausgestanden, zu viele Männer gehabt auf der Suche nach dem intelligenten, einfühlsamen und kultivierten väterlichen Freund. Doch je welterfahrener und selbstständiger sie sich entwickelte, desto aussichtsloser gestaltete sich die Reise. Und je mehr Männer sie kennenlernte, desto lieber wurde ihr die Einsamkeit, unter der sie litt.

Die Deutsche klopfte an die Tür.

»Frau Nachbarin«, rief sie mit ängstlicher und devoter Stimme. »Frau Nachbarin.«

Weil niemand öffnete, entfernte sie sich. Lea zog sich leise aus, damit die gebürtige Sächsin das Knistern der Kleidung nicht erlauschte. Sie ließ den Wasserhahn rinnen, es sollte nicht plätschern. Sie wusch Gesicht und Hände, putzte die Zähne und hörte die Ballonseide vor der Tür auf und ab gehen. Die Frau lauerte ihr auf! Sie wartete darauf, dass die Nachbarin die Toilette auf dem Gang benutzen musste.

In dem Moment, als Lea dies klar wurde, musste sie augenblicklich. Konnte sie das nicht verhindern? Sie redete sich ein, dieses Bedürfnis sei kein körperliches. Aber der Cappuccino von Starbucks und der Liter Wasser zum Nachspülen des starken Kaffees belehrten sie eines anderen.

Sie schaltete das Licht aus, zog peinlich berührt über ihr Tun die Schlafanzughose herunter, hängte ihren Hintern über das Spülbecken und urinierte bei laufendem Wasser. Anschließend reinigte sie den Spülstein mit Handwaschmittel, worauf sich der Geruch nach frischer Wäsche im dunklen Zimmer verbreitete. Sie legte sich ins Bett, rollte sich zum Embryo zusammen und zog die Decke über die Ohren, um die Ballonseide nicht mehr zu hören. Sie ging auf und ab. Lea fühlte sich bewacht, dachte an Deutschland in der Nacht der Pogrome und sah sich in einem Stasigefängnis.

Am Morgen fing die Sächsin sie mit den Worten ab: »Gehen Sie zum Frühstück hinunter?«

Sie ließ es sich nicht nehmen, Lea Gesellschaft zu leisten. Während Lea sich Kaffee eingoss, steckte sich die Nachbarin mehrere der verpackten Frühstückskuchen in die Tasche. Leas Blick versuchte ihr wortlos, in Wahrheit erfolglos, mitzuteilen, dass die Kuchen für alle Hotelgäste bereitstünden. Jemand musste heute ohne Frühstück das Haus verlassen. Eine Tüte riss die Gierige auf und erklärte kauend, indem sie die Krümel in Leas Gesicht sprühte: »Die schmecken schrecklich. Wie können die nur überall Zimt hineintun.« Der Zimt hinderte sie nicht, auch noch einen zweiten zu essen. Um ihren Gesprächskrümeln zu entgehen, trat Lea auf die Backsteintreppe hinaus.

»Sie sollten sich nicht auf die Stufen setzen, die sind viel zu kalt. Davon können Sie eine Blasenentzündung bekommen«, belehrte Ballonseide Lea und stellte sich geradewegs vor sie hin, sodass Lea zu ihr aufschauen musste, um ihre Zimtdusche zu nehmen.

Auch an diesem Morgen schwang hinter ihr die Glastür auf und Cowboystiefel bahnten sich den Weg an den Frauen vorbei. Die Sächsin versperrte Lea dieses Mal den Blick auf das Gesicht des Rock 'n' Rollers. Hasserfüllt sah Lea seinem wehenden, weißen Hemd und den langen, grauen Haaren hinterher, die heute zu einem dicken Zopf gebunden waren. Ihr Hass galt nicht ihm, sondern der unentwegt Redenden. Schließlich machte Lea ihr begreiflich, dass sie keinen Kontakt zu Deutschen wünschte. Als die Abgewiesene die Treppe hochstieg und verschwand, glaubte Lea es geschafft zu haben. Ihre Erleichterung und ihr Stolz, endlich bewiesen zu sehen, dass sie fähig war, ihre Interessen durchzusetzen, waren stärker als ihr schlechtes Gewissen über die Unhöflichkeit.

Doch sie irrte. Sie musste eingestehen, dass sie zu schwach für diese Welt war. Denn als sie ihre Zigarette ausdrückte und im selben Moment der Rock 'n' Roller zurückkehrte, versperrte ihr die Deutsche erneut die Sicht, indem sie ihr ein Pornoheft vor das Gesicht hielt. Darin sei ihre Freundin abgebildet. »Die Blonde, Große«, erklärte sie, was Lea bei der Identifizierung nicht half, weil sich fast alle nackten Damen groß und blond zeigten. Statt näher zu fragen, drückte sie der Grauenhaften das Heft schnell in die Hand, stand auf und rannte die Stufen zu ihrem Zimmer hinauf. Über ihr verhallten die Tritte der Ledersohlen des schönen Mannes. Er musste im dritten Stock wohnen.

Schon um der Ballonseide und dem deprimierenden und schmutzigen Hotel zu entgehen sowie um sich vor den jetzt erkannten Stadien der Einsamkeit zu bewahren, zwang sie sich abends auszugehen. Sobald sie es geschafft hatte, den langen weißen Mantel wieder überzuwerfen, streckte sie sich. Es ging ihr besser. Noch scheute sie Kontakte. Aber der Merlot lockte. Und Kaviar äße sie! Alle paar Stunden bekam sie Appetit. Sie wusste, das war auf die Depressionen zurückzuführen, das war der Anfang vom Ende.

Janin hatte die Haarfarbe gewechselt. Von Blond zu Rot. Wie Lea. Sie waren die einzigen Rothaarigen in Beverly Hills. Die dunklere Farbe verlieh der Pianistin ein ernsthafteres Aussehen. Würde es ihr mehr Erfolg bescheren? Nein, sicher nicht. Lea warf ihren Mantel über die goldene Lehne einer Couch und stellte sich mit einem Glas Merlot ans Klavier. Janin erklärte voller Stolz: »Ich habe meine Hausaufgaben gemacht.« Damit stemmte sie sich in die Tasten, dass ihre langen Haare über die nackten, knochigen Schultern bis auf Hände und Tasten fielen. Sie spielte und sang Leas Lieblingslieder.

Janins Freundin stand von einem der Teetische auf und trat auf die andere Seite des Klaviers, Lea gegenüber. Sie lachten sich an, nickten sich zu, und es war nicht nur ein Gruß, sondern das Zeichen zum gemeinsamen Einsatz. Sie unterstützten Janins allzu leise Stimme mit wenig kräftigeren, dafür umso schrägeren Tönen, die entfernt an *In the ghetto* und *Sympathy for the devil* erinnerten.

Lea war überrascht, dass die fünf Manager hinterm Empfang das zuließen. Offenbar war doch noch nicht alles verboten in Kalifornien. Unruhestiftung und öffentliches Ärgernis wurden scheinbar akzeptiert. Auch die japanischen Gäste schienen eher fasziniert als ärgerlich. Höflich lächelnd sahen sie von ihren Kaviar-Etageren auf. Das provozierte Lea. Entweder verstand niemand die

Texte oder sie fühlten sich nicht angesprochen. Lea schlug vor, mit *It never rains in southern California* »einen draufzulegen«.

»*Ich ging an Bord und dachte nicht nach, bevor ich entschied, was ich tat. All das Gerede von Möglichkeiten, von Fernsehauftritten und Filmen klang wahr.*
Es scheint niemals zu regnen in Südkalifornien, schon oft habe ich solches Gerede gehört.
Es regnet nie in Kalifornien, aber Mädchen, haben sie dich nicht gewarnt? Es schüttet, es schüttet!
Ohne Arbeit, ohne Brot, ohne Selbstachtung verliere ich den Kopf. Ich bin ungeliebt, habe Hunger, ich will nach Hause.
Sag denen zu Hause, ich habe es fast geschafft. Bekomme Angebote, aber weiß nicht, welches ich nehmen soll.
Bitte sag ihnen nicht, wie du mich vorgefunden hast.
Und sag mir nicht, was sie von mir denken.
Es scheint niemals zu regnen in Südkalifornien.
Ich habe so oft solches Gerede gehört.
Es regnet niemals in Kalifornien, aber Mädchen, haben sie dich nicht gewarnt? Es schüttet, es schüttet!«

Lea schlug vor Lachen auf den Klavierdeckel. Im süßen Gefühl eine kleine Revolution geschafft zu haben, eine öffentliche Provokation in den heiligen Hallen der Hollywoodstars und ihrer Fadenzieher, hob sie ihr Weinglas. Danach nahm sie die Handtasche vom Klavierdeckel und ging hinaus vor die Tür, um eine Zigarette zu rauchen. Fröhlich grüßte sie die Türsteher, stand rauchend auf dem roten Teppich der breiten Treppe im Scheinwerferlicht und sah den abfahrenden und ankommenden schwarzen Stretchlimousinen zu. Aus der Reihe der dunklen Wagen, die keinen Blick hineinließen, stach einer durch seine Offenheit und seine zitronengelbe Farbe heraus. Rod Stewart und seine Blondine schienen als Einzige kein Problem mit dem Gesehenwerden zu haben. Rods Lächeln war eingefroren wie seine abstehende blonde Streichholzfrisur.

Der Merlot wirkte. Lea beschloss noch in einen Club zu gehen und morgen ihr Comeback im Regent Beverly Wilshire zu feiern. Oder sie würde ihren schnellen, kleinen Leihwagen ausprobieren und mit »Vollkaracho« den Wilshire hinunter bis in den Pazifik fahren.

Unglücklicherweise führte ihr Weg zum Coconut-Club am Reeves Drive vorbei. Kraft und Motivation verließen sie plötzlich, ihr Bett erschien erstrebenswerter als ein weiteres Glas Wein im Stehen.

Sie stellte den Wagen auf dem Parkplatz eines Supermarktes ab, um einem weiteren Strafmandat zu entgehen. Die paar Blocks zum Hotel ging sie zu Fuß. Sie bat Mr. Ashvrani um ein anderes Zimmer.

»Mrs. Lea«, er konnte ihren komplizierten Nachnamen nicht aussprechen. »Sie müssen sich gegenüber dieser Frau durchsetzen!«

Das wusste sie selbst. Musste sie sich von einem Hotelbesitzer sagen lassen, dass sie sich im Leben nicht behaupten konnte?

Ja, musste sie.

»Mich stört diese Frau auch. Ich kann kaum noch meine Arbeit tun«, klagte Mr. Ashvrani. »Ich habe ihr gesagt, sie soll das lassen. Das müssen Sie ebenfalls tun, Mrs. Lea.«

Er blickte ihr in die Augen wie ihr Lehrer, ihr Vater und ihr Psychologe auf einmal. Vor so viel Autorität ging sie in die sonnenverbrannten Knie. Offenbar erweichte ihn aber ihr gepeinigter Blick. Ihr kindlich liebes und naives Gesicht von derselben Hautfarbe, die dem Inder eigen ist, weckte seinen Beschützerinstinkt.

»Ich werde mit ihr reden«, versprach er, »ich werde ihr sagen, sie soll nicht an Ihre Tür klopfen und Sie nicht belästigen. Aber Sie müssen das auch tun«, setzte er seine pädagogische Strategie fort. »Sie ist ja eine arme Frau.«

Lea stimmte ihm heftig nickend zu und dachte noch darüber nach, als sie die schmutzigen Teppichstufen hinaufschlich. ›Diese Frau ist im Endstadium dessen, was mein eigener Zustand ist. Eines Tages werde ich genauso sein. Eines Tages werde ich fremde Leute ansprechen und mir ihre Aufmerksamkeit erkaufen. Dahin wird mich die Isolation treiben. Wenn sie mich nicht zu den anderen Obdachlosen an den Strand, auf die Parkbänke und vor die Schaufensterscheiben treibt, wo sie ihre Selbstgespräche führen und in ihrer ersponnenen, schönen Welt leben, in der sie die Helden sind, umgeben von Freunden und deren Aufmerksamkeit.‹

»Kommen Sie morgen auch wieder so gegen elf nach Hause?« fragte sie Lea, noch ehe sie ihre Tür ganz geöffnet hatte und ihre Ballonseide auf Lea zuknisterte. »Ich habe Sie in der Abendgarderobe fast nicht erkannt. Gott sei Dank, ich dachte schon, ich hätte eine neue Nachbarin.«

»Ich habe keinen geregelten Tagesablauf«, begann Lea, um endlich zu enden: »Hören Sie. Sie dürfen mich nicht länger belästigen, sie dürfen nicht immer an meine Tür klopfen und mich abfangen. Ich halte das nicht mehr aus.«

Mit Tränen der Ermüdung und des schlechten Gewissens in den Augen riss sie ihre Tür auf und schlug sie gleich hinter sich wieder zu. Schwitzend und heftig atmend stand sie in der Dunkelheit und dem Geruch nach Handwaschmittel.

Da drang die Stimme durch das schmutzig weiße Holz in ihrem Rücken als lägen die Lippen der Frau direkt auf ihren Ohren: »Ich kann Ihnen stattdessen ja schreiben.«

Sprach es und eilte in ihr Zimmer, um das Versprechen einzulösen.

Lea hing mit dem Hintern über dem Spülbecken, als sie ein Schaben auf dem Teppich an der Tür hörte. Sie rutschte erschrocken vor, sodass die Beckenkante den Strahl teilte und ein wenig daneben ging. Gerade noch konnte sie sich enthalten, abzuspringen, derart ertappt fühlte sie sich in ihrem kulturlosen und gesellschaftsunfähigen Treiben.

In der Finsternis sah sie, dass ein weißes Quadrat unter der Tür hindurchgeschoben wurde.

Sie war so nassgeschwitzt und bespritzt, dass ihre Schenkel vom Becken glitschten. Während sie versuchte sich zu beruhigen, wusch sie sich und das Waschbecken. Endlich ließ sie sich auf das schmutzige Bett fallen.

Erst am Morgen auf dem Weg zum Kaffee in der Lobby sah sie sich das Geschriebene auf jenem Pornoheft an. Aber deutsche Worte waren sinnlos zusammengefügt. Lea warf sie in den Eimer unter der Kaffeemaschine. In diesem Moment kam die Ballonseide die Treppe hinunter, und die Jeans stieg unter weißem Hemd und grauen Haaren hinauf. Diesmal sah Lea sein Gesicht.

Und war enttäuscht. War alles an ihm schön, so wirkte das Gesicht aufgedunsen wie von Alkohol oder Kortison. Doch bevor dieses Gesicht der Sächsin ansichtig und dadurch noch unschöner wurde, erwiderte es Leas Gruß, was es gestern nicht getan hatte. Offenbar hatte auch er Bekanntschaft mit der Deutschen gemacht.

Im Laufe des Tages erhärtete sich diese Vermutung, denn Lea sah die Frau mit einem älteren Mann in abgetragenem Texas-Look plaudern. Dünne Strähnen hingen von einem ausgemergelten Kopf. Der Mann hielt sich den Bauch, als wollte er Hungers sterben. Er schien unerfahren, er lächelte und ließ sich einladen. Noch freundlicher zeigte er sich, als Lea vorbeiging. Sie erwiderte mit einem mitleidigen Lächeln, das er missverstand und sich vorstellte. Lea ergriff die Flucht.

Der Filmstar

Ihre Haut war trocken wie die eines alten Indianers in Arizona. Das Salz des Meeres zog sie zusammen, ihre Augen tränten von der ewigen Sonne. Sie konnte unmöglich noch einen weiteren Tag am Strand verbringen. Sie war deprimiert, hatte Angst vor Menschen und konnte sich gegen die geschäftige, laute Atmosphäre der Cafés und Restaurants nicht behaupten. So beschloss sie, sich den absoluten Luxus und die Ruhe des besten Lokals in Beverly Hills zu gönnen. Sie wollte endlich wieder ein anständiges Essen genießen und in Wein und Fisch baden.

Kein Schild machte darauf aufmerksam, dass es sich beim Spago auf dem Canon Drive um ein Restaurant handelte. Die High Society von Beverly Hills *wusste* das, und andere *sollten* es nicht wissen. Alles, was Lea sich in dieser schweren Lebenskrise gewünscht hatte, bekam sie für ihr Geld, und außerdem noch eine herausragend freundliche Bedienung, die sie vergessen ließ, dass sie nicht dazugehörte.

Außer ihr saß nur ein alter Mann an den Single-Tischen an der Wand. Gegenüber Männern, die ihr unterlegen schienen und von denen sie nicht annahm, dass sie etwas von ihr wollten, war sie offen und freundlich. Und da sie wirklich Wert darauf legte, endlich wieder zu essen, worauf sie Appetit hatte, fragte sie den alten Herren neben sich, ob er den Red Snapper oder die Brasse auf dem Teller hätte. Wo genau lag der Unterschied? Und stammte einer der beiden aus regionalen Gewässern? Sie wusste schon nach der Bestellung nicht mehr, wofür sie sich entschieden hatte, aber die Entscheidung war gut. Selten hatte sie in den letzten Wochen ein Essen so genossen. Sie mochte die neue amerikanische High-Society-Küche mit ihren Gemüsestreifen auf dem Fisch und der japanischen Sesam-Soja-Soße. Sie machte sich über Essen und Wein her und dachte, ihr Gespräch hätte sich damit erledigt. Leider hatte der ältere Herr mit seinen spärlichen Haaren und den Altersflecken dazwischen sein Mahl beendet und nahm zum Nachtisch ein Gespräch mit ihr. Eigentlich war es eher ein Interview. Er fragte, sie hatte zu antworten. Umgekehrt wäre wesentlich angenehmer gewesen, dann hätte sie Zeit zum Kauen und Genießen gehabt. Und *sie* wäre es gewesen, die erfahren hätte. Ihr Gemüse begann kalt zu werden, während er es durch seine geschickte, vielleicht geschulte Interviewtechnik – er war, seiner

Aussage nach, Fernsehmoderator der Samstag-Abend-Show – schaffte, sehr schnell in sehr tiefe Regionen ihrer Psyche und Lebensumstände einzudringen. Er stellte die Fragen so geschickt, dass sie entweder antworten musste, sie wolle sie nicht beantworten, oder sie musste ausführlich werden.

Am Ende diagnostizierte er, sie sei eine hochinteressante und tragische Persönlichkeit. Was sie schon wusste.

Sie sollte herausfinden, was sie wirklich wollte und nicht auf Reisen fand. Was sie auch schon wusste.

Und sie sollte ihre Lebensgeschichte schreiben. Was sie nicht konnte.

Außerdem schlug er vor, mit ihm auszugehen und ihre heutige Rechnung zu bezahlen.

Zum ersten Vorschlag verhielt sie sich freundlich unbestimmt. Den zweiten lehnte sie rigoros ab, obwohl die Preise im Spago horrend waren und ihr Konto zum Ende der Reise hin schmolz. Der Trip war lang genug gewesen, um gelernt zu haben, dass man in LA für alles zurückzahlen musste. Sie beeilte sich also, ihre Kreditkarte aus der Handtasche zu wühlen, aber auch da hatten Männer einen Vorteil. Er war schneller und der Kellner kooperierte viel besser mit ihm als mit ihr. Entweder wollte der junge Mann ihr etwas gönnen und freute sich, dass der Alte für sie zahlte, oder er wollte dem Alten Gutes tun, nämlich ein zweites Dessert.

Seit jenem Tag dachte sie bei jeder Rechnung daran, dass sie noch 100 Euro gespart hatte, die sie jetzt verprassen konnte. Denn seine Rechnung, vielleicht hatte er sie auch gar nicht gemacht, vielleicht war er ja wirklich der »good boy«, als den er sich bezeichnet hatte, ging nicht auf.

Sie konnte das inzwischen nicht mehr hören. Wie einen Song, den man allzu oft gehört hatte, sodass er ausleierte. Als er sagte: »I'm a good boy«, musste sie unvermittelt an einen Papagei denken, der seinen Kopf demütig beugte, damit man ihn hinter den Ohren und um Nacken streichelte. Was sie nicht tat.

Der kleine Mann stand draußen vor der Tür auf der mittäglich sonnigen Straße. Der weiße Marmor reflektierte so stark, dass beide die Augen zusammenkniffen und eilig nach ihren Sonnenbrillen suchten.

Brutale Absagen lagen ihr nicht, das Wort »nein« klang zu unfreundlich. Darum vertröstete sie ihn auf eine Zeit, in der es ihr besser ginge, wenn sie wieder mehr Vertrauen in Männer gefasst hätte. Er wisse ja jetzt, dass sie eine unglückliche Liebe mit einem Mann hinter sich habe, der sie ausgenutzt hatte.

Sie hatte ihm die Geschichte erzählt, um für später eine Ausrede parat zu haben, in dem Wissen, was auf sie zukäme. Außerdem hatte sie ein Opfer gefunden, an dem sie die Authentizität und Stringenz ihres neuen Romans »Die Hochstapler von Beverly Hills« ausprobieren konnte.

»Gut«, gab er nach, »rufst du mich an, wenn es dir besser geht?«

»Mach ich«, versprach sie, obwohl sie wusste, dass sie seine Visitenkarte, sobald sie im Hotel angekommen wäre, wie alle anderen wegwerfen würde.

Als hätte er ihre Gedanken erraten, bat er: »Darf ich dich auch anrufen?«

»Ich habe keine Visitenkarte«, versuchte sie zu entgehen, »und keinen Stift.«

»Warte«, ließ er sie stehen und rannte zu den Uniformierten am Eingang des Spago zurück. Mit dem kleinen Siegesstab in der Hand kam er und hielt seinen Buckel hin, damit sie ihre Cell-Phone-Nummer aufschreiben konnte.

»Darf ich dich heute noch anrufen?«, fragte er.

Widerwillig gab sie ihr Ja-Wort. Sie hatte es eilig aus der Mittagssonne zu fliehen und ihren kleinen Rausch ins Hotelbett zu legen. An der Fußgängerampel drehte sie sich um. Zum einen, um den Abgasen des Wilshire-Boulevards vor ihrer Nase zu entgehen, zum anderen, um einen Hinweis darauf zu erhaschen, ob er ein Hochstapler wäre.

Er war einer, glaubte sie festzustellen. Denn anstatt dem Mann in Uniform vor dem Restaurant sein Valet-Parking-Ticket in die Hand zu drücken, ging er vorbei zu den Parkbuchten und warf seinen Strohhut in einen Kleinwagen.

Lea drehte sich dem leuchtenden »Wait« zu. Die Sonne brannte auf ihre Haare und ihr fiel ein, warum er einen Strohhut in der Hand gehalten hatte. Er sollte vor weiteren braunen Flecken auf der schwach geschützten Kopfhaut schützen, doch er hatte ihn nicht aufgesetzt, um vor ihr nicht extravagant zu erscheinen.

Sie stand vor dem schmutzigen Fenster ihres heruntergekommenen Beverly Reeves Hotels und fragte sich, was sie ihm sagen sollte, wenn er anriefe. Allein in ihrem Zimmer ohne den Druck, eine schnelle Entscheidung treffen zu müssen, fand sie Zeit, ihren Verstand einzuschalten.

›Du wählst die Männer, die du näher an dich herankommen lässt, nach demselben Schema aus‹, dachte sie. ›Sie sind schön, leicht androgyn, unterscheiden sich von anderen und besitzen eine ungewöhnliche Ausstrahlung. Und du weißt, dass dieses Schema nicht gut für dich ist. Du weißt, die Wahl tut dir nicht gut. Was, wenn du sie brichst? Wenn du gegen dein spontanes Gefühl einem hässlichen, kleinen Mann die Chance gewährst zu zeigen, dass er mehr in dir sieht, dass er mehr will und versteht als eine niedliche Frau, vor der man keine Angst haben muss, sie recht bald ins Bett einzuladen. Du hast immer von einem alten Mann geträumt. Wenn auch von einem schönen Gentleman. Alte Gentlemen schauen über ihren Tellerrand. Sie sahen ebenso viel von der Welt wie du. Sie besitzen einen weiten Horizont, weil ihre Interessen gestreuter sind als die der Jungen. Und du hoffst, dass ihre Augen nicht nach innen in sich selbst gerichtet sind, wenn du die Augen aufmachst und ihre Gesichter über dir siehst. Ein junger Mann könnte auch über einer Melone liegen, das macht keinen Unterschied. Ein alter mag dich in deiner Ganzheit genießen. Wenn er nicht zu jenen mit dem gierigen Blick gehört. Aber dieser Mann hat sich für deine Psyche interessiert. Und er hat mehr verstanden als dir lieb ist. Vielleicht kann er dir etwas über dich beibringen. Möglicherweise eröffnet er dir eine neue Welt. Eventuell kennt er Dinge, die du nicht kennst, schöne Dinge. Er motiviert dich zu leben, inspiriert dich, reicht dir etwas an die Hand, und du wirst wissen, was du tun kannst. Also?‹

»Nein, es geht mir noch nicht besser«, erklärte sie dem kleinen, alten Mann am Telefon.

»Das tut mir aufrichtig leid«, sagte er, und seine Stimme klang, als meine er es ernst. »Ruf mich an, wenn du was brauchst. Wirklich. Vertrau mir. I'm a good boy.«

Dass Lea überhaupt innegehalten und die Möglichkeiten in Betracht gezogen hatte, wies ihrer späteren Ansicht nach darauf hin, dass sie geahnt hatte, dass dieser Mann anders war. Aber wie anders, das konnte sie nicht wissen, sondern eben nur ahnen. Er fiel aus den Reihen derjenigen, die durch sie die Erfüllung des amerikanischen Traums erhofften sowie jener, die in ihr eine Frau sahen, an die sich auch ein Verlierer heranwagen durfte. Der kleine Mann stellte sich als der einzige Star heraus, den sie in LA getroffen hatte. Und zugleich der einzige Mensch, der Lea tatsächlich so gesehen hatte, wie sie war.

Er fand sie in ihrer Tragik interessant. Sie unterschied sich wohltuend von der Oberflächlichkeit und Langeweile, die er gewohnt war. Ihre Offenheit und Ehrlichkeit würden ihn vor Intrigen und Betrug schützen, ihre Sanftheit vor Bosheit. Lea wäre die Exotin an seiner Seite. Eine Frau, die ganz sie selbst war. Davor hätten auch seine Freunde Achtung. Sogar bei Paramount würden sie zweimal hinschauen, was ihm aber nicht wichtig erschien.

Schade, dass sie das alles nicht erkannte. Die wahren Werte lernte sie offenbar gerade zu erkennen, aber nicht, wo sie sie fand. Wie sollte es auch anders sein, wenn sie von klein auf die falschen Werte vorgegaukelt bekommen hatte und sich erst aus ihnen herausstrampeln musste. Immerhin hatte sie sich auf die Suche aus dieser Manipulation heraus gemacht. Noch war ihr Blick verstellt von ihren Konflikten. Er hatte sie zu früh getroffen.

›Was soll's. Vielleicht schafft sie es auch nicht, den Blick freizukriegen. Die Leute machen so eine doch kaputt wie ein zartes Spielzeug. Aber es wäre zu schade, wenn sie sich umsonst abmüht. So ein gesegnetes, liebes Mädchen. Und ihre Geschichte sollte sie wirklich schreiben. Ich hätte sie sofort Richard gegeben. Der hätte daraus eine Story gemacht, die der Stadt und unserer Zeit den Spiegel vorhält. Und das brauchen wir jetzt alle dringend. Die Perspektive der naiven Ausländerin und die Lovestory im Vordergrund würden verhindern, dass man uns mangelnden Patriotismus vorwirft. Wie den anderen, die jetzt in der Krise das Maul aufreißen.

Was soll's.

Vielleicht können wir auch ohne sie so eine Story hinbiegen.‹

Ian Precilla der III. von Châteaularault 3

Am Tag darauf erschütterte ein Skandal das kleine Hotel mit seinen merkwürdigen und abgebrannten Bewohnern, die entweder von hier aus zur Arbeit gingen, oder Arbeit suchten. Und manche suchten auch das Glück in Beverly Hills. Wie sagte ein Amerikaner zu Lea? »Es ist besser, in einer schäbigen Unterkunft in einer guten Gegend zu leben, als in einer schäbigen Gegend in einer schönen Wohnung.«

Sie war sich dessen nicht mehr sicher.

Der Skandal traf den armen, eingefallenen, erfolglosen Geschäftsmann aus Texas. Es hieß, er habe die deutsche Ballonseide sexuell belästigt. Mr. Ashvrani ging dem Vorwurf in Ruhe nach. Es stellte sich heraus, dass der Mann die Frau falsch verstanden hatte. Er glaubte auf ihr Zimmer eingeladen worden zu sein und war der Einladung zum großen Schrecken der Frau gefolgt.

Lea wurde das Bild, das ihre Nation in diesem Hotel vermittelte, allmählich peinlich. Sie dachte dabei durchaus auch an sich und ihre Angewohnheit, die Toilette zu meiden. Betrachtete sie die Hotelgäste, gelangte sie zu dem Schluss, dass sich die Schwarzen in ihren dunklen Geschäftsanzügen mit den weißen, frisch gebügelten Hemden und Aktentaschen unterm Arm, die sich morgens von ihren Kindern und ihrer Frau verabschiedeten und im Hinausgehen nur je einen Kuchen nahmen, den besten Eindruck von allen hinterließen. Gefolgt von den japanischen Touristen, die in Gruppen plaudernd über Stadtplänen in der Lobby saßen. Die Deutschen gefolgt von den weißen Amerikanern schnitten eindeutig am schlechtesten ab. Sie schämte sich.

An diesem späten Nachmittag saß sie mit ihrem Laptop vor dem Starbucks-Café um die Ecke Beverly Drive. Immer wieder schaute sie auf. Entweder, um die Fragen der Passanten hinsichtlich des kleinen technischen Wunders auf dem Tisch zu beantworten oder um den Beverly Babys nachzusehen. Mick Jagger hatte sie besungen. Dünn, blond, bauchfrei, Silikonbrüste, Hollywoodgebisse und High Heels. Lea war fasziniert von ihrer Schönheit und Uniformität.

Schließlich begann die Sonne hinter den weißen Geschäften unterzugehen. Eine stille, beschauliche Abendstimmung machte sich breit, beruhigte die Hitze und den Straßenlärm, verschleierte rosarot weißen Marmor und grauen Asphalt. Lea lehnte sich zurück und atmete die frische, nur ganz leicht von Abgasen durchwehte Abendluft ein.

Da schritten seine Stiefel, Jeans und das weiße, jetzt von rosa Licht verwaschene Hemd an ihrem Tisch vorbei und betraten das Café. Mit einem großen Kaffee und der LA Times trat er heraus und setzte sich auf einen einzelnen Stuhl ohne Tisch neben der Tür. Lea senkte ihren Blick auf den Bildschirm. Augenblicklich wurde dieser schwarz. Allerdings nicht, ohne ihr vorher mitgeteilt zu haben, dass sich der Computer auf den Standby-Zustand vorbereitet. Das Blinken unter ihrem Handballen, das verriet, dass der Akku leer war, hatte sie nicht bemerkt. Wütend auf den Hersteller, der ihr fünf Stunden Kapazität versprochen und nicht gehalten hatte, wütend auch auf den ganzen Rest der Welt, schlug sie die bereits leicht gebrochene Klappe zu, stand auf und holte sich drinnen ein Wasser. Als sie auf die Straße zurücktrat, war ihr Tisch besetzt. Jesus saß dort im Gespräch mit einem jungen Fahrradboten. Der trug einen Klebestreifen um das rechte Hosenbein und eine Hängetasche über der Schulter. Sein Rennrad lehnte stolz am Parkverbotsschild. Lea setzte sich auf den freigewordenen einzelnen Stuhl ohne Tisch bei der Tür, den geschlossenen Laptop auf dem Schoß, das Wasser an der Lippe. Jesus sah auf, bemerkte sie und richtete sich sofort auf, um herüberzukommen.

»Oh, ich habe gedacht, du wärest gegangen. Bitte nimm Platz. Wir wollten ihn dir nicht wegnehmen.«

Sie lehnte ab. Er drängte und nahm ihren Stuhl, sobald sie aufgestanden war.

»Entschuldige bitte«, sagte er, »dass ich dich nie anständig gegrüßt habe. Aber du standest mit dieser Frau zusammen, und mit der wollte ich nichts mehr zu tun haben.«

»Da bist du nicht der Einzige«, teilte sie das Leid und erzählte ihm von ihrem Schicksal und dem des Texaners.

»Oh, den musste ich auch kennenlernen«, klagte er. »Hat er schon versucht, dich zu einer Investition in seine Plattenfirma zu überreden?«

»Nein, ich bin ihm vorher ausgewichen.«

»Das schaffst du nicht dauerhaft«, prophezeite er. »Um auf das fehlende Grüßen zurückzukommen. Ich habe beobachtet, wie viele Männer dein Laptop zum Anlass genommen haben, dir ein Gespräch aufzuzwingen. Ich wollte nicht, dass mein Gruß wie ein Flirt wirkt, und ich wollte dich nicht stören.«

Daran glaubte sie den Gentleman zu erkennen und war interessiert.

Der Name des Gentleman lautete Ian Precilla der III. von Châteaularault. Sein Vater war Diplomat gewesen, seine Mutter Model. Da ihm sein Name zu auffällig, extravagant und lang erschien, nannte er sich Barlowe. Lea dachte an Philip Marlowe, mit dem er nichts zu tun hatte. Er war auch kein Rock 'n' Roller, geschweige denn Jesus, sondern Modefotograf aus Miami. Derzeit hoffte er auf einen Auftrag in England. Aber die Investoren sparten seit 9/11. Man wusste ja nie, was noch passierte. Da investierte man nicht in unwichtige Dinge.

Nicht nur deswegen hatte Barlowe den Strand von Miami verlassen müssen. Er war an Hautkrebs erkrankt. Zu lange und intensiv hatte er sich der Sonne von Florida ausgesetzt. Daher also rührte das holprige und aufgedunsene Gesicht.

Der interessante Mann verlor sein Interesse an Lea, als sie verriet, dass sie schrieb. Der Fahrradbote fragte nach, worüber sie schrieb, und als sie es erklärte, gewann sie Barlowes Achtung zurück. Nachdem sich der Bote verabschiedet hatte, und sie ihr Kennenlernen bei zwei Gläsern Merlot an der Bar des Italieners auf dem Dayton fortsetzten, sagte Barlowe: »Als du erwähntest, du schriebest, dachte ich, ach ja, eine von denen. Als du aber erklärtest, du arbeitest über sustainable development, soziale, ökologische und ökonomische Nachhaltigkeit, da habe ich gleich gedacht, die Frau musst du näher kennenlernen.«

Er war der zweite Mann, mit dem sie auf diese Weise in ein tieferes Gespräch geriet. Sie staunte, dass dieses sperrige Wort wie eine Zauberformel wirkte. Von wegen, das interessiert doch niemanden, wie ihre Partei und die Verleger sagten! Im Gegenteil, die Herren lechzten nach Tiefgang und Zukunftsvisionen.

Barlowe und Lea fanden sogleich eine Menge Gemeinsamkeiten. Das hatte sie noch nie erlebt. Nicht nur, dass sie dieselbe Weinmarke bevorzugten, weil beide säureempfindliche Mägen in sich trugen. Auch ihr Musikgeschmack erwies sich als derselbe. Sowie die Angewohnheit, am liebsten zu Fuß zu gehen.

Er führte sie in die nette Atmosphäre des Il Pago, nahm ihr die kurze Jacke ab, die ihm gefiel. Der professionelle Modefotograf schaute auf ihr Etikett, als er sie über die Lehne ihres Barhockers hängte. Anerkennend nickte er, was sie bewog, ihm zu erklären, aus welchem Anlass sie das Kostüm gekauft hatte. Er sollte nicht erst dem Missverständnis unterliegen, sie wäre eine reiche Frau. Zur Selbstverteidigung erzählte sie ihm auch gleich von dem Mann, der hoffte, dass sie ihm bei der Verwirklichung seines amerikanischen Traums von Ruhm und Reichtum behilflich sein konnte.

»Ich will nicht an dein Geld«, beteuerte Barlowe.

Sie genoss die hauchdünne Pizza, die er gut durchgebacken zum Wein bestellte.

»Ein Amerikaner, der zu Fuß geht?« Sie konnte es nicht glauben.

»Noch jemand in LA, der sogar den La-Brea-Marsch schafft?«, staunte Barlowe. Sie nahm an, damit meinte er den Weg von hier bis zur La Brea Avenue und wieder zurück.

»Wie alt bist du?«, wollte sie wissen.

»Zu alt für dich.«

»Das gibt es nicht. Ich habe einen Vaterkomplex.«

»49.«

»Beinahe zu jung.«

Sie erzählte ihm, wie sie ihn gesehen und auf diese Weise zu ihrem Hotel gekommen war.

»Hasst du mich nicht dafür, dass ich dich dort hineingelockt habe?«

Sie schüttelte den Kopf.

»Eine wundervolle Geschichte«, bemerkte er. »Aber Rockmusiker war ich nie.«

Barlowe strich sich die Haare hinters Ohr.

»Ich habe allerdings früher junge Rocktalente für Virgin Records in den Clubs von LA gesucht.«

»Und was hast du tagsüber gemacht?«

»Mit Handy am Pool gesessen.«

»Toller Job. Bowie hat übrigens gerade Virgin Records verlassen.«

»Ich habe Bowie und seine Frau hier die Straße hinuntergehen sehen.« Er zeigte durch die heute, an einem lauen Abend geöffnete Tür auf den Dayton Drive. »Ein exorbitantes Paar. Sie, das große, exotische, schwarze Model, er der bestgekleidetste Mann der Welt in Anzug und Krawatte. Wirklich ein außerordentliches Paar.«

Sie sah die beiden in dieser lauwarmen Nacht über den Gehsteig gehen und das Il Pago betreten. Auch sie hätten gut hierher in diese edle, moderne aber nicht kalte Atmosphäre gepasst.

Danach tauschten sie weiteren Beverly-Quatsch aus und schimpften gleich darüber, dass sie sich damit befassten.

Um die Ecke Beverly Drive hatte Lea die Beverly Hills 213 vom Gehsteig aufgehoben und sich in der Schlange bei Starbucks angestellt. Das Magazin über den Klatsch und Tratsch der Beverly-Prominenz lag einmal in der Woche vor jedem Hauseingang, in Zellophan verpackt, damit die Rasensprenger es nicht durchnässten. Nicht allein der Cappuccino hatte ihr die Röte in die Wangen getrieben, auch nicht die Sonne vor dem Café. Es war die Schamesröte über den Journalismus, der nichts Wichtigeres zu berichten fand, als wer wen heiratete, wer wessen Kinder zur Welt brachte, wer wo mit wem in welcher Position gesehen worden war, und wer welches Bombengeschäft bei Paramount landete. Johnny Depp besaß nur einen Anzug. Er bekam Platzangst darin und kaufte deswegen für jeden Anlass einen neuen, um ihn anschließend der Caritas zu vermachen. Auf diese Weise hatte er im letzten Jahr 200 Anzüge an die Armen gespendet. Mick Jagger hatte die Nacht in Paris mit Rebecca Romijn-Stamos getanzt. Gleich darauf hatte sie John Stamos angerufen, und es ihm erzählt, worauf dieser geantwortet haben soll, er mache sich keine Sorgen, Jagger sei dreimal so alt wie er. »Ouch«, hatte der Reporter Johns Verhalten kommentiert. »Ouch«, hatte Lea die Reportage, den Reporter, John, Rebecca und Mick kommentiert. Warum verschwendete man damit Zeilen? Wieso durfte man hiermit seinen Lebensunterhalt verdienen? Wie konnte ein junger Mann so blöd sein? Weshalb machte sich eine junge Frau so lächerlich? Weshalb hatte sie nichts Besseres zu tun, als zwischen zwei Tänzen in eine Hotelhalle voller Journalisten zu eilen, um atemlos ins Telefon zu schreien, damit es auch jeder Pressefritze mitbekam: »Ich flirte mit Mick Jagger!«? Wie schaffte sie es, derart unsensibel zu sein und den alten Rockstar zu entwürdigen? Wie konnte sich der Mann von einem pubertären Beverly-Baby entwürdigen lassen? Was suchte er bei solchen Girlies, wenn sie auf nichts als seinen Namen scharf waren? Seinen Charakter und seine Intelligenz erfassten sie nicht, falls er die besaß.

Ein deutscher Filmproduzent hatte Lea gefragt, ob sie es nicht schrecklich fände in einer Stadt, in der man kein intellektuelles Gespräch führen könnte ...

»Keith Richard ist der eigentliche Kopf der Band. Der Künstler«, brachte Barlowe sie auf sachliches Gebiet. »Hast du die Neue von ihm gehört?«

Lea schüttelte den Kopf.

»Dann mach ich dir einen Vorschlag. Morgen machen wir den La-Brea-Marsch. Ich zeige dir die Bibliothek von Beverly Hills, dann gehen wir in einen CD-Laden, wo es alles gibt. Was du da nicht findest, gibt es nicht. Dann gehen wir noch ein bisschen in Hollywood shoppen, wenn du magst, zwischendurch zeige ich dir ein paar Schreibcafés, wo du wegen deines Laptops nicht angesprochen wirst, weil alle eines benutzen. Und zum Abschluss gehen wir im Chateau einen Wein trinken und im Moonlight essen.«

Sie ahnte noch nicht, an was für wundervolle Orte er sie führte, welch guten Geschmack er beweisen sollte, wie cool er sie einkleiden würde und wie oft sich bestätigen sollte, dass sie auf einer Wellenlänge lebten.

»Ich wette eine Flasche Champagner, dass sie *Bowie at the beep* nicht in dem Laden haben.«

»Ich halte dagegen.«

Lea, die dumme Immigrantin, rieb sich die Hände und leckte die Lippen im Vorgeschmack auf den Moët & Chandon, den sie unzweifelhaft gewänne, wusste sie doch, dass es die CD in Amerika nicht gab. Es sollte nicht die letzte kulturelle Wette sein, auf die sie eine Flasche Moët setzte. Barlowe behauptete, ihr Lieblingsfilm *Im Reich der Sonne* spiele in Shanghai. »Blödsinn«, zeigte sie Überlegenheit, »ich kenne die Stadt wie meine Heimat. Die Handlung spielt logischerweise in Saigon.«

»In Shanghai«, beharrte Barlowe.

»Wie willst du das beweisen?«

»Ich rufe Steven Spielberg an.«

Sie zog die Brauen hoch.

»Kein Problem, er hat sein Büro hier in der Nähe.«

»Nun ja, das wusste ich, aber ...«

Sie schlenderten durch die nächtlichen Straßen von Beverly Hills. Sie war nicht mehr allein. Barlowe blieb vor jedem Modelfoto stehen. Bisher hatte Lea nichts als Werbung in ihnen gesehen und bald weggeschaut. Barlowe öffnete ihr die Augen für die künstlerische Leistung der Fotografen. Wahrscheinlich wären sie alle lieber unabhängige Künstler geworden. Sie spazierten den Rodeo hinauf, den Beverly hinunter, stiegen die spanische Treppe zum hellblau bewässerten Brunnen am Wilshire Boulevard hinab und gingen Arm in Arm. Bald standen sie und wussten nicht wohin.

»Was möchtest du tun?«, fragte Barlowe, indem er sein Gesicht in ihre Haare drückte.

»Weiß nicht. Du kennst dich besser aus.«

»Weiß nicht«, zuckte er die Schultern. Dann sah er sie durchdringend an, lächelte verlegen und zog den Kopf zwischen die Schultern. »Gehen wir in unser Hotel?«

»Okay«, sagte sie leichthin und wurde geküsst.

Sie erledigten das Vorspiel auf der dunklen Straße, was für das puritanische Amerika inakzeptabel war. Wahrscheinlich hätte ihnen bei mehr Licht und mehr Passanten eine Klage gedroht. Mr. Ashvrani hatte die Glastür bereits verschlossen, sie stritten, wer den Schlüssel zücken sollte. Arm in Arm quetschten sie sich zwischen Wand und Geländer die Treppe hinauf, am zweiten Stock vorbei in den dritten. Barlowe lud sie in sein Zimmer unter der Dachterrasse, die sie bisher noch nicht entdeckt hatte.

»Dein Zimmer ist viel schöner als meines«, beschwerte sie sich.

»Dafür zahlst du auch einen lächerlich hohen Preis. Du kannst bei mir wohnen.«

Sie fühlte sich wohl bei ihm. Es war still in seinem Zimmer, und vor dem Fenster bewegte sich eine Palme, statt dass ein starres, symmetrisches Bürogebäude davor glotzte.

Sie konnte die Finger nicht aus seinen Haaren lassen, bis es ihm Stunden später zu viel wurde. »No more hair«, wehrte er sie ab und beugte seinen Kopf über ihren Körper, der sich nass von seinen Küssen anfühlte.

»Willst du nicht mit mir schlafen«, fragte sie Barlowe.

»Nicht eher, bis du den ersten Orgasmus gehabt hast«, antwortete er, indem er den Kopf zwischen ihren Beinen hob, seine nassen Haare aus dem Gesicht strich und sich den Mund wischte.

»Das ist unmöglich«, erklärte sie ihm.

»Das kann überhaupt nicht sein«, behauptete er und senkte seinen Kopf erneut zwischen ihre Beine.

»Nein, nein, nein«, wollte sie ihn hindern, öffnete aber zugleich bereitwillig die wohlgeformten Knie.

Hätte sie dieses Mal um eine Flasche Moët gewettet, sie hätte sie verloren. Barlowe war also der Richtige.

Am nächsten Morgen blieben ihr sowohl der abführende Kaffee als auch die Sächsin erspart, weil Barlowe Cappuccino mit Orangen-Kirsch-Muffins von Starbucks zusammen mit der LA Times ans Bett brachte. Dies tat er, obwohl er noch nicht wissen konnte, dass sie einen Kaffee brauchte, um in Erregung zu geraten. Danach gingen sie duschen. Sie verliebte sich in seine nassen Haare und sein Aftershave, das bald darauf den Gestank nach neuem Auto aus ihrem Ford vertrieb.

Sie fuhren nach Venice Beach, um sie einzukleiden. Sie betraten das Lederwarengeschäft eines ehemaligen jüdischen Landsmanns von Lea. Lange vor ihrer Geburt war Herr Adler vor den Nationalsozialisten geflohen.

Sie schloss die Augen, so herrlich duftete die Ware. In dem einfachen Ambiente, der ruhigen Atmosphäre des Ladens fühlte sie sich gleich wohl. Sie griff mitten hinein in die dichtbehängten Stangen.

Das glatte schwarze Leder verbreitete ihre Schultern, ein schmaler naturfarbener Strich schwang sich von einem Schulterblatt zum anderen. Der Schnitt glich dem des Jacketts.

Auf der La Brea Avenue in Hollywood erstanden sie anschließend die passenden hochhackigen und spitzen Lederstiefel.

Wo immer sie nachher hinfuhren, fragte man sie, wie sie sich kennengelernt hätten. Niemand hätte gedacht, dass sie erst eine Nacht beisammen schliefen. Sie wirkten wie ein altes Paar.

Er führte sie in die nettesten Restaurants und Hotels, nicht ohne über jedes eine aufregende Geschichte zu erzählen.

In Brendwood schlug er vor, ein Apartment zu mieten, sobald Lea aus Deutschland zurückkehrte. Innerhalb der nächsten Woche lief ihr Visum aus. Sie planten, sich nach seinem Job in London in Prag oder Kopenhagen zu treffen. Inzwischen wollte er seinen Vater bitten, seine Kontakte spielen zu lassen, damit Lea ein permanentes Aufenthaltsvisum erhielt. Nach dem 11. September war die Immigration schwierig geworden, bestätigte auch er.

Barlowe schlug ihr den Job als Hotelchauffeur in einer der schwarzen Stretchlimousinen vor. Von den Trinkgeldern konnte man gut leben, erklärte er. Seine Ex-Freundin hatte er am Pool des Beverly Hills Hotels kennengelernt. Sie war dafür zuständig gewesen, den Gästen die Handtücher auszuhändigen und einzusammeln.

»Alles ist möglich in LA«, versuchte Barlowe ihren typisch deutschen Pessimismus zu zerstreuen. Lea nannte das Realismus.

»Es kann dir hier passieren, dass dir jemand den Schlüssel zu einem Sportwagen in die Hand drückt und sagt: Ich mag dich nicht mit dieser Klapperkiste herumfahren sehen, hier hast du ein anständiges Auto und morgen früh trittst du deinen Job an.«

Sie glaubte ihm kein Wort. In all den Monaten in den USA hatte sie noch niemanden vom Tellerwäscher zum Millionär aufsteigen, aber einige vom Stuntman, Schauspieler oder Model zu Obdachlosen absteigen sehen. Diese Richtung des Weges funktionierte leichter und kam häufiger vor.

Sie fragte Barlowe nicht, warum er früher in dieser weißen Villa auf dem oberen Alleeteil des Beverly Drives gewohnt hatte und heute mit dem schäbigen Beverly Reeves Hotel vorlieb nahm. Understatement war das sicher nicht. Ein kompletter Hochstapler konnte er allerdings auch nicht sein. Dazu kannte er sich zu gut in den Luxushotels aus. Andererseits tat sie das schließlich ebenfalls.

Da sie beide nicht sofort alle Informationen über sich preisgaben, staunten sie jeweils über den anderen, wenn er die verschlungenen Wege in die Bars des Beverly Hills Hotels und des Regent Beverly Wilshire ohne Zögern fand und sich dort bewegte, als residierte er im Hause. Und genau so sahen ihnen die Hotelgäste nach, wenn sie mit ihren ausladenden Stiefelschritten die Lounges durchquerten. Sie bewegten sich souverän und gewohnt wie ihre Zuschauer, dennoch waren sie Exoten mit langen, dicken, wilden Haaren, Lederjacken, Jeans und Stiefeln. Man folgerte daraus, sie müssten ein erfolgreiches Musikerpaar sein.

Wenn sie von ihren Hochstapeleien heimkehrten, bat Barlowe sie, sich langsam auszuziehen. »Noch langsamer!«

Anfangs genierte sie sich, doch je länger sie den Genuss in seinem Gesicht sah und je öfter sie das Lob und sein Schwärmen hörte, desto freudiger streifte sie im Zeitlupentempo die Kleider ab.

»Du trägst einen kurzen Schlafanzug! Ist das süß! Zieh mal ganz langsam die Hose aus. Ja, so ist es gut,« schwärmte er. »Gott ist das süß. Der kleine bunte Tanger steht dir.«

»Ich hab ihn gefunden.«

»Komm mal her. Ist das ein Netz?«

Er schob sie über sich, über sich hinaus, bis ihre Knie über seine Ohren hinausragten.

»Vorsicht.« Er zog seine langen, grauen Haare unter ihren Kniescheiben fort. Als beide es bequem hatten, legte er seine Hände auf ihren Po, um ihr zu zeigen, dass sie ihn anspannte. Sie konnte die Knie nicht schließen mit seinem Kopf zwischen ihnen, folglich musste die Peinlichkeit, über seinem Gesicht zu sitzen, woanders hin. Doch seine Zunge beruhigte sie bald. Das Netz zwischen ihnen fing einen Teil der Berührung auf, sodass sie es mehr reizte als befriedigte. Doch umso aufregender wurde es. Zuletzt dachte sie nichts anderes mehr, gab es nichts anderes mehr, wünschte sie sich nichts anderes mehr, als dass er endlich den Tanga wegschaffte und es mit seinen Fingern oder seinem Penis vollendete. Solche Qualen der Sexualität hatte sie zuletzt als Teenager ausgestanden, als es noch niemanden für sie gab, der sie beendete. Barlowe war mit Abstand der beste Liebhaber, den sie sich vorstellen konnte. Mit ihm wollte sie zusammenbleiben.

Als sie endlich befriedigt war, rollte sie sich vor Brust und Bauch ihres Geliebten zusammen und lächelte wie ein Kind im Wohlbehagen.

Noch einmal hob sie das Ohr von der Matratze, als Geräusche hinter der Wand zu hören waren. Aber sie kamen nicht zur Tür, niemand näherte sich dem Liebeszimmer, niemand wollte etwas von ihnen. Die Sächsin trieb ihr Unwesen eine Etage tiefer, falls die Aufklärung des Skandals sie nicht zur Ruhe befohlen hatte.

Im Nachbarzimmer waren jetzt Stimmen zu hören.

»Es ist hellhörig im ganzen Hotel«, sagte sie ohne Ärger.

»Das kann man wohl sagen. Was ich hier schon erlebt habe!«

»Wieso? Was denn?«

»Einmal waren da zwei Männerstimmen und eine Mädchenstimme. Das machte mich hellhörig. Aber zuerst konnte ich gar nichts verstehen. Aber dann wurde die Mädchenstimme immer dringlicher. Schließlich hörte ich, wie sie sagte: »Aber was denkt ihr dann von mir?« Da war ich aus dem Bett und lehnte mein Ohr gegen die Wand. Es war schnell klar, die Männer ermunterten das Mädchen, sich auszuziehen. Immer, wenn sie was preisgab, lobten sie sie und sagten: »Ja, das ist herrlich. Mach weiter. Steig mal auf den Stuhl. Und jetzt dreh dich um. Ja, so. Und nun beug dich vor. Klasse, super machst du das.« Bald war mir klar, die machten Fotos von ihr. Und sie hoffte auf eine Karriere. Sie dachte, sie müsste das machen. Ich war drauf und dran, da rüber zu gehen. Ich hatte Lust sie bei den Schultern zu packen und sie ordentlich durchzuschütteln und ihr zu sagen: »Mädel, du musst das nicht machen. Das geht anders mit der Karriere.«

»Das hättest du tun müssen!« Lea sprang auf und rief es laut.

»Ja, hätte ich wirklich. Diese Mistkerle. Es gibt immer wieder welche, die die Naivität von den jungen Dingern ausnutzen, die auf Teufel komm raus nach Hollywood oder auf den Laufsteg wollen. Ist ja auch kein Wunder. Dieser Mist wird ihnen ja vermittelt. Dieser Quatsch von *Pretty Woman* macht denen weiß, wenn sie sich prostituieren oder demütigen lassen, können sie die große Karriere kriegen. Ich frag mich, was die Eltern eigentlich dagegen tun.«

Aber Lea war mit den Gedanken abgeschweift. Den zwei Männern, dem Mädchen und dem Fotoapparat fehlte nur noch das Stichwort *Pretty Woman*, um an ihre Affäre im Regent Beverly Wilshire zu erinnern.

»Was machen die denn mit den Fotos?«

»Wenn das Mädchen Pech hat, stellen sie sie ins Internet. Dann kann jeder, von den Eltern über die Lehrer bis zu den Nachbarn sie dort nackt sehen.«

»Aber sie können doch wirklich von einer Agentur gekommen sein.«

»Unmöglich. Das müsste schon eine vollkommen unseriöse Agentur sein. Und das hätte denselben Effekt.«

»Wieso denkst du das?«

»Eine seriöse Agentur arbeitet nicht so. Da wäre im Vorfeld aufgeklärt und besprochen worden, was auf das Mädchen zukommt. Und dann wäre man natürlich nicht in ein schäbiges Hotel gegangen, sondern in die Agentur. Das ist doch völlig klar.«

»Nun ja, ich kenne mich weder hier noch auf dem Gebiet aus«, sagte sie so cool und leichthin wie möglich.

Er wandte sich ihr zu. »Ja, und du hast auch so etwas Naives an dir. Wie ein Mädchen. Klar, das gefällt jedem Mann, da nehme ich mich nicht aus. Ich verstehe die Typen schon. Aber man hat doch auch eine Verantwortung einem so jungen Ding gegenüber.«

»Was haben die denn davon?«

»Was meinst du?«

»Ich meine, was haben sie davon, wenn sie die Bilder ins Internet stellen.«

»Oh, wenn sie das Mädchen vorher nicht kannten und kein persönliches Interesse daran hatten, sie bloßzustellen oder zu ruinieren, was ich wegen der Situation da im Zimmer nicht annehme, dann können sie sich ein paar Dollar verdienen.«

»Wie denn?«

»Indem sie sie verkaufen. An Pornoseiten oder Seiten, die neben Werbung irgendwelche Inhalte präsentieren müssen, damit sie angeklickt werden.«

»Verstehe.«

Sie legte sich wieder hin, damit er ihr Gesicht nicht sah und starrte gegen die Wand hinterm Fernseher. Sie war sehr beunruhigt. Vielleicht war sie im weltweiten Netz. Was, wenn ihre Familie ...? Oder irgendjemand, der sie kannte. Konnte sie etwas dagegen tun? Zu unwahrscheinlich, dass sie die Bilder überhaupt fand. Aber wenn sie die Bilder nicht finden könnte, dann fiel es auch ihren Bekannten schwer, auf sie zu stoßen. Wie hoch mochte die Chance stehen, entdeckt zu werden?

Dann löste der Zorn auf die Kerle die Sorge ab. Sie hatten sie gedemütigt. Aber das wusste sie ja gar nicht! Würde Magid so etwas tun? Nachdem sie ihn so enttäuscht hatte – ja, schon. Dreckskerle! Aber der Gedanke ging ihr schwer durchs Hirn. Von Magid konnte und wollte sie so nicht denken. Aber er verhielt sich passiv. Er würde Macho nicht hindern. Nicht hindern können. Das Schwein! – Aber vielleicht stimmte das auch gar nicht.

Vor allem konnte sie nichts dagegen tun. Nicht einmal herausfinden, ob es so war oder nicht. Grauenhaft, die Menschen nicht zu kennen. Nicht mal die, mit denen sie ins Bett ging. – Vielleicht sollte sie die Männer erst kennenlernen, bevor sie mit ihnen ins Bett stieg. Möglicherweise sollte sie nicht mit jedem ...

Ab jetzt würde sie nur noch mit Barlowe ... Sie musste ihn unbedingt kennenlernen. Richtig und vollkommen kennenlernen. Sein großer, warmer Körper in ihrem Rücken gab ihr Halt und half, sich von den unüberprüfbaren Verdächtigungen abzulenken.

***

Am kommenden Tag saßen sie zum Lunch beim Mexikaner in einer kühlen kleinen Allee. Sie zweigte vom Sunset Boulevard ab und führte hinauf in die Hügel von Hollywood. Die Sonne sprenkelte durch die Palmblätter und das Glasdach. Zu den Seiten war das Restaurant offen. Ein warmer Wind wehte hindurch. Die Margaritas waren salzig und nicht zu süß, die Guacamole frisch und ohne andere Zusätze als Avocado, Tomaten, Zwiebeln, Limonensaft und Balsamico. Außer den beiden saßen zwei starke Damen an einem entfernten Tisch. Sie mussten schon einige der großen Gläser genossen haben. Ihr Lachen war laut und herzlich. Lea fiel auf, dass ihre Stimmen nicht hoch und affektiert klangen, wie es bei amerikanischen Frauen üblich und für Europäer schwer erträglich war.

Eine der beiden stand auf, um draußen eine zu rauchen. Barlowes Augen folgten ihr, und zu Leas Überraschung sagte er: »Du möchtest nach dem Essen doch bestimmt auch eine Zigarette. Geh ruhig.«

»Was ist mit der Frau?« fragte Lea. Denn Barlowe hatte sie erst vor Kurzem vor die Wahl gestellt: Wenn sie mit ihm zusammenbleiben wollte, musste sie sich das Rauchen abgewöhnen. Alles an ihr stänke nach Zigaretten, hatte er eines Nachts gesagt, als Lea von der Dachterrasse heruntergekommen war und sich in seine Arme gekuschelt hatte. »Deine Kleider, deine Haare ... und dich zu küssen ist wie einen Aschenbecher zu küssen.«

Beschämt hatte sich Lea umgedreht, was ihn veranlasst hatte, sich für den harten Ausspruch zu entschuldigen.

Doch jetzt wollte er, dass sie vor die Glastür trat, um mit der Frau zu rauchen. »Sie ist Schauspielerin«, erklärte er. »Ich kenne sie aus Filmen.«

Lea folgte seiner Aufforderung. Kaum stand sie vor der Tür, sprach die große, starke Blondine sie an. Sie plauderten eine Weile, und nachdem die Kräftige ihre Zigarette aufgeraucht hatte und vor Lea ins Restaurant zurückkehrte, rief sie von Weitem ihrer Freundin zu: »Ich habe Lea kennengelernt!«

Als diese den Raum betrat, war ihr Tisch leer. Sie fand Barlowe bei den Stuntfrauen. Sie nahm ihren Margarita und setzte sich zu ihm. Es war nicht schwer zu erkennen, dass die beiden Frauen ein Paar waren. Die Blondine besaß ein Haus in den Bergen, weil sie dort reiten konnte, die Brünette wohnte in Hollywood. Sie schien stiller zu werden, je mehr die Blonde mit ihren großen, blauen Augen die zarte, kleine Deutsche liebkoste und ihrem »hinreißenden« Akzent lauschte. Nie hatte jemand Lea derart aufmerksam zugehört, ohne sich im Geringsten für den Inhalt ihrer Rede zu interessieren. Die meisten Männer interessierten sich zwar auch nicht für ihr Gerede, aber sie hörten auch nicht aufmerksam zu. Der einzige Mann, der aufmerksam zugehört hatte, hatte sich auch für ihre Rede interessiert. Das war der kleine, alte Mann im Spago gewesen.

»Sag was auf Deutsch«, forderte die Amerikanerin Lea auf. In dem Wissen, dass keiner der Anwesenden sie verstand, und mit Barlowe als Beschützer an ihrer Seite sagte sie in der filmreifsten, romantischsten Intonation, derer sie fähig war: »Ich würde alles für dich tun, bitte berühre mich.«

Die Stuntfrau schmolz dahin. Während sie den Kopf in ihre Hände stützte, um nicht in sich zusammenzusinken und unter den Tisch zu rutschen, bat sie Lea um eine Übersetzung. Mit einem Seitenblick auf Barlowe versicherte sich die Zarte seiner Anwesenheit, bevor sie es wagte. Daraufhin holte die starke Frau tief Luft. Sie warf ihren Kopf in den Nacken, als spürte sie plötzlich den Alkohol und schüttelte ihre langen Haare auf. »Okay«, wisperte sie, nachdem sie sich für Lea schön geschüttelt hatte, »wie habt ihr beiden euch kennengelernt?«

Lea erzählte ihr die Geschichte von Jesus und dem Rock 'n' Roller, dem sie gefolgt war und den sie Monate später im Hotel gefunden hatte. Barlowe meinte, sie sollte den Teil weglassen, in dem sie die Vermutung äußerte, dass es sich um ein preiswertes Hotel handeln musste, weil der Mann nicht reich aussah. Die Blonde fand die Geschichte derart romantisch, dass sie ihren Notizblock zückte, um sich den Plot zu notieren. »Das gibt ein gutes Drehbuch«, urteilte sie. Lea zögerte kurz, dann schenkte sie großzügig die Rechte an ihrer Story her.

»Und wie geht eure Geschichte weiter?« Die Filmfrau schaute von ihrem Block auf, den Stift in der Hand, bereit für die Fortsetzung. Zumindest vorerst konnte Lea ihr kein Happyend liefern. »Ich fliege morgen nach Deutschland«, zerstörte sie den Hollywood-Traum. Die andere ließ den Stift fallen. »Du lässt sie zurückfliegen?« fuhr sie Barlowe an. »Das würde ich an deiner Stelle nicht tun!«

»Nur für zwei Wochen. Wenn sie dann nicht zurück ist, hole ich sie.«

Lea sah Barlowe an. Sie konnte das Gefühl nicht zu fassen bekommen. Nur eines war deutlich: Das Gefühl war schön und intensiv. Noch nie hatte ein Mann um sie gekämpft.

Die Brünette verabschiedete sich recht still. Die Blonde erklärte, sie sei eifersüchtig. Bald darauf bat sie, das Paar möchte sich von ihrem Tisch entfernen, sie warte auf ein geschäftliches Gespräch.

Barlowe und Lea zahlten und gingen ohne viel Worte. Lea war betroffen und verwirrt. Barlowe entwarf einen Zukunftsplan nach dem anderen. Lea hielt sie alle für Träume. Aber wunderbare Träume. Ob sie sich verwirklichen ließen? Wie ging das? Wie wäre das, wenn sie hier wohnen würden? Sogleich entstanden Bilder. Mit Barlowe war das möglich. Auch einen kleinen Brotjob zu bekommen, schien nach und nach realistischer. Noch hatte sie Angst, glücklich zu sein. Sie wollte ihre Gefühle nicht zeigen, lieber den Zweifel schüren, um zu sehen, ob er ihn zerstreuen konnte.

Das war vielleicht ein Fehler. Barlowe hielt das möglicherweise für Zweifel an ihren Gefühlen, an ihrer Beziehung, an Leas Engagement und ihrer Bereitschaft, für ein neues Leben zu kämpfen.

***

Als sie ins Hotel zurückkehrten, fing Mr. Ashvrani Lea ab. Er war sichtlich nicht begeistert von der Beziehung zwischen den beiden Hotelgästen, aber das war jetzt nicht sein Problem. Er bat Lea, falls sie die Deutsche sähe, ihr zu bestellen, sie möge zu ihm herunterkommen. Eine Nachricht liege für sie vor. Mr. Ashvrani unterrichtete Lea vom Inhalt der Nachricht aus Deutschland. Ihre Mutter war im Krankenhaus gestorben.

Ihr Mitgefühl war trotz allem, was Ballonseide ihnen angetan hatte, wahrhaftig, das sahen Mr. Ashvrani und Lea sich gegenseitig an. Ausgerechnet als Lea mit Erdbeeren und Ananas beladen aus ihrem Zimmer trat, traf sie auf die Sächsin. Das erschien ihr grauenhaft unpassend. Ballonseide musste hinter ihrer Tür auf Lea gewartet haben. Lea meldete ihr, dass Mr. Ashvrani eine Nachricht für sie hätte. Gleich darauf verzog sich Lea mit ihrer fruchtigen Last im Arm und einem schlechten Gewissen in der Brust.

Die Früchte dienten der Verschönerung des Champagners. Die erste Flasche ging an Lea, da es *Bowie at the beep* nicht in Amerika gab. Den Gewinn wollte sie mit Barlowe auf der Dachterrasse teilen.

Sie stiegen jetzt jeden Abend auf die Terrasse und stellten sich nackt unter den Mond, der senkrecht über ihnen wachte. Um ihn herum lag ein Hof so groß, wie Lea ihn noch nirgends auf der Welt gesehen hatte. Unter ihren bloßen Füßen spürten sie das Hotel leicht im beinahe permanenten Erdbeben schwingen. Sie blickten über die noch immer nicht abmontierte Weihnachtsbeleuchtung von Beverly Hills, die angestrahlten Alleen und die Tower des Regent Beverly Wilshire. Lea wollte ihr Leben hier oben verbringen.

»Lass uns nach Costa Rica gehen«, flüsterte Barlowe in ihr Ohr und drängte sich an sie. »Dort brauchst du kein Visum.« Lea begegnete seinem Druck, indem sie sich am Geländer abstützte und ihren Po gegen seine Hüften und seinen Penis stemmte. »Ich brauche einen Job«, zerstörte die Deutsche erneut und womöglich einmal zu oft jede Illusion durch hässliche Alltagsrealität.

»Ich besitze ein bisschen Geld. Du musst nicht arbeiten. Ich habe mir vor einiger Zeit ein altes Hotel am Strand dort angesehen. Das will ich kaufen und renovieren. Der Besitzer hat keine Ahnung, wie viel dieses Kleinod und der Locus amoenus wert sind.«

»Das kann ich nicht annehmen«, versuchte sie so sanft wie möglich und zeitgewinnend abzuwehren, um entscheiden zu können, ob sie nicht auf den Plan eingehen wollte. Doch Zeit war das, was sie am wenigsten besaß. Jetzt nicht mehr. Die hatte sie zuvor vergeudet. Aber woher hätte sie auch wissen sollen, dass der Mann ihres Lebens in diesem Hotel auf sie wartet? Sie hatte es ja beinahe geahnt. Sie war ihm gefolgt! Wäre sie gleich hineingegangen, anstatt auf den Malibu RV-Park, statt untätig mit Dale am Strand herumzuhocken, statt nach Phoenix zu fahren.

»Warum nicht?«

»Was?«

»Warum kannst du nicht annehmen?«

»Ich weiß nicht. Erziehung. Wenn meine Mutter mir etwas beigebracht hat, dann das: Werde niemals abhängig von einem Mann.«

In Wahrheit schien ihr das nicht das eigentliche Problem. Vielmehr fragte sie sich, was er von ihr dächte, wenn sie sich von ihm aushalten ließe? Andererseits wollten diese Amerikaner womöglich schwache, schöne Frauen, die nicht auf eigenen Füßen stehen konnten – wie die Freundin von Rod Stewart in wörtlichem Sinne auf ihren Stilettos. Um diese komplizierten Wenns und Obs abzuwägen, bedurfte es einer langen Weile, die sie nicht fand.

»Du wirst nicht abhängig. Du kannst jederzeit gehen, deine Ausbildung ist doch gut genug, um jederzeit und überall einen Job zu bekommen.«

»Mag sein. Vielleicht ist es auch noch etwas anderes. Ich habe mich schon als Kind nicht wohl gefühlt, wenn ich Geschenke bekam.«

Im Rhythmus des Erdbebens drängte er ihre Hüfte gegen das Geländer. Ihre Gesichter wandten sie dem Mond zu.

»Du erträgst es nicht, wenn dir jemand Gutes tut.«

»Das ist es nicht. Ich wollte Liebe, keine Geschenke.«

»Aber die nimmst du auch nicht an.«
»Ich bin es gewohnt, erst mal etwas dafür tun zu müssen.«
Unter ihnen bewegten sich die Palmenblätter im lauen Wind und knisterten leise. Das Geräusch erinnerte an einen leichten Sommerregen im Wald.
»Du bist misstrauisch«, flüsterte Barlowe in ihr Ohr.
»Ich bin in LA.«
»Du hast recht.«

In dieser Nacht hämmerte es kräftiger gegen ihre Tür als je zuvor. Die Handknöchel der Sächsin schienen durch das Holz zu dringen. Barlowe und Lea waren in ihr Zimmer gezogen, weil das Zimmermädchen seine Laken nicht erneuert hatte, die von ihrem letzten Liebesakt zeugten. Auch das schürte Leas Misstrauen. Wieso reagierte er empfindlich auf Liebesflecke?
»Frau Nachbarin, Frau Nachbarin«, jammerte sie. Lea kannte den Grund.
»Wer ist das?«, flüsterte Barlowe.
»Meine Zimmernachbarin.«
»Die Verrückte?«
Lea nickte und zog die Bettdecke über ihre vier Ohren. Das Grauen und das Mitleid schmerzten darunter weiter.

Lea schlief unruhig. Barlowes Körper war zu heiß an ihrem, das schlechte Gewissen warf Lea herum, die Geräusche des Packens drangen aus dem Nebenzimmer, das Klopfen durch die Tür. Im Halbschlaf träumte sie: Sie gab den Leihwagen am Flughafen zurück. Dann stand sie in der Abflughalle, hatte den Kopf in den Nacken gelegt und las die Anzeigen:
BA Frankfurt 17:45 Boarding Time
AA San Jose/Costa Rica 15:30 Boarding Time
Barlowe legte seine Hand auf ihren Rücken knapp über dem Steiß und drängte sie zum Abflugschalter.
Monate später saß Lea in der Nachmittagshitze unter einem altmodischen Propeller am Hotelcomputer, rauchte heimlich eine Zigarette und wählte sich ins deutsche Netz ein. Der Rauch waberte erst langsam vor ihrem Gesicht, dann, wenn er eine gewisse Höhe erreicht hatte, wurde er vom Sog des Ventilators erfasst, geriet plötzlich in schnelle Bewegung, bevor er zerrissen und zerstreut wurde. Hitze flimmerte über dem leeren Strand. Heißer Wind wehte durch die offene Verandatür ins Arbeitszimmer und mischte sich mit der Wärme, die der Computer abstrahlte. Nicht der Zigarettenrauch bewirkte, dass die Buchstaben der Mail verschwammen. Immer wieder musste Lea ihre Pupillen neu fokussieren. Sie entglitten im Champagnerrausch. Sie hob das Champagnerglas an die

Lippen, ohne vom Computer aufzusehen. Es war schon wieder leer. Glas, Tastatur, der schwarze, lederne Bürosessel, auf dem sie saß, alles, womit sie in Berührung kam, war heiß. Außer dem Eis im Champagnerkübel, in dem sie ihre Pulsadern kühlte. Sie zog die Finger aus dem Wasser und fuhr sie durch ihr Gesicht, um den kitzelnden Schweiß gegen Eis zu tauschen. Bevor sie die Hand wieder auf die Tasten legte, wischte sie sie an ihrem Trägerhemd ab, das Einzige, was sie am Leib trug. Sie mochte den permanenten Schweiß auf ihrer Haut, wenn sie nackt war oder nur ein Shirt von Barlowe trug. Wieder griff Leas Hand in den Champagnerkühler, nahm ein Stück Eis heraus, mit dem sie ins Nachbarzimmer ging. Barlowe lag im Bett und blätterte in der LA-Times, die stets einen Tag zu spät das Hotel Châteaularault auf Costa Rica erreichte. Sie legte ihm den kalten Würfel auf die Kehle, ließ ihn über die behaarte Brust und den gut erhaltenen, 50 Jahre alten Bauch in Barlowes nackten Schoß gleiten. Seine Haut war gesprenkelt vom ausgeheilten Krebs.

»Du riechst nach Rauch«, sagte er.

Die Zeitung knisterte in seinen Händen. Ein aktuelles Foto von David Bowie zog Leas Aufmerksamkeit auf sich. Bowie würde morgen, also heute im Great Western Forum in Los Angeles auftreten. Lea starrte so lange auf die Ankündigung, bis der Eiswürfel geschmolzen war. Dann wollte sie ins Bad.

»Warte. Ich will dir beim Pinkeln zusehen.«

»Ich gewöhne mir gerade das Rauchen ab.«

»Was hat das damit zu tun?«

»Ich kann nur, wenn du mich vorher küsst.«

»Warum?«

Sie lehnte sich in den Türrahmen. »Daran lese ich ab, ob du mich liebst, oder ob ich nur ein Ersatz für deine fehlenden Fotomodelle bin.«

Lea lauschte ihrem Urin und hörte, dass auch Barlowe lauschte. Als sie leer war, lauschte sie der Stille im unbelebten Hotel. Die Espressomaschine zischte, obwohl die wenigen Gäste auf einem Ausflug waren. Sie zischte nur für Leas Sucht.

»Du musst deinen Kaffeekonsum einschränken«, sagte Barlowe jeden Tag.

»Wenn ich Alkohol trinke, bekomme ich Kaffeedurst.«

»Dann trink weniger.«

»Dann liege ich zu lange im Bett oder am Strand herum.«

»Solange du in meinem Bett liegst, macht das nichts. Obwohl du sehr still bist.«

Lea zog das Hemd über ihren Hintern, indem sie aus dem Bad kam. Hinter ihr rauschte die Toilettenspülung.

»Komm her. Ich setze dir die Kopfhörer auf. Willst du Keith Richard hören?«
»Lieber David Bowie.«
»Dann wirst du noch stiller.«
»Willst du nicht mal aufstehen, Barlowe?«
»Wozu? Bekommen wir Gäste?«
Lea setzte sich wieder an den Computer und wartete darauf, dass die Gästeliste hochlud. Inzwischen zog sie die Flasche Moët aus dem Eis. Das klingelnde, nasse Geräusch bildete einen extremen Kontrast zur Hitze, zum Flimmern, zur Totenstille draußen am Strand und drinnen im Hotel. Sie goss ein und steckte die Flasche mit dem Hals nach unten ins Eiswasser zurück. Die Gästeliste war leer. Lea zündete eine weitere Zigarette an und wählte ihren Kontostand an. Das war seit einer Woche möglich, und seit einer Woche zeigte er plus minus null.

Barlowe trat ins Zimmer, woraufhin Lea die Zigarette ausdrückte.

»Könnten wir endlich mal die Verandatür schließen und die Klimaanlage anstellen?«

»Nein. Bitte nicht. Das kostet Strom, verschlimmert den Treibhauseffekt, und ich will näher an der Natur sein.«

»Unter deinem Hintern liegt ein See von Schweiß.«

»Findest du das unappetitlich?«

»Nun ja.«

»Aber mir beim Pinkeln zuzusehen findest du appetitlich.«

»Ja.« Barlowe verließ enttäuscht das Zimmer, um der Espressomaschine den Garaus zu machen. Leas Pupillen versuchten, den Strand jenseits der offenen Verandatür zu erkennen. Es fiel ihr schwer, auch weil nichts ihre Augen dort festhielt. Da war nur das öde, weiße Band, an dem das türkisfarbene Wasser nagte. Heißer Wind strich darüber, was Lea daran erkannte, dass es nicht mehr über dem Strand flimmerte. Ginge sie aber darüber, bräuchte sie schützende Schuhsohlen. Alle paar Stunden zog sie sie an, zog ihr Shirt aus und rannte ins Wasser. Jedes Mal dachte sie dieselben Sätze: ›Mehr wollte ich doch nicht, oder? Oder bin ich noch zu jung, um in der Isolation zu leben? Wenn der Partner stimmt, nicht, oder? Ob Bowie so ähnlich lebt, seit er die Richtige gefunden hat? Mit 53 hatte er gesagt: Bis Iman war noch nichts zum Lieben dabei. Ein Freund hatte ihm geholfen sie zu finden. Wo musste man suchen, wenn man keine Freunde besaß?‹

»Ihr Lieben zu Hause in Deutschland, könntet ihr mir Geld über die Western Union Bank schicken? Ich wäre euch sehr dankbar, Eure Lea.«

***

Nachdem sie das Frühstück auf der Dachterrasse genommen hatten, holte Lea den Wagen vom Parkplatz des Supermarktes und lud ihr Gepäck ein. Barlowe hatte ihr helfen wollten, aber selbst war die Frau. Er reichte ihr Zettel und Stift, sie sollte ihren Namen, den er nicht aussprechen konnte, ihre Adresse, die er sich nicht merken konnte, aufschreiben. Er besaß seinerseits weder eine Postanschrift noch Telefon oder Internet-Adresse. Angesichts seiner beruflichen Situation kam ihr das nicht merkwürdig vor.

»Ich rufe dich an«, versprach er an ihre Wagentür gelehnt. »Falls ich den Job in London bekomme, treffen wir uns in Prag oder Kopenhagen. Ich sage dir Bescheid.«

»Wirst du es wirklich tun?«

»Falls das nicht klappt, miete ich uns schon einmal ein Apartment in Brendwood.« Er küsste sie. »Noch nie hat mich eine Frau so bewegt wie du«, erklärte er. »Meine Freunde sagten immer: Du wirst nie an einer hängenbleiben, du wirst nie die Passende finden. Aber wir beide passen zusammen. Vollkommen.«

»Das finde ich auch.«

Hinter ihr hupte es. Sie versperrte den schmalen Reeves Drive. Als sie in den Rückspiegel schaute, erblickte sie den zitronengelben Ferrari Cabrio. Rod Stewart verlor auch jetzt sein eingefrorenes und eingefallenes Lächeln nicht. Nur seine junge Frau wirkte ärgerlich.

Lea küsste Barlowe ein letztes Mal und gab Gas.

**

Sie flog in den Sonnenaufgang Richtung Osten und hatte Tränen in den Augen, aber Hoffnung im Herzen und Pläne im Kopf. Über Düsseldorf regnete es - wie immer.

Sie wartete zwei Wochen auf Barlowes Anruf. Jetzt besaß sie genug Langeweile, um nachzudenken. Daraus wurde Grübeln. Das Ergebnis des Überlegens war: Sie hätte auf der Stelle mit ihm nach Costa Rica gehen sollen. Der Effekt des Denkens war also unnütz. Sie konnte nichts mehr ändern, nicht einmal anrufen und ihm sagen, dass sie einen Fehler begangen hatte. Die Zeit war vertan, sie hatte zu lange gebraucht, um zu erkennen.

Um die Wartezeit zu zerstören, ließ sie Keith Richard bunte Fenster schwarz malen, hörte *Bowie at the beep* und schaute zum zweiten Mal den Film *Im Reich der Sonne* an.

Barlowe bekam sein Recht. Die Handlung spielte in Shanghai. Sie überreichte ihrem Geliebten in einer theatralischen Geste die Flasche Moët & Chandon und trank sie allein.

Womöglich hatte er ihren Zettel unterwegs auf der Reise verloren. Nie würde er sich an den Namen der Stadt erinnern, in der sie lebte. Wahrscheinlich fand er nicht einmal *ihren* Namen in seinem Gedächtnis. Ihr Nachname war zu kompliziert für den Amerikaner. Wäre sie doch nur mit ihm nach Costa Rica geflogen!

Die Männer von damals
Der Filmstar 2

Sieben Monate später ging sie auf hochhackigen, spitzen schwarzen Lederstiefeln über das Kopfsteinpflaster des Fleischerviertels in New York. Ihre Absätze rutschten über die regennassen, glatten Steine in die Fugen. Allein und deprimiert wie immer lief sie durch die Straßen. Es war kalt. Es sah nicht gut aus, wenn sie ihre Lederjacke von Adler zugeknöpft trug. Sie sollte offen stehen, also musste Lea irgendwo hineingehen.

Die Restaurants mit der nettesten Atmosphäre hatte sie abgeklappert und keinen Appetit mehr. Auch keine Lust auf feine Kleidung, die zum Eintritt nötig war.

Ihre Pfennigabsätze blieben in der Rolltreppe des Broadway-Kinos stecken. Danach versanken sie im blauroten Teppich des Saales.

Sie brauchte bis zum Plot Point I, also genau 15 Minuten, um zu bemerken, dass ihr der Filmvater der weiblichen Hauptrolle merkwürdig bekannt vorkam. Das war nichts Ungewöhnliches. »Ich werde ihn in anderen Filmen gesehen haben«, murmelte sie im Schutz der Filmgeräusche. Doch die seltsame Art, auf die sie es entdeckte, nämlich mit einem leichten Erschrecken und einem Zusammenziehen des Magens, ließ sie für eine Weile die Handlung des in den USA extrem erfolgreichen Streifens verlassen, um der Frage nachzugehen: ›*Wo* hast du den schon mal gesehen?‹

Als er seine Tochter mitfühlend ansah und ihr über den Rücken strich, fiel es ihr jäh ein.

Bereits Sekunden später drängte es sie abzuwägen, ob sie besser mit ihm gegangen wäre. Ob sie ihn hätte anrufen sollen, den alten Mann mit dem Strohhut, der im Spago ihre Psyche untersucht hatte, der good boy.

Als der Film zu Ende war, war sie nicht wie sonst die Erste, die den Saal verließ. Sie ließ den Abspann nicht über sich ergehen, sondern las interessiert die Namen der Mitwirkenden. Aber der Nachspann lief wie immer zu schnell für sie. Vor der Tür wartete sie auf die anderen Kinobesucher. Sie fragte eine Frau, ob der Mann, der den Vater gespielt hatte, in Amerika berühmt sei. »Ja«, antwortete die Amerikanerin und lächelte mitleidig, als käme Lea aus einem Dritte-Welt-Land.

Möglicherweise war er auch in Deutschland bekannt. Lea besuchte selten ein Kino.

Er hatte ihr nicht verraten, dass er Schauspieler war. Er wollte sich versichern, dass sie nicht mit ihm ginge, weil er ein Filmstar war, weil er reich und berühmt war, und weil sie die Hoffnung hätte, mit seiner Hilfe den amerikanischen Traum zu leben.

Sie hatte ihm die Sicherheit gegeben.

Damian 4

Sie trug ihre blaue Bewerbungsmappe aus umweltfreundlichem Pappmaché zum Goethe-Institut auf der 5th Avenue gegenüber dem Central Park. Jeden Morgen joggte sie durch den Park, immer um den mittleren See herum, genau wie Dustin Hoffman im *Marathon Man*.

Die zweite Bewerbungsmappe mit dem kleinen Foto, auf dem sie so gestresst aussah, gab sie im Deutschen Haus der Universität von New York ab. Das Haus war klein, alt, efeubewachsen, in einer stillen, noch mit Kopfstein gepflasterten Gasse am Rande von Greenwich Village. Sie fühlte sich hier wohler als unter und zwischen den Wolkenkratzern von Midtown, wo man zwar das Flair der Weltstadt spürte, aber auch die kleine verlorengegangene Ameise auf dem Planeten war.

»Die Menschen gehen in die Erde, die Gebäude wachsen in den Himmel«, hatte Bob Dylan die ihm verhasste Stadt besungen, in der er als junger Mann keinen Erfolg gehabt hatte. Heute feierten die New Yorker den 60-jährigen Altstar mit den sonnengebräunten Falten unterm Cowboyhut.

Sie wanderte die Madison herauf, wechselte auf die 5th Avenue. Ab und an, wenn sie einem Passanten, einem Skateboardfahrer, einem Mädchen auf Rollerskates auswich, rutschte einer ihrer Absätze in die Abdeckroste der Kellerschächte, aus denen die Klimaanlagen Wärme bliesen. Eine Windböe hob ihr den Kopf. Und schließlich blieb sie stehen. Der Regen hatte aufgehört, es war trocken geworden, Passanten zogen ihr Regenzeug aus. Lea stand im Gedränge der Kostüm- und Anzugträger. Menschen strömten aus den Gebäuden und hetzten zu den Imbissstuben. Sie lachten laut und parlierten, die Frauen in hohen, kreischenden, hysterischen Stimmen. Lea stand mitten drin ganz still, ließ endlich die Schultern fallen und atmete tief den Geruch der Katalysatoren ein. Faule Eier. Schwefel. Sie atmete ein. Ihre Augen schweiften über den Platz und fingen an zu lächeln. Die Menschen waren eine wabernde Masse, aber je wilder ihre Bewegung, desto mehr fror sie zu einem einzigen Bild ein. Das Wasser im Brunnen in der Mitte war versiegt. Die hellgrauen Wolkenkratzer standen unbewegt darum herum. Sogar das Flatiron Building bewegte sich nicht, obwohl so viele Touristen es anstarrten, weil es in so vielen Zeitschriften zu sehen gewesen war. Nur etwas bewegte sich. Es wallte rot und weich im Wind. Darin schimmerte Gold. Der Stoff und die Farben kontrastierten zu all dem Hart und Grau und eingefrorenem Bunt darum herum. Rote Flaggen wehten an einer der grauen Fassaden, auf die der erste Sonnenstrahl des Tages fiel. Und so blitzte das vom Wind ergriffene Gold in Leas Augen. Wenn eine Böe ihren Höhepunkt erreicht hatte, standen die Flaggen waagerecht und entfalteten goldene Oskars. Lea trat darauf zu und las das Schild an der Hauswand neben der Glastür. Probehalber drückte sie gegen die Tür. Sie schwang erschreckend schwungvoll auf. Heraus strömte ein warmer Luftzug. Lea trat ins Treppenhaus. Jemand drängte sich an ihr vorbei, blieb stehen, fragte, ob er helfen könne. Lea starrte ihn mit großen blauen Augen an. Ob er helfen könne. Helfen. Sie schüttelte den Kopf, sie nickte. »Na was denn nun?« Sie öffnete den Mund, aber es dauerte eine Weile, bis sie ein paar Worte geordnet hatte, die nicht verfänglich waren.

»Erkundigen, klar! Nicht so schüchtern! Komm mit, ich habe alle Unterlagen oben.«

Der junge Mann führte sie in eine Halle voller roter und schwarzer Plastikmöbel. Er wies sie der Vorsicht halber auf die vielen dicken Kabel zu ihren Füßen hin, sie solle nicht stolpern. Aber sie stolperte, denn die Plakate von berühmten Filmen an den Wänden zogen ihren Blick an. Dann die vielen jungen Leute, die grüßten und lächelten. Dann die grünen, gelben und roten Blätter, die ihr der junge Mann unter die Nase hielt.

2000 $ für drei Monate, plus Wohnung. Es hatte Zeiten gegeben, in denen Ausbildungen staatlich und umsonst waren. Jedenfalls in Deutschland. Lea nickte und verließ das Haus. Sie lief zur Bushaltestelle. Die Linien M2, M3, M4 schwenkten nacheinander in die Haltebucht und stießen ihre Abgase gegen Lea. Doch sie weinte nicht mehr, wie noch vor ein paar Tagen anlässlich jeder Kleinigkeit, die ihr Stress oder Verdruss bereitet hatte. »Kann man als arbeitslose Heimatlose an Burn-out erkranken?«, hatte sie den stinkenden Hudson gefragt, nachdem sie in der Dunkelheit in ein Nest von glitschigem Müll und quiekender Ratten getreten war. Kleine Füße und fellige Leiber waren über ihre Stiefel geschabt. Diese Frage aber zeigte ihr, dass ihre Mauer nun so hoch gewachsen und gebaut war, dass sie zum Schutzschild gegen den Schmerz geworden war. Die Liebe würde sie jetzt auch nicht mehr so leicht erreichen, aber dafür fühlte sie die wachsende Stärke und Kraft. Die Zeiten waren eben vorbei, in denen Siegmund Freud geschrieben hatte, man solle Frauen beschützen und pfleglich behandeln, damit sie ihre Empfindsamkeit nicht verlieren. Lea hob die Schultern, streckte das Kreuz unter dem dicken Leder und verengte die Augen zu Schlitzen. Die Männer bekamen die Frauen, die sie selbst erzogen hatten.

Mit fester Hand griff sie nach dem Haltegriff der M1 und stieg in den Kühlschrank Richtung Harlem. Zitternd und die Gänsehaut von den Oberarmen schrubbend stieg sie eine Dreiviertelstunde später aus. Sie trat in die Wolke blasenden Staubs, der ihr die Augen schließen wollte, damit hopsende Pappbecher gegen ihre Knöchel prallen konnten. Lea lief die Reihe der Brown-Stone-Häuser entlang, immer mehr wurden renoviert. Parkett, Stuck, viktorianische Propeller statt Klimaanlagen. Blumenkübel, Musikinstrumente, moderne Malereien, Farben. Daneben wieder verfallene Häuser, aus denen Kakerlaken und Ratten rannten, Müll quoll und Putz bröckelte.

Leas Wohnung hatte ein Zwischenstadium erreicht. Plastik, Staub, Grau. Im unteren Geschoss renovierte Mr. Ferror noch. Helles Holz, große Fenster und ein schwarzer Flügel waren schon da, während er noch Trennwände herausschlug, um einen riesigen Raum zu erzeugen. Weißer Gips regnete auf ihn hinunter, setze sich in pigmentierte Poren, rieselte durch schwarzes Kraushaar und puderte es wie eine Perücke aus früheren Jahrhunderten.

»Hi Mr. Ferror.«

»Hi,« begrüßte er die erste weiße Mieterin in der Straße.

»Es ist ungeheuer viel Arbeit.«

Er unterbrach sie und legte den Vorschlaghammer beiseite. »Ja, aber sie muss getan werden. Architekten und Künstler, Restaurant- und Cafébesitzer ziehen nach Harlem. Dadurch steigen die Preise in den Läden. Also muss ich für höhere

Einnahmen sorgen, um mir das leisten zu können. Um höhere Mieten zu verlangen, muss ich renovieren.«
»Verstehe.«
»Ich habe über die Alternative nachgedacht, zurück nach Barbados zu gehen, wo ich vor 50 Jahren hergekommen bin. Jetzt, da die Kinder aus dem Haus sind, ginge das.«
»Aber?«
»Ich konnte mich nicht zu diesem Schritt durchringen. Renovieren ist einfacher.«
»Sieht auf jeden Fall Klasse aus.«
»Danke. Ihr Zimmer nehme ich mir auch noch vor. Das ist erst eine provisorische Renovierung, damit Sie drin wohnen können. Ist es okay so?«
»Oh ja, prima.«
»Ist es okay, wenn mein Bruder ihr Bad mitbenutzt?«
»Ja, kein Problem, Mr. Ferror.«
»Vielen Dank. Gut. Wenn Sie etwas brauchen, sagen Sie es mir.«

Sie stieg die teppichbelegten Stufen hinauf. Als sie ihr Zimmer betrat, roch sie Gas. Sie hatte vergessen den Zulauf abzudrehen, bevor sie gegangen war. Sie entzündete ein Streichholz und wartete auf die Explosion. Doch die einzigen Explosionen rührten von der Zugstation neben dem Haus her, vom Hupen unter den Fenstern und vom Fernseher des alten, dicken, dunkelhäutigen Moslems gegenüber, der den Apparat nach draußen unter die Treppe geschleppt hatte. Er ließ den französischen Sender laufen, während er sich wie jeden Nachmittag gen Osten verbeugte. Schräg gegenüber auf gleicher Höhe mit Leas Zimmer drang Gospelgesang aus den halbgeschlossenen Fenstern. Dort musste ein Aufnahmestudio verborgen sein. Die Stimmen klangen schön und professionell, der Rhythmus zog Lea immer wieder ans Fensterbrett. Und während sie auf der Steinbank hockte, sah sie, wie unten einzelne Passanten stehenblieben. Sie schauten hoch und suchten, woher der Gesang kam. Wie auf Leas Gesicht zeigte sich auch auf ihren ein Lächeln, egal, was der Tag für jeden von ihnen gebracht oder vielmehr nicht gebracht hatte. Die Macht der Kirche musste in diesem Gesang liegen.

Sie ging auf den Flur hinaus, trat in die schmutzige Kabine, duschte, zog sich an und stöpselte den Laptop in die Telefonbuchse. AOL, New Yorker Vorwahl, auf ihren Provider – und sie war drin. Während sie las, schlürfte sie grünen Tee, der wie Kokablätter auf ihr Herz wirkte.

»Dear pretty girl, mein Engel mit den goldenen Flügeln!

Where are you? Wo steckst du? Ich habe lange versucht dich zu erreichen, aber deine Telefonnummer funktioniert nicht mehr.

Ich habe die Zeit mit dir genossen. Habe dich vermisst, als du Arizona verlassen hast. Aber als ich nach LA zurückgekehrt war, wusste ich, ich musste anfangen, mein Leben wieder aufzubauen. Ich war für niemanden da in dieser Zeit. Es tut mir leid, dass du dich ausgenutzt gefühlt hast. Das habe ich wirklich nicht gewollt. Ich wollte dich sehen und mit dir zusammenbleiben, aber ich wusste, das würde mich abhalten, Arbeit zu finden. Ich habe dich nicht angerufen, obwohl ich es so sehr wollte.

Bald werde ich dir das Geld zurückzahlen können. Ich habe einen Job als Programmierer bei Disney World in Aussicht. Du bekommst meinen ersten Monatslohn. Ich werde wieder auf eigenen Füßen stehen und freue mich darauf, für dich da zu sein, wie du es für mich warst. Du warst so gut zu mir. Und so schön. Ich dachte, du hättest jemand anderen gefunden, ist das wahr?

Ich denke oft an dich. Wir sehen uns wieder.

Love always, Damian.«

Von Ferne hörte sie ein Rascheln. Es kam aus der Küchennische. Sie sah Damian in seinen Bewegungen, in Tonfall und Mimik, in Kleidung und Handlung, sein Lächeln, seine warmen, braunen Augen, seinen Gang zur Klippe, gerade jetzt, als Lea aufstand und durch das Zimmer ging, begleitete er sie in die Kochnische – in der eine Kakerlake just in diesem Moment in den Mülleimer fiel und Leas Vision zerstörte.

Sie zog rasch die Plastiktüte zu. Sie riss sie aus dem Eimer, rannte durch das Zimmer. Ihr Herz klopfte. Sie hielt den Atem an. Der Boden knarrte und vibrierte. Sie warf die Tüte aus dem Fenster und hoffte, sie träfe die offene Mülltonne. Schnell verbarg sie sich hinter dem Fensterrahmen. Niemand sollte sie bei solch einer vulgären Tat entdecken. Am allerwenigsten ihr gentlemanhafter Vermieter Mister Ferror. Langsam beugte sie sich hinter dem Rahmen hervor. Sie erblickte die glänzende, schwarze Haut des Nachbarn vor dem Bildschirm. Weiter beugte sie sich aus dem Fenster. Fand aber die matte, graue Tüte in der Dämmerung des Hofes nicht. Rückwärts trat sie von der Öffnung weg, verfing sich im Kabel. Es riss aus der Telefonbuchse. Der Laptop fiel von der Couch auf den Boden. Sie schrie auf, kniete auf den Fußpilzteppich, nahm behutsam das Speichergerät auf. Es schnurrte noch. Laut. Zu laut, um ganz gesund zu klingen. Ein feiner Riss zog sich über den Deckel. Vorsichtig hob sie den Deckel, während sie sich setzte, und tippte behutsam auf die Tasten. Die Firma suchte eine Verbindung zu Lea und ihrem kleinen, kaputten Ding in dem kleinen Zimmer in dem kaputten Viertel in der großen Stadt, die auch schon Spuren des

Niedergangs aufwies wie der Rest des globalen Dorfes, mit dem Lea nun wieder Kontakt aufnahm. Sie atmete in das Summen des Laptops, das Kreischen des Zuges nach New Jersey, den französischen Sender von gegenüber und die New Yorker Nacht.

***

»So viele Misserfolge, so langes Suchen. 60 Bewerber. 1 Auserwählter. Nicht ich. Aber wenn die Religion ungerecht war, warum dann nicht der Kapitalismus?« Lea klickte die Absagen weg. Einige potenzielle Arbeitgeber antworteten nicht einmal. Das System wurde immer unmenschlicher. Menschenleben verloren wiedermal an Wert.

Sie öffnete die neue Mail von Damian. Er lebte bei seinem Vater in San Diego, als er die ersten Geschäftserfolge verbuchen konnte. Er stand jetzt regelmäßig mit Lea in Mail- und Chat-Kontakt. Als er hörte, dass Leas Vermieter dunkelhäutig war, rief er ihn an und überredete ihn zu einem Telefonanschluss für Lea.

Damian war ungehalten darüber, dass sie sich in den USA aufhielt, ohne ihn zu besuchen. Er versprach für sie zu sorgen, wenn sie mit ihm nach Flagstaff/Arizona kommen wollte. Dort würde er die kommenden Monate vor seinem Rechner im Austen verbringen.

Sie buchte einen Flug nach Phoenix, der Stadt, von der sie angenommen hatte, sie sähe sie nie wieder. Sie stand an der Stelle, an der er ihr den Abschiedskuss gegeben hatte. Der Cadillac rollte auf den Haltestreifen. Lea winkte und öffnete die Tür.

»Hi, Damian!«

»Hi. Der Kofferraum ist voll. Stell den Koffer auf den Rücksitz.« Damian stieg nicht aus. Ein fremder Mann kam angelaufen, als er sah, wie die zarte Frau im dünnen Kleidchen sich abmühte, den Koffer auf die Rückbank zu heben. Dabei schaute er in den Raum, um zu sehen, wer am Steuer saß. Jetzt erkannte Damian seine peinliche Unterlassung und wollte aussteigen. »Warte doch. Ich steige aus.« Aber es war zu spät, der Koffer war drin. Der Mann erblickte den anderen und entfernte sich schnell. Zur Begrüßung hielt Damian ihr die Wange hin.

Er brachte sie für einen Tag zum Campingplatz in Phoenix. Sie reinigte den Austen von Grund auf. In den Schränken fand sie ihre eigenen Spuren, die sie in Form von Kaffee-, Reis- und Kosmetikresten hinterlassen hatte. Das weckte zweideutige Gefühle von schlechten Erinnerungen und Heimat. Aber sie blieben schließlich nicht hier. Sie konnten nicht bleiben. Der Sommer kochte bei 100 Grad Fahrenheit.

Am Morgen nahm sie ihren Platz hinter dem Steuer des Cadillacs ein. Sie senkte es ab, legte Pink Floyds »The Wall« ein und folgte dem Austen durch die Wüste hinauf in die roten Berge von Arizona. »Open your arms, I'm coming home.«

Damian änderte seine Pläne unterwegs. Statt Flagstaff zu erreichen, blieben sie auf der Hälfte des Weges in Sedona hängen. Hier war es kühler als in Phoenix, aber wärmer als in Flagstaff. Damian fürchtete den Winter in der Höhe.

Bevor sie ihren endgültigen Stellplatz erreichten, setzte Damian den Blinker und bog auf den überdimensionierten Parkplatz vor einem Outletstore. Lea blieb sitzen, da sie annahm, er hätte ein Geräusch am Wagen gehört und wolle nachsehen, was nicht stimmte. Doch er beugte sich zu ihrem Fenster.

»Steig aus.«

»Wozu?«

»Wir kaufen dir was zum Anziehen.«

»Ich habe einen schweren Koffer voller Klamotten. Das reicht«, lachte sie.

»Hör zu: Wir sind hier nicht in LA oder New York. Wenn du auf dem Land deine lächerlichen europäischen Kleider trägst, denken die Rednecks, du seiest eine Hook up.«

»Eine was?«

»Ein Flittchen, dummes Ding.«

Nicht die Beleidigung eines potenziellen Rednecks, derem provinziellem Urteil sie keinen Wert beimaß, verschlug ihr den Atem, sondern seine Haltung. Schätzte der Dummkopf ihre teure Kleidung nicht? War sie ihm zu durchsichtig? Sie erinnerte sich, dass er angesichts der Kleidung seiner russischen Ex-Frau von »lächerlich« gesprochen hatte. In Lea war damals das Bild einer wollig, wattierten, gesteppten Frau aufgestiegen, die vor den leeren Regalen des Kaufhaus GUM im sowjetischen Moskau stand. ›Was hatte sie in Wahrheit getragen?‹, fragte sich Lea jetzt. ›In Amerika? Verstand Damian nichts von Ästhetik? Besaß er keinen Geschmack? Wusste er nicht, dass die Europäer den Amerikanern in Stoffen und Schnitten überlegen waren?‹ Sie brauchte eine Weile, um Luft zu schöpfen.

»Sag mal, hat dir die Hitze was angetan? Ich trage sportlich elegante, hochpreisige Kleidung!«

»Aber nicht hier.«

»Ich glaub, du spinnst.« Mehr fiel ihr nicht ein. Nach einer Zeit des Wartens seinerseits und des Beleidigtseins ihrerseits betrat sie das Geschäft, um der

Hitze draußen zu entgehen. Drinnen herrschten Temperaturen wie in ihrem deutschen Kühlschrank. Damian ging an ihr vorbei und wartete bei den Ständern. Sie blickte an sich herunter und dachte an Barlowe. Er hatte ihre Kleidung bewundert und sie begeistert eingekleidet. Zu ihm passte sie. Jetzt kleidete sie Damian ein. Er tat es ohne Begeisterung und Freude an ihr. Lea fühlte sich zutiefst gedemütigt.

Da sie beschlossen hatten, gemeinsam zu wohnen, machte er sie mit weiteren Notwendigkeiten des amerikanischen Lebens aus seiner Perspektive vertraut: Sie durfte sich nicht bei offenem Fenster entkleiden, sonst liefe sie Gefahr, angezeigt zu werden. Außerdem sollte sie sich ihm in der Öffentlichkeit nicht sexuell nähern.

Sie dachte an Barlowe und ihre stöhnenden Küsse auf der Straße.

»Sag mal, warum hast du mich eigentlich kommen lassen? Deine Mails klangen ganz anders.«

Aber er hatte die Wagentür schon zugeschlagen und trat auf die Bar mit integriertem Tabakladen zu.

Am Abend versuchten sie Harmonie einkehren zu lassen, um in ein gemeinsames Bett steigen zu können. Der Stellplatz unter Bäumen am Rande eines Wasserlaufes arbeitete für das Paar. Das Glucksen der kühlen Nässe über die Steine beruhigte. Sie ließen das Heckfenster offen, geschützt durch das Fliegengitter, um das Gluckern in ihre Träume dringen zu lassen. Sie lagen nebeneinander, lauschten und warteten. Damian zog sie in seinen Arm. Sie schmiegte sich an ihn. Er nahm ihre Hand und legte sie auf sein Geschlecht. Sie zog an seiner Vorhaut, wie er es mochte, unterbrach dann, um seine Hand auf ihren Venushügel zu legen. Er zog sie fort. Sie zog ihre von seinem Penis.

Wie eine Barbie-Puppe legte er sie, wie es ihm am bequemsten war. Sie kicherte in Erwartung, dass ihr jetzt was Schönes blühte. Doch vergebens. Nach einer Weile suchte sie sich eine angenehmere Stellung zum Einschlafen.

Er murrte: »Du verstehst nichts vom Knuddeln. Du bist nicht anschmiegsam.«

Lea spürte, wie ihr vor Unrechtsbewusstsein das Blut heiß in ihre Wangen flutete. Doch sie wollte stark und überlegen antworten: »Du warst auch schon mal besser.«

Sie fühlte, das saß.

»Liebe ist Geben und Nehmen«, brummte er.

»Eben«, gab sie zurück. »Da ich von meinem 15. bis zu meinem 35. Lebensjahr ausschließlich gegeben habe, werde ich die kommenden 20 Jahre nur noch nehmen. Tut mir leid, dass du nicht derjenige warst, der immer abbekommen hat. Ab heute ist Schluss mit einseitigem Geben meinerseits. Ich lasse mich von niemandem mehr ausnutzen. Meine Amerikareise hat nicht viel getaugt – außer dass ich meinen Wert erkannt habe, Freund.«

Am Morgen erklärte er: »Ich bin der Programmierer, ich habe zu arbeiten. Du bist für Kochen und Putzen zuständig. Dafür esse ich alles, was du auf den Tisch bringst. Und ab und zu bereite ich was zu.«

Es gab keinen gebutterten Rosinentoast mehr. Er brachte ihr keinen Kaffee mehr. Stattdessen wies er sie zurecht: »Dein Kaffee ist schrecklich. Zu stark. Eben europäisch.«

»Mach ihn dir selbst.«

»Nein komm, ich zeig dir, wie es geht.«

Er fuhr sie zum Einkaufen, weil sie den weiterhin unversicherten Cadillac wieder nicht fahren sollte. Er wartete in einem Tabak-Geschäft, bis sie gekauft hatte, von dem sie annahm, dass sie es beide essen mochten.

Fast täglich ging sie den Weg über den Highway durch die roten Felsen am Rande der Wüste zu Fuß, um einen Cappuccino bei Starbucks zu trinken und ihr Laptop im Internet-Café anzuschließen. Nach ein paar Stunden stöpselte sie sich die Kopfhörer in die Ohren, damit Bob Dylan und Billy Joel sie auf ihrem weiten Rückweg begleiteten. Sie lernte von den Einheimischen, woher ihre permanenten Kopfschmerzen herrührten: Wasserverlust. Auf jedem Weg benötigte sie zwei Liter Wasser.

Auf einer Wanderung durch die Felsen hinauf zum Schnebly Hill stoppte ein Wagen neben ihr. Der Fahrer fragte, ob ihr Wasservorrat reiche. Das war so üblich hier. Vielleicht rief solches Verhalten auch den wohligen und kitzelnden Mythos von der Solidarität der Pioniere herauf, die das Land bevölkert hatten.

Auf ihrem Rückweg von den roten Felsen ins Tal hielt Lea ihrerseits einen Jeep an. Nicht, weil sie Wasser brauchte, sondern um eine rotschwarz geringelte kleine Schlange zu retten – sie gönnte sich auf der Straße ein Sonnenbad. Lea kickte sie an und setzte sie mit dem Fuß in Bewegung, während sie den Jeep vorbeilotste. Der Fahrer sah auf den Boden, indem er eine Kurve lenkte. »Das solltest du lieber nicht tun«, sagte er.

Die Piste war wenig befahren, das zeigten die vielen Tiere, die sie benutzten. Als hätte er nur noch den Jeep passieren lassen, kreuzte ein Wüstenfuchs die Bergstraße. Er unterschied sich von seinen Artgenossen in kühleren Regionen durch seine langen Extremitäten. Je kälter es war, desto kompakter waren alle Tierkörper, denn sie bedeuten ein großes Volumen, das die Wärme speichert, bei vergleichsweise kleiner Oberfläche, die die Wärme abgibt. Lange Beine, besonders aber große Ohren von dünner Haut, sodass Adern und Venen hindurchscheinen, kühlen das Blut im Wind. In der Antarktis erfrören sie in Minuten. Dort lebte es sich besser als gedrungener Pinguin.

Auf dem Weg zu den Waschmaschinen des Campingplatzes sonnte sich eine lange, schwarze Schlange mit zwei gelben Streifen. Signalfarben, die auf Gift hinwiesen. Jeden Tag wusch Lea ihre verschwitzten und vom schwarzen Rucksack verfärbten Kleider.

Während sie Wanderungen unternahm, saß Damian im Wohnmobil und arbeitete oder spielte am Computer. Selten lüftete er seinen Cowboyhut. Ab und an sprach er von seiner Angst, dass Amerika bald einen weiteren Angriff erlebte. Dieses Mal wäre es ein atomarer. China und Russland sandten Terroristen, weil Bush zu arrogant auftrat. »Das alles ist vorausgesagt«, erklärte Damian. »Es steht Wort für Wort in der Bibel. Amerika gleicht Babylon. Denk an die vielen Sprachen. Amerika ist hochmütig und reich. Und Babylons Herrscherin trug dieselben Farben wie das amerikanische Sternenbanner. Ein Alleingang Bushs ist die pure Provokation. Amerika ist jetzt allein«, meinte Damian.

Lea entgegnete: »Ich finde es anmaßend von dir als Amerikaner, die eigene kleine Weltmacht mit Babylon zu vergleichen. Es hat viele Babylons in der Geschichte gegeben. Denk an das Osmanische Reich, die Hellenen, das Römische Reich. Amerika wird nicht das letzte sein. So schnell geht die Welt nicht unter. Selbst wenn ein paar Tausend Menschen sterben, so sind sie in der Weltgeschichte ein Ameisenhaufen. Damit will ich nicht sagen, dass mir das einzelne Leben nichts bedeutet. Im Gegenteil. Der Einzelne bedeutet mir alles. Weltmächte dagegen neigen zur Ignoranz gegenüber dem Einzelnen.«

»Eines Tages wirst du schon sehen, dass ich recht hatte. Ich werde das Wohnmobil mit Wasser und Konserven füllen und mich in den Bergen verstecken«, sagte er.

Lea unterdrückte ein Lachen über seine Dummheit. Seine Regierung hatte ihm erfolgreich beigebracht, einem atomaren Krieg sei gesund zu entkommen.

»Wir Deutschen glauben seit den achtziger Jahren nicht mehr an den Atomkrieg. Allerdings haben Amerika, China und Russland großes Interesse an den letzten Ölreserven. Daher droht Gefahr, da stimme ich dir zu. Momentan scheinen sie mit inneren Konflikten beschäftigt zu sein. Schlimm wird es, wenn Populisten von den inneren Konflikten ablenken wollen und einen äußeren Feind kreieren, auf den sie Angst und Aggression lenken.«

»Ich bedaure, dass du nicht mit mir betest.«

Seine Naivität ärgerte sie, aber wieder wollte sie ruhig und überlegen antworten. Vielleicht würde er lernen.

»Weißt du, was Gott ist, Damian?« Sie zeigte aus dem großen Rückfenster. Ubu glaubte, sie meinte ihn, den im Bett liegenden Kater, und sah sie erwartungsvoll an. »Gott ist das kühle Wasser in dem kleinen Creek dort. Es spendet Leben, es erquickt die Seele mit seiner Schönheit, es inspiriert unseren Geist mit seinen Farben, Formen und Funktionen. Es ist das vollendet Gute für Mensch, Tier und Pflanze. – Und da lege ich mich jetzt hinein, bin glücklich und ehre die Natur, dass sie solches vermag.«

Sedona/Arizona-Cowboy

200 Jahre lang lebten die Apachen nicht im Land der roten Felsen. Sie hatten die Gegend um das heutige Sedona/Arizona überjagt. Ihre Bevölkerung war derart angewachsen, dass sie die Tiere nicht mehr einzeln erlegten. Sie jagten ganze Herden über die Felsen. Büffel stürzten Hunderte Meter tief.

Schwarzbären lebten heute wieder hier. Lea hatte ihre Bekanntschaft in Kanada gemacht. Sie mögen Apfelshampoo und fressen einem wörtlich die Haare vom Kopf. Das ist nicht witzig, Bären sind gefährlich. Wenn sie Fressbares riechen, reißen sie einem die Tasche vom Leib und gehen über Zelte. Aber ihre eigentliche Bedrohung besteht darin, dass sie keine Mimik besitzen. Einem Hund sieht man an, ob er gut oder schlecht gelaunt ist. Einem Bären nicht. Möchte man gerne sein Leben beenden, gehe man auf ein paar süße kleine, wollige Bärenjungen zu. Ihre Mutter lässt bestimmt nicht lange auf sich warten. Willst du dein Leben behalten, begegne nie einem Bären ohne Waffe. Wenn du es trotz dieser Warnung tust, renne nicht weg. Oder willst du aussehen wie eine Beute? Bleib stehen und tue das Gegenteil von dem, wonach du dich jetzt fühlst: Recke dich, breite dich aus. Auch wenn du viel lieber zu einem Nichts schrumpftest. Mach dich so groß wie ein Bär, der sich nicht vor dem Schwächeren fürchtet. Wenn du Glück hast, ist dein Gegenüber dumm und glaubt dir. Denke daran, dass sich Bären manipulieren lassen wie Menschen. Das wird dir Hoffnung einflößen. Vielleicht deine letzte Hoffnung.

Lea saß im Jeep auf dem Iah-Sitz. So benannt nach den Schreien, die derjenige ausstieß, der hinten über dem Auspuff hockte und einen halben Meter in die Höhe flog, sobald der Wagen über Felsbrocken und Bodenwellen hüpfte.

Dreimal prüfte sie ihren Gurt. Er sollte verhindern, dass sie aus dem Auto geschleudert wurde, wenn Peco über rote Felsen und durch Sandlachen steuerte. Peco Jack Bostick fuhr meistens freihändig. Währenddessen erzählte er den Passagieren die Geschichte des Landes. Er gab Ratschläge, wovon sich seine Passagiere im Notfall in dieser kargen Wüste ernähren konnten. Dazu hielt er oft an, was Lea ärgerlich stimmte. Das Sonnendach reichte nicht über ihren Sitz. Trotzdem verbrannte sie sich nicht die Haut. Alle hatten diese Erfahrung gemacht, aber niemand kannte eine Erklärung für das Phänomen. Zu spüren waren nur die Hitze und die Trockenheit. Lea starrte auf ihre Jeans. Sie fürchtete, der Stoff ginge jeden Moment in Flammen auf. Die Sonne brannte auf ihrer Haut, obwohl sie von einer dicken, roten Staubschicht überzogen war. Strich sie mit der Hand über ihre Stirn, fühlte es sich an, als trage sie eine Maske aus grobem Puder. Fasste sie in ihre Haare, fühlten sie sich hart wie Stroh an. Rieb sie ihre Hände, waren sie ekelhaft trocken. Der Staub saugte die Feuchtigkeit auf. Doch statt eine Schlammschicht zu hinterlassen, verdunstete jeder Schweißtropfen, bevor er aus der Pore getreten war.

Ein zweiter Jeep fuhr langsam an ihnen vorbei. Der Fahrer fragte unterm Cowboyhut hinweg, ob sie genug Wasser mitführten. Nachdem sich die Staubwolke des anderen Wagens gesenkt hatte, redete Peco weiter: »Aus der Agave bereitet man außer Tequila ein komplettes Mahl zu. Das Herz lässt sich braten, das Fleisch der Blätter garen. Die Fäden verwenden die Indianer als Garn und die Spitzen als Nadeln. Damit nähen sie ihre Mokassins. Schrammen und Wunden heilen schneller, wenn wir Agavensaft auf die Haut reiben.«

Er zeigte auf Büropflanzen. »Das sind Yuccas. Es gibt zwei Sorten. An der einen wachsen kleine Bananen, die sich zum Kochen eignen.«

Lea unterdrückte ihren Iah-Schrei, um ihn und die anderen nicht unfreiwillig zu amüsieren, als Peco den Jeep von der nächsten Felsplatte stürzen ließ. Die Frauen klammerten sich an den Stangen fest, die Männer heuchelten Furchtlosigkeit.

Peco hielt an einem Baum, näherte seine Finger der Rinde, berührte sie aber nicht. »Die Apachen schälten diese Baumrinde ab. Sie klopften sie im Wasser weich und steckten ihre Säuglinge hinein. So bekamen die Babys keine Hautkrankheiten, denn die Rinde wirkt antiseptisch. – Aber Vorsicht beim Schälen! In ihr wohnen fingerlange, hochgiftige Skorpione.«

Er fuhr ein Stück weiter über einen Rinderrost, um neben einer der vielen Kakteen anzuhalten. »Sie bergen große Mengen Flüssigkeit. An der dort hat ein Hase genagt. Die Höhe der Bissspuren zeigt, dass er sich auf die Hinterläufe gestellt hat. Weiß der Teufel, wie er mit den Stacheln umgeht. – Aus den

Früchten könnt ihr Gelee kochen. Schmeckt auch hervorragend auf Tacos und Burger. Frittiert bekommt ihr Kaktus im Cowboy Club in Sedona, wo John Wayne hinkam und Clint Eastwood heute noch zu Gast ist.«

Er fuhr an, aber sein Arm ragte weiterhin aus dem Fahrzeug. Lea wünschte sich, er übersähe jetzt eine Ohrenkaktee.

»Seht ihr da hinten die Staubwolke? Das sind mindestens sechs Planwagen. Das sind Apachen.«

Lea glaubte kein Wort. Er log, um seine Gäste in eine vergangene Zeit zu versetzen und die Erregung angesichts der Gleichzeitigkeit des Ungleichzeitigen zu steigern.

»Doch, das ist wahr. Sie leben am Fuße der Felsen dort hinten.«

»In einem Reservat«, erklärte ein amerikanischer Tourist. Der Schwenk ins 21. Jahrhundert enttäuschte, obwohl Lea doch gar nicht geglaubt hatte. Offenbar war da eine kleine, aufregende Hoffnung gewesen.

»Dieser Berg hat Walt Disney zu mehreren Filmen inspiriert. Er lebte dort. Bei Gewitter rollte ein Kugelblitz über den Kamm, weil es der höchste Gipfel der Gegend ist. – Und das da ist die Drei-Millionen-Villa von Sidney Sheldon. Und da drüben, die Sechs-Millionen-Villa von Madonna.«

Der Jeep rutschte durch eine Sandlache und galoppierte über eine Felsplatte.

»Jetzt zeige ich euch, wie ihr Wasser findet. Steigt auf einen Berg und sucht die hellsten Wipfel! Sie deuten auf Wasser hin. Dort hinten ist ein hellgrüner Baum, seht ihr?«

Sie sahen, und er fuhr darauf zu. Tatsächlich handelte es sich um eine Art Weide, die in einem Schlammloch wuchs.

»Habt ihr eure Stiefel an? Passt auf Schlangen auf. Die Klapperschlange ist die ungefährlichste. Ihr hört sie, bevor sie beißt.«

Peco hieß sie an der Ranch aussteigen und aufsatteln. Sie stellten sich der Reihe nach auf einen Holzsteg, um bequem in die Westernsättel zu steigen. Der neue Führer maß die Steigbügel für Leas lange Beine ab. Sie klopfte ihrem Pferd zur Begrüßung auf den braunen Hals.

Der Weg musste brutal für die weiche Stelle zwischen den Hufeisen sein. Aus dem roten Sand ragten spitze, große Steine heraus, und oft glitten die Tiere auf Felsplatten aus.

Der Führer verließ seine Position vorne und ritt seinen Treck ab. »Wie geht's unserer einzigen Europäerin im Westernsattel? Du hast schon mal Reitstunden gehabt, stimmt's? Das sehe ich sofort.«

Nun, sie hatte *eine* genommen. Aber sie fühlte sich innerhalb von fünf Minuten fest und sicher in den Steigbügeln. Westernsattel und Westernzügel waren einfacher zu betätigen als englische. Im Sattel vergaß sie alles, was gewesen war oder sonst noch existierte. Im Moment wünschte sie nichts mehr, als unabsehbare Zeit durch die Natur zu reiten.

Der Führer änderte die Reihenfolge der Pferde und holte Lea an die dritte Position. Er warnte sie: »Reite nicht zu weit auf! Das Pferd vor dir ist unberechenbar. Es tritt aus.«

Lea vermochte diese Ansicht nicht zu bestätigen. Alles, was an ihrem Vorderpferd unberechenbar erschien und austrat, waren seine Winde und Pferdeäpfel.

Der neue Guide war ebenso beredsam wie Peco und machte an jedem Galgen oder Friedhof halt. Die Gegend war voller Filmkulissen für Western mit John Wayne, Clint Eastwood und für Marlboro. Auch *Crocodile Dundee* war hier und nicht in Australien gedreht worden. Für dies alles interessierte Lea sich nicht im Geringsten. Ihr Traum war es gewesen, durch die einsame Wüste zu reiten, in sich gekehrt und eingehend in die Landschaft. Hören wollte sie den Hall der Leere, die Hufe im Sand, die Schreie der Vögel. Riechen wollte sie die Entfernung zu den Menschen. Sehen wollte sie rote Erde und Felsen, grüne Wipfel, Dornen und verdorrtes Gras sowie einen unendlichen Horizont, sodass es in den Augäpfeln zog. Der Ritt war zu langsam und zu kurz. Immer wieder fragte der Führer: »Gefällt es euch? Amüsiert ihr euch?«

Von Amüsement zu sprechen schien ihr fehl am Platze. Hier sollte man sich nicht amüsieren, sondern stille Freude erfahren.

Als sie abstieg, war ihre Jeans nicht mehr blau, sondern rot. Das freute sie. Sie steckte sich eine Zigarette an und fühlte sich gut, doch noch lange nicht befriedigt.

Zurück im Jeep fragte Peco: »Hat es euch gefallen?«

Eine Frau aus Pennsylvania, die reiterfahren war, sagte: »Es war schön, aber zu kurz und zu langsam.«

Da wagte die Deutsche, zuzustimmen. Peco schlug vor: »Wie wäre es, wenn ihr an einem der folgenden Tage mit mir privat reitet?« Die beiden Paare aus Connecticut und Pennsylvania reisten am nächsten Morgen ab. Lea stimmte zu.

Peco brachte sie zum Cowboy Club, damit sie noch einen Drink nehmen konnten. Ihr fiel auf, dass er keinen Alkohol trank. Erst dort im Club nannte er seinen Preis, und sie wusste, dass sie einen Fehler begangen hatte. Sie hatte erwartet, der Typ mache ihnen einen Sonderpreis. – Anyway, dafür würde sie eine neue Gegend kennenlernen und allein mit diesem alten Cowboy reiten. Sie sah ihn gerne an. Er hatte viele kleine Falten in einem Gesicht, das schmal war und an Robert Redfort erinnerte. Sein Mund bewegte sich nach typisch texanischer Art vorne geschlossener als hinten. Er trug einen Cowboyhut auf mittellangen, hellbraunen, ausgeblichenen Haaren und ein zerschlissenes, kariertes Hemd über Jeans und Stiefeln.

»Du solltest morgen auch in Stiefeln reiten«, riet er ihr. »Im Notfall rutscht es sich leichter aus den Bügeln.«

Am Morgen um acht holte Peco Jack Bostick sie mit einem ehemaligen Polizeimotorrad, einer alten Yamaha, ab. Die Nachbarn auf dem Campingplatz dachten sofort, dass da etwas passieren musste, obwohl sie nie erfuhren, *was* passierte. Dies war Amerika. Man ging nicht allein mit einem Mann aus.

Da die hinteren Fußrasten fehlten, streckte Peco ihre Beine auf die vorderen aus. Beim Schalten bis hinauf in den fünften Gang trat er ihr jedes Mal auf den Fuß, woraufhin er ihre Schenkel tätschelte, um zu zeigen, es sei nicht bös gemeint. Sie erinnerte sich an ihre Teenagerzeit als Sozius auf den unterschiedlichen Maschinen ihrer wechselnden Freunde. Das Gefühl der Freiheit und der vibrierenden Motoren unterm Hintern war nicht mehr ganz so aufregend wie früher. Vor allem fehlte die Hoffnung auf eine unbekannte und auf jeden Fall großartige Zukunft. Sie macht die Teenager quirlig und fröhlich. Sie hoffen auf das Leben und wissen nicht, dass es längst das Leben ist.

Ein Schimmer vom damaligen Wohlbehagen spritzte ihr einen Schuss Adrenalin in die Blutbahn. Auf der geraden Strecke stand ihr Fuß unter den Sporen seiner Cowboystiefel. Die Spitzen waren längst abgeschliffen und ungefährlich. Der Wind wehte ihr Pecos Duft nach Davidoff um die Nase. Gegen ihr Visier schlugen seine dünnen Haare. Der Fahrtwind presste zwei Tränen in seine gebräunten Krähenfüße. Im Mittelgrund rasten die roten Felsen vorbei. Die Morgensonne färbte die Gipfel saftig rot und orange. Unten im Schatten lagen die Wände kaminrot und matt. Lieber hätte sie behauptet, sie wirkten weinrot, denn sie schienen zu fließen. Dies mochte an der Erosion liegen, die Formen wie kleine Flüsse in den Stein arbeitete. Es regnete wenige Tropfen, ein willkommenes Wunder in der Wüste. Die Luft war elektrisch geladen, was Mensch und Tier nervös machte. Die Geschöpfe warteten auf Blitz und Donner.

Sie hielten kurz an, weil Pecos Hände einschliefen. »Ich bin die weite Strecke eine Woche lang nicht mehr gefahren.«

Sie fuhren den Highway nach Cottonwood. Große Gruppen mexikanischer Migranten standen in staubigen, alten Kleidern am Straßenrand. Peco zeigte auf sie, indem er einen Arm vom vibrierenden Lenker zog: »Sie warten auf Arbeit auf dem Bau.« Es wurde viel gebaut um Sedona herum. Immer mehr Hollywood-Stars suchten am Wochenende Ruhe. Immer mehr Althippies passten sich dem Massengeschmack an und verkauften Landschaftsmalereien und Indianer-Schmuck in teuren Boutiquen. Die Wände wischten sie ockerfarben. Niedrigvoltscheinwerfer bestrahlten gläserne Vitrinen. Die Mieten mussten enorm sein, die Konkurrenz war groß. Sie ruinierten sich gegenseitig. Es gab viele durchreisende Touristen, noch mehr Residenten. Statt shoppen zu gehen, suchten sie in Yoga-Hallen nach innerer Schönheit und Energie oder in New Age Seminaren nach Ruhe und den wahren Werten des Lebens. Das war Sedona. Peco und Lea hatten es hinter sich gelassen. Sedonas menschliche Ressourcen, diejenigen, die die Arbeit für die Reichen taten, wohnten im kleinen, schmuddeligen Cottonwood. Arbeitsgeräte lehnten unordentlich in lehmigen Vorgärten, leicht zusammengezimmerte Häuser standen grau und staubig statt ockerfarben wie in der Reichenstadt.

Drei weiße, graugefleckte Indianerpferde suhlten auf einer kleinen Weide, um sich gegen Myriaden von Fliegen zu schützen. Peco warf den gierig auf Futter Wartenden einen Ballen frisches Gras hin, ließ Shadow und Elke aber kaum Zeit zum Fressen, bevor er sie sattelte.

»Warum heißt sie Elke?«

Lea dachte, er habe sie womöglich nach einer deutschen Freundin benannt.

»Alce ist das spanische Wort für Elch. Als Fohlen sah sie aus wie ein kleiner Elch. Deswegen habe ich sie so genannt.«

»Weißt du, dass das wie ein deutscher Frauenname klingt?«

»Nein. Wirklich? Und sehen diese Damen aus wie Elche?«

»Sehe ich aus wie ein Elch?«

»Nein. Heißt du Alce?«

»Nein. Aber meine Tante heißt Elke, und sie sieht aus wie ich.«

Die schmutzigen Pferde, der heruntergekommene Stall und die schwach bewachsene Weide nahmen sich unpassend in der Nachbarschaft zweier wohlgepflegter Grundstücke mit geschnittener Wiese und Kieselauffahrt ohne Unkraut aus. Die Nachbarn baten Peco, er möge endlich die Tiere reinigen, sie könnten wegen der Fliegen nicht draußen arbeiten und sitzen. Sagten sie, saßen in Liegestühlen vor der Tür und sahen beim Satteln zu. Amerikanische Nachbarn schienen sich nicht von deutschen zu unterscheiden. Es gab jene, die sagten: »Du könntest mal wieder den Rasen schneiden«, diejenigen, die Ärger wegen lauter Musik machten, die, die hinterm Fenster standen und dich bei deinen kleinen Verrücktheiten beobachteten, und solche, die mit dem Wagen in die Garage fuhren und nicht mehr gesehen wurden, nicht einmal grüßten. Lea liebte sie alle.

Peco sattelte Shadow für sie. Über Elke sagte er: »Sie geht leicht durch.« Ihr legte er einen hochgeschnittenen Sattel aus dem Jahre 1850 auf.

Lea merkte sofort, dass sie in den Bügeln nicht so fest stand wie in den gestrigen, und der Sattel rutschte nach der Seite. Weil die Pferde eben erst gefressen hatten, schloss Peco die Bauchriemen nicht. Da die Zügel nicht wie gestern an passender Stelle geknotet waren, sodass Lea eine Orientierung gehabt hatte, wie kurz oder lang sie das Tier halten musste, erschwerte sie Shadow den ohnehin schwierigen Weg. Lea hielt ihn kurz, damit er nicht die Böschung zum Creek hinabgaloppierte. Das war falsch. Es bewirkte, dass er den Kopf hoch und nach vorn riss, um sich die Freiheit zu verschaffen, den Weg unter den Hufen zu erkennen. Doch Lea verstand ihn nicht. Zur Strafe stürzte er sich den steilen Pfad hinunter. Weil Lea damit beschäftigt war, was Shadow tat, und da sie versuchte herauszufinden, wie viel Zügel sie ihm lassen musste, hätte sie die Äste nicht bemerkt, die sie köpfen wollten. Peco warnte sie. Sie beugte sich tief nach vorn über den Hals des Tieres, den Hintern in der Luft, während das Pferd den steilen Abhang hinunterkletterte. Shadow brauchte nur ein paar Zentimeter seine Flanken hochschnellen lassen und sie wäre vor seinen Hufen aufgeschlagen. Er hätte nicht mehr anhalten können. Die Schwerkraft hätte ihn über sie hinweggetragen.

Sie schaffte es bis zum Ufer des Creeks. Es gab keinen Pfad. Sie ritten durch Schilf, über umgestürzte Weidenstämme, ihre Turnschuhe blieben in den Astgabeln hängen. Sie wackelten über kleine Felsbrocken und wateten durch roten Schlamm. Es bereitete ihr Mühe, Elkes Spur zu folgen. Schließlich standen sie vor dem Creek. Er war vom nächtlichen Regen höher angeschwollen, als Peco erwartet hatte. In der Mitte erblickte die Entsetzte Stromschnellen. Dort, wo das Wasser ruhig glitt, gab es Senken im Schlamm. Vor den Hufen bröckelte die Erde vom Ufer und fiel dreißig Zentimeter tief. Lea glaubte nicht, dass ein Pferd es hinunterschaffte. Nicht mit ihr im Sattel. Allenfalls springend. Sie hielt Shadow kurz. Peco erklärte neben ihr stehend: »Gib ihm Zügel, damit er das Wasser schnuppern kann, bevor er hineinspringt.«

›Hineinspringt‹, dachte Lea. ›Was mache ich inzwischen?‹

Shadow planschte mit der Nase, was Lea gut durchschüttelte, schließlich sprang er hinein. Ihr stockte der Atem. Ihr Herz schlug im gesamten Körper. Sie hörte die Steine unter den Hufen tief im Fluss rollen. Das Geräusch der heftig kämpfenden Pferdebeine in den Fluten beunruhigte sie. Sie spürte, wie Wasser in ihre Schuhe drang. Als sie aber fühlte, wie gut es ging, wie fest sie im Sattel saß, fand sie Zeit, glücklich zu sein. Ihr Leben lang hatte sie davon geträumt, durch einen Fluss zu reiten.

Sie setzte gerade ein strahlendes Lächeln auf, als Shadow mit drei Sätzen gegen das gegenüberliegende steile Ufer ansprang. Um sein Aufsteigen auszugleichen, stellte sich Lea in die Bügel und lehnte sich vor. Das hätte sie bleiben lassen sollen, weil logischerweise das Hinterteil nachsprang, und zwar in jenem Moment, in dem sie in den Sattel zurückfiel. Sie fiel dem Pferd in den Rücken, prallte auf seine Wirbelsäule und wurde nach vorn katapultiert. Sie hielt sich fest am Horn, um nicht über Horn und Hals herüberzugleiten. Auf diese Weise vermochte sie die Zügel nicht zu halten und den rutschenden Sattel nicht auszugleichen. Ihre Hände zitterten, ihre Füße vibrierten in den Bügeln.

Mitten auf der steilen Böschung kommandierte Peco: »Ich kann hier nicht absteigen, ich stecke fest. Steig ab und sieh nach, ob wir durch das Gestrüpp brechen können.«

Es war aussichtslos. Auf hochragende Äste tretend, musste sie am Rande des Abhanges aufsteigen. Shadow hätte nur einen Schritt zur Seite treten müssen, sie wäre den Hang hinuntergestürzt. Es blieb kein Weg als den zurück. Aber Lea sah nicht, wie das Pferd um seine eigene Achse wenden sollte. Es lag kein Raum zwischen den Ästen und Dornen. Peco und Shadow zeigten ihr, wie die Umkehr möglich war. Shadow sprang die Böschung hinunter. Lea rutschte über das Horn. Dank ihrer harten Jeans zerfurchte das nicht mehr lederbespannte Eisen nicht ihre zartesten Teilchen, aber sie spürte den Schmerz. Sie saß auf dem Hals des Pferdes. Unter ihr erhoben sich zerbrochene Äste wie Spieße. Vor ihrem Gesicht kreuzten sich Weidenzweige wie zur Warnung. Bei diesem Ausrutscher verlor sie ihre Sonnenbrille und merkte es nicht einmal vor Anstrengung und Angst. Sie stemmte sich auf den Rücken des Tieres zurück. Peco fragte: »Alles in Ordnung?«

Sie nickte verbissen und dachte: ›Du siehst doch, dass nicht alles in Ordnung ist. Du willst nur hören, was du hören willst, weil du sonst nicht weißt, was du tun sollst.‹ Aber der Gedanke fand keine Zeit, um sich zu artikulieren.

Von nun an wusste Shadow, dass sie nicht fest im Sattel saß, und er die Kontrolle übernehmen durfte. Das Wildwesttier spielte seine Macht aus. Den Sprung ins Wasser schaffte Lea noch. Auch die Strecke durch die Strömung. Doch als er die Böschung hinaufsprang, warf er seine Hinterbeine hoch und sie ab. Sie hielt sich sehr fest, sodass sie nicht flog und sich die Knochen beim Aufschlag brach, sondern langsam über das Horn zur Seite rutschte. Ein brennender Schmerz zog über die Innenseite ihres Oberschenkels. Noch ahnte sie nicht, dass sie eine Woche lang zu gehen hätte wie John Wayne oder ein Mann mit einem überdimensionalen Penis oder einer, der sich Rasierklingen zwischen die Beine gesteckt hatte. Peco sprang mitten auf der Böschung ab, da hatte sie sich schon wieder hochgezogen. Schlamm drang durch ihre Kleidung. Peco umarmte sie und fragte wiederholt: »Bist du okay? Hast du dich verletzt? Wo tut es weh?«

»Ist schon gut. Aber weiter kann ich nicht mehr.«

»Es tut mir leid, dass das passiert ist.«

Seine Umarmung ließ sie zu. Weil er tiefer in der Böschung stand, konnte sie sich auf seine Schultern stützen. Die zitternden Knie brauchten ihr Gewicht nicht zu halten, durften ausruhen, bis das Zittern nachließ und die Kraft zurückkehrte. Ein wohliges Gefühl stellte sich ein. Von einem älteren Mann gehalten und getröstet zu werden tat gut. Sie schätzte Peco auf knapp 60 Jahre. Er strich ihr übers Haar. »Es tut mir schrecklich leid. Ich weiß nicht, was heute mit den beiden los ist. Auch Alce ist mir schon fast durchgegangen.«

»Das sind die Fliegen. Schau, wie sie sich in den Augen versammeln. Und unter den Bäuchen. Überall, wo es schmutzig ist.«

Peco überhörte den Vorwurf, dass er die Tiere nicht sauber hielt. Er schaute rundherum und nach oben in den Himmel zwischen den Weidenwipfeln. »Ich vermutete, es ist das aufziehende Gewitter. Die spüren das. Die Luft macht sie verrückt.«

Sein Nachbar kommentierte später, die Pferde hätten nicht genug gefressen. Im Zweifelsfall taten sich alle drei Widrigkeiten mit Leas Unfähigkeit zusammen.

Sie tauschten die Reittiere. Die Anfängerin stieg auf Elke, von der Peco eine halbe Stunde vorher gesagt hatte: »Ich nehme Alce. Sie ist wild. Die ist kaum zu bändigen.«

Elke trabte ununterbrochen, auch wenn sie im Schritt gehen sollte. Sie konnte die Hufe nicht stillhalten. Die aufgezwungene Langsamkeit glich sie durch schnelle, kleine Trippelschritte aus. Das beunruhigte die Ungelernte.

Peco wählte die Straße für den Rückweg. Keine Böschungen, kein Sumpf, in dem Pferdebeine einsanken, bildeten mehr eine Gefahr, nur noch Autos. Und im Falle eines Falls wäre die Landung auf Asphalt härter als auf Zweigen. Shadow und Elke gingen dermaßen dicht nebeneinander, dass Leas Bein zwischen ihren starken Schenkeln aufgerieben wurde. Oft blieb sie mit ihren Turnschuhen in Pecos Sporen hängen. Sie wollte sich um keinen Preis aus den Steigbügeln drängen lassen.

Zum zehnten Mal musste sie während des Rittes den Sattel richten, indem sie ruckartig das Gewicht auf eine Seite stemmte. Elke nutzte die Gelegenheit, um Shadow zu überholen. Sie hasste es, schon wieder gezügelt zu werden. Das tat Lea in genau dem Moment, als ein Auto kam. Elke stieg. Auf gerader Strecke hätte sie das Steigen abfangen können, wenn nicht der vorherige Unfall ihre Knie zu Himbeergelee geschmolzen hätte. Peco ritt schnell heran, griff ihr in die Zügel, schrie Elke an und schlug ihr ins „Gesicht". Mit dem einzigen Erfolg, dass sie mit einem Ruck zur Seite wich. Der Fahrer des Wagens sah sich erschrocken mit einem großen Pferdekopf vor seiner Fensterscheibe konfrontiert. Zitternd holte Lea Elke zurück, aber jedes Zügeln beantwortete sie mit einem heftigen Kopfrucken. Die Verzweifelte errechnete, dass sie Kraft sparte, wenn sie das Tier machen ließe, auch wenn Lea in diesem Fall den Trab aushalten musste. Im letzten Stück stieg die Straße an. Die Pferde beschleunigten das Tempo. Längst hatte Lea keine Energie mehr, um halbwegs formvollendet mitzutraben.

Sie war unglücklich, dass sie noch eine Weile bei den Nachbarn stehenblieben. Unter anderen Umständen hätte ihr das sehr gefallen, war es doch so, als täte man das jeden Tag, einen Plausch mit den Nachbarn im Wilden Westen halten, bevor man seinen gewohnten Weg durch die weite Landschaft nach Hause ritt. Jetzt aber wäre sie gerne abgestiegen. Sie fürchtete sich vor den unberechenbaren Bewegungen unter ihr, denen sie ebenso hilflos ausgeliefert war wie einem Erdbeben.

Währenddessen plante Elke, durchzugehen. Lea hielt sie, indem sie den linken Zügel anzog und die Stute zwang, im Kreis zu trappeln. Lea wusste, sobald sie die Unruhige laufen ließ, würde sie zum Stall rennen.

Sobald die Wilde angekommen war, riss sie den gesamten Grasballen auseinander und fraß, als hätte sie drei Wochen gehungert. Vielleicht hatte sie drei Wochen gehungert? Peco erweckte nicht den Eindruck eines verantwortungsvollen Tierhalters und Fremdenführers. Natürlich hätte Lea verlangen müssen, auf der Stelle heimgebracht zu werden.

***

Es war noch früh am Morgen. Dunkle Wolken zogen über den Himmel. Peco beschloss, mit seinem verrosteten, grünen Pick-up zurückzufahren. Darum stiegen sie in einer Mobil-Home-Siedlung bei seinem 35 Fuß langen Wohnmobil vom Motorrad. Im hinteren Teil seiner Behausung befand sich ein geräumiges Badezimmer. Davor ein Schlafzimmer mit einer antiken Kommode, auf der zwei Fotos von John Wayne standen und alte Messer und Macheten lagen. Daneben hingen zwei Cowboyhüte und ein paar indianische und mexikanische Dinge. Es folgte die Küchennische, umgeben vom Wohnraum mit zwei Sesseln und einer Couch sowie eine Essnische. Der Fahrerraum barg den Fernseher mit Video und eine riesige Familienbibel aus dem Jahre 1840. Lea sah ihr an, dass sie auf einem Treck mitgefahren war. Die vergilbten Seiten zeigten dieselbe Farbe wie die

Planen der Wagen, als wären auch sie der Sonne ausgesetzt gewesen. Sie wagte nicht, sie zu berühren, doch nahm sie an, wenn sie es täte, spürte sie eine dünne Schicht Wüstenstaub. Die kunstvolle Tintenschrift musste von einer breiten, selbstgeschnittenen Feder stammen, eine Adler- oder Geierfeder. Sie erzählte einen Teil von Pecos Stammbaum. Er war zu einem Achtel Indianer, zur Hälfte Ire, den Rest vergaß Lea gleich darauf. Falls in Cowboys ein eigenes Blut fließt, floss es in ihm. Er trug nicht nur die Kleidung des Cowboys vom Hut bis zu den Sporen und dem Loch unter der Ledersohle. Er ging auch wie John Wayne, weil sein Knie beschädigt war und das Leben im Sattel seine Beine gebogen hatte. Sein Gesicht und seine Haare zeigten sich bei genauerem Betrachten nicht mehr ganz so schön wie Robert Redfords, sondern eher wie Paul Hoogans in *Crocodile Dundee*. Peco konnte man also nicht als Original bezeichnen, vielmehr als wandelndes Klischee. Das war keine Schau für die Touristen, hier stand ein wahrer Texaner in der bescheidenen gemütlichen Behausung des Cowboys.

»Erzähl mir was über deine Familie«, forderte die Deutsche ihn auf.

»Mein Vater war ein typischer Texaner. Er hat für einen Ölkonzern in Bogota gearbeitet. Er und seine Kollegen schlugen eine Schneise für die Pipeline in den Dschungel. Danach hatte er die Pipeline zu bewachen. Er stand auf einem Turm, bewaffnet mit einem Revolver, der gegen die Pfeile der Ureinwohner nutzlos war.«

Die Geschichte über Pecos Vater war kurz, doch Lea lauschte ihr gespannt. Bisher hatte sie das menschenverachtende Tun von Großkonzernen aus der Perspektive ihrer Opfer gehört. Jetzt hörte sie es aus der Erfahrung ihrer Angestellten. Sie wurden bezahlt von diesen Unternehmen, Opfer waren sie jedoch ebenso. Wer hatte überhaupt Nutzen von diesen globalen Spielern? Die Kunden, deren Umwelt sie zerstörten, denen sie die alternativen Energietechniken vorenthielten?

Der Fragenden fiel niemand ein als die Handvoll Gesellschafter und Manager. Sie schöpften den kurzen, schnellen Gewinn ab, entflohen den Umweltkatastrophen ebenso wie den sozialen Racheakten und den Gerichtsklagen ihrer erkrankten Opfer. Sie gewannen, solange ihre Dummheit und Ignoranz sie vor der Erkenntnis ihrer Charakterlosigkeit schützte.

Über diesen Gedankengang verpasste sie Pecos Kindheit. Ihr Gehör setzte ein, als er verheiratet war.

»Acht Monate dauerte meine Ehe. Meine Frau wollte zuerst nicht heiraten, aber als meine Eltern starben, dachte ich, ich muss jetzt ein Haus bauen, heiraten und Kinder zeugen. Es hat nicht funktioniert. Wir haben uns ohne Ärger voneinander getrennt. Daraufhin bin ich von Texas nach New Mexico gegangen. Zusammen mit einem Kompagnon habe ich eine Maschinenfirma aufgebaut. Aber mein Partner und seine Frau haben Kokain geschnupft und nach und nach unser Kapital durch ihre Nasen gezogen. Ich habe nichts davon mitbekommen, bis sie die Firma ruiniert hatten. Ich hatte ihnen vertraut. Mein Partner hat sich bei mir weinend entschuldigt. Ich habe ihm gesagt: Ich bin Christ, ich verzeihe dir, aber lass dich nicht mehr blicken.

Gott sei Dank hat man mich nicht belangt, nur meinen Kompagnon. Darum ist mir zumindest genug Geld geblieben, dass ich fortziehen konnte. Ich hatte Ärger mit den Mexikanern. Die können Amerikaner nicht leiden. Darum wollte ich weg.

Ein Freund schrieb mir, es lebte sich gut in Sedona, und es gäbe Platz für meine Pferde. Da habe ich mich vor ein paar Monaten hier niedergelassen. Ich verdiene mein Geld mit den Jeeptouren und ab und an reite ich auf Alce oder Shadow für 100 Dollar am Tag von rechts nach links durch eine Filmszene. Demnächst werde ich die Jeeptouren leiten, das erhöht meinen Verdienst.

Heute habe ich erst am späten Nachmittag eine Tour. Wann soll ich dich zurückbringen?«

Sie hätte natürlich antworten können, sofort. Das erschien ihr unhöflich. Es war klar, dass sie mehr Zeit für den Ritt eingeplant hatte.

Die wilden Erlebnisse warfen Lea ein letztes Mal in ihrer Entwicklung zurück. Sie dachte daran, dass sie nicht nur aus Selbstschutz, als Frau und als Kundin alle Rechte auf ihrer Seite hatte, sondern vor allem, weil er sich ihr gegenüber unverantwortlich betragen hatte. Angesichts dieser Situation brauchte sie es nicht unhöflich zu finden, gehen zu wollen! Andererseits war ihr Wille nicht klar. Sie hatte es nicht eilig zurückzukehren. Sie erlebte lieber noch ein bisschen, schaute um die nächste Ecke des Lebens. Der Widerstreit zwischen ihrem Willen und dem Sosein ihrer Mitmenschen blieb ein Problem. Sie war einfach stets mit den falschen Menschen zusammen. Menschen, die zwar nicht schlecht waren, jedoch schwach und verantwortungslos. Doch was sollte sie tun, wenn sie keinen anderen begegnete?

Sie wählte die Uhrzeit, die ihr die Nächstbeste schien: »Zwölf?« Sie glaubte, sie bräuchten eine Stunde für den Rückweg, aber Peco sagte: »Dann haben wir noch eine Stunde Zeit. Es ist erst halb elf.«

Sie schaute sich um. »Du benutzt Räucherstäbchen. Dann darf ich bestimmt bei dir rauchen.«

»Klar. Ich behandle mein Knieleiden mit Haschisch. Möchtest du einen Joint?«

»Nein, aber tu dir keinen Zwang an. Ich habe mit zwanzig Jahren damit aufgehört, weil es meinen schwachen Kreislauf noch tiefer senkt.«

In jenen Zeiten hätte sie ihn nach den heimischen Pilzen und Kakteen gefragt. Sie bedauerte ein wenig, dass sie jetzt im hohen Alter an der Quelle saß, ohne Interesse an Halluzinogenen zu verspüren. Simple Pilze aus Amsterdam hatten ihr früh gezeigt, dass künstlich hervorgerufene Halluzinationen nicht fantasievoller waren als ihre üblichen Träumereien. Ihr Bewusstsein schien sich nicht erweitern zu lassen, im Gegenteil bedauerte sie, dass ihr zu viel bewusst wurde. Weniger zu wissen konnte das Leben vereinfachen und erleichtern.

»Ich rauche keine Zigaretten, aber ausnahmsweise leiste ich dir Gesellschaft, wenn du mir eine spendierst.« Er nahm ihr die Schachtel aus der Hand, zog zwei Stängel heraus und steckte beide an. Das war ein eindeutiges Zeichen für eine bevorstehende Annäherung. Sie musste sich entscheiden.

Die erste Zigarette nach Stunden stieg ihr ins Blut. Sie setzte sich in einen einzelnen Sessel, um Peco nicht zum Flirten einzuladen.

»Willst du ein Bier?«, fragte er. Sie lehnte ab. Er goss ihr Wasser aus einer gläsernen Bauchflasche in ein antikes Glas mit Goldrand ein. Er bevorzugte Saft.

»Du hast gestern in der Bar schon kein Bier getrunken«, fiel ihr auf. »Trinkst du nie?«

»Nicht mehr, seit ich mein Alkoholproblem gelöst habe. Mitsamt den Ursachen: gescheiterte Ehe, gescheiterte Karriere als Unternehmer. Willst du einen Film sehen?«

Er ließ sie wählen, sie fand Robin Hood passend zur Umgebung.

Sie befand sich in Amerika, sie wusste, was das Einlegen eines Videos bedeutete. Also wog sie ab, was sie wollte. Diesem Cowboy bei seinen Verrichtungen zuzusehen, erregte sie. Andererseits befand sie sich ohnehin in einem Zustand ständiger Erregung. Das kam von innen und suchte sich ein Subjekt zum Liebhaben. Seine Hände waren gut zu ihr gewesen. Alles, was sie an ihm störte, war sein flacher Hintern in der Jeans. Aber das war vielleicht Gewohnheitssache. Wollte sie nun einen alten Mann oder nicht?

Ihr Körper rief: ›Ich will.‹ Er verlangte wieder einmal zu testen, ob ihr einer Befriedigung verschaffen konnte. Ihr Kopf entgegnete: ›Nach so kurzer Zeit, was wird der von dir denken? – Es ist egal, was er denkt, ich verschwinde ohnehin hinterher. – Wenn Damian der Moralist davon erfährt, übernachtest du draußen‹, dachte sie. – Er erführe es nicht.

Sie fühlte süße Rache in sich aufsteigen. Diesen Macho zu hörnen und zu beweisen, dass ein anderer besser zu ihr war als er, verschaffte ihr Genugtuung.

Sie kam sich wie ein Rockstar vor, der nach jedem Auftritt in jeder Stadt und in jedem Land eine andere nahm und sich nicht scherte, welche Beziehungsprobleme die Zukunft brachten, weil es keine Zukunft gab. Sie wollte nur Genuss. Ihre eigene Moral ließ sie nicht stolpern, denn hier unterscheidet sich die christliche von der kantschen. Ihre Freiheit endete an der Freiheit ihres Nächsten, und sie schadete Damian nicht. Frauen besaßen dasselbe Recht sich durch die Betten zu schlafen wie Männer. Und Damian hatte Jodie gehabt, ohne ihr die Wahrheit über sie zu erzählen.

Es hatte eine Zeit gegeben, in der hatte Lea gedacht, sie sei zu hässlich für Gentlemen. Die Amerikaner ließen sie das Gegenteil erfahren. Sie schienen hingerissen von ihren Haaren, ihren Beinen, ihrer weichen, dunklen Haut und ihrem Gesicht, das zu lieb war, um es verteidigen zu können. »Also«, dachte sie, »nutze, was dir bleibt und genieße!«

Was man unter einem Gentleman verstand, war allerdings eine Frage der Definition. Inzwischen war ihr klar: Keiner der Männer hätte sie je besitzen dürfen. Von Anfang an hätte sie bedachtsam wählen müssen, hatte es aber nicht gekonnt, weil ihre Leute versäumt hatten, ihren Wert zu erkennen und ihn ihr mitzuteilen.

***

Peco setzte sich mit dem Rücken zwischen ihre Beine und legte ihre Hände auf seine Schultern. Sie tat nichts, ließ sich führen. Sie hatte sich immerhin vorgenommen, nicht mehr die perfekte Liebhaberin zu spielen, sich vielmehr verwöhnen und umwerben zu lassen, um in dieser Passivität Konzentration für ihr eigenes, schwer zu weckendes Gefühl zu bekommen. Bei Barlowe hatte sie damit angefangen und erfahren: Sie musste nicht aktiv sein, um verehrt zu werden.

Sie tat nichts, entspannte alle schmerzenden Muskeln und ließ sich in seine Arme fallen. Das tat gut. Keine Vorbelastung, keine Zukunft, sie kannte den Mann nicht. Alles was sie registrierte, war sein Verantwortungsgefühl in der Liebe und seine Konzentration auf ihren Genuss. Beinahe war er vollendet.

Beim zweiten Mal sagte sie: »Es beginnt weh zu tun, du musst zum Ende kommen.«

Während im Hintergrund lautes Schlachtengetümmel und Händeabschlagen herrschten – der Robin Hood ihrer Kindheit war weniger brutal, dafür aufregender –, probierte sie Pecos Stiefel an. Sie hätte sich gerne in einem Spiegel betrachtet, um zu sehen, wie sie nackt in Cowboystiefeln mit Sporen aussah.

Das Loch unterm Fußballen erinnerte sie an die uralte Reklame: »Ich gehe meilenweit für Camel.«
»Sag mal, Peco, legst du deinen Cowboyhut eigentlich nie ab?«
»Nein, nie.«
»Auch nachts nicht?«
»Nein.«
»Warum nicht?«
»Ohne sehe ich nicht gut aus.«
»Zeig mal.«
»Nein.«
»Mach.«
»Na gut.«
»Du bist schön.« Das war gelogen.

Sie fühlte sich wohl hier, wie einst in Damians RV. Bald aber bekam sie Hunger und wollte auch nicht zu spät nach Hause kommen. Es war längst zwölf. Peco legte eine Schicht Davidoff über den Staub der Wüste und den Duft der Liebe. Männer brauchen bekanntlich viel Zeit im Bad. Solange spielte sie mit dem Hund, einer Mischung aus Deutschem Schäferhund und Dobermann, der über die Hälfte ihres Gewichts auf die Waage brachte und draußen wartete. Sie fühlte sich wohl wie ein Kind, entspannt und lebensfroh.

Als sie in den rostigen, grünen Pick-up stieg, übertönte die Wolke Aftershave den Geruch der Sonne und des Staubes auf dem Armaturenbrett, bis sie das Seitenfenster herunterkurbelte und den Wüstenwind ihre vom Bett verfilzten Locken entwirren ließ. Der Hund stand auf der Ladefläche und schaute zwischen ihnen ins Fenster hinein, Peco sprach über Politik.

»Bush weilt in diesem Augenblick in Flagstaff, 140 km von hier entfernt. Um 17:00 landet er in Phoenix. Kurz vorher kannst du ihn über Sedona hinwegfliegen sehen.«

Auf dem Campingplatz gab es wilde Spekulationen, warum die Airforce One über sie hinwegflog und mitten in der Wüste herunterging. Damian hatte dort stets viele Regierungswagen gesehen und vermutete eine Militärbasis, ein Geheimdienst- oder ein verstecktes Regierungslager für gefährliche Zeiten. Die Deutsche wunderte es, dass die Vorzeigedemokratie der Welt eine solche Geheimniskrämerei gegenüber der eigenen Bevölkerung zuließ.

Auf dem Campingplatz sprachen sie leise über Politik, denn der ein oder andere fuhr einen Bush-Aufkleber spazieren. Eine australische Nachbarin glaubte, dass ihre Telefongespräche mit ihrem amerikanischen Freund abgehört wurden. Die Detektoren reagierten auf Wörter wie »Terror, Anschlag, Ground

Zero, Bin Laden, Hussein«. Damian und Lea wandten ein, die CIA hätte viel und Besseres zu tun.

Neuerdings gab es Geburtstagskarten mit dem Konterfei des Präsidenten zu kaufen. Der Ton, in dem Lea das erzählte, nachdem sie aus dem Schreibwarenladen gekommen war, machte deutlich, was sie von solch einem Personenkult hielt.

»Ich schwöre dir«, sagte Peco, und Leas amerikanischen Freunde versicherten dasselbe, »so etwas hat es noch nie in der Geschichte der Vereinigten Staaten gegeben. Und auch dieser Krieg. Das ist ein Privatkrieg zwischen der Familie Bush und Hussein. Der Sohn rächt die Schlappe des Vaters. Und wir alle, ganz Amerika, werden mit hineingerissen. Das ist ungesund für unser Land. Wir stehen ja schon ganz alleine da.«

»Das ist eine gefährliche Wahrnehmung. Das denkt Israel auch immer und schlägt dann mit der Brutalität desjenigen zu, der verzweifelt um sein Überleben kämpft. Im Unterschied zu Amerika kämpft Israel tatsächlich um sein Überleben«, wandte Lea ein.

»Amerika kämpft um den Erhalt der Demokratie.«

»Ich glaube dir, wenn du meinst, dass das im kalten Krieg so war. Aber heute missachtet Amerika die Demokratie, die Freiheitsrechte und die Menschenrechte.«

»Du hast recht. Die USA kämpfen um Öl. Wegen der Reserven werden wir eines Tages von Russen und Chinesen angegriffen. Dann packe ich mein mobiles Heim und meine Pferde und gehe in die Berge.«

»Das habe ich schon von jemandem gehört.«

»Ach ja? Na ja, aber wenn es tatsächlich zum Krieg kommt, stellen wir uns alle hinter unseren Präsidenten. Auch wenn der verrückt ist. Wir verteidigten unser Land. Aber bis dahin reden die Meisten gegen ihn.«

»Wir alle könnten diesen großen Krieg vermeiden, wenn die USA alternative Energien nutzten.«

»Ja, das ist so.«

»Du stimmst mir darin zu, obwohl du Texaner bist?«

»Na, weil ich Texaner bin. Texas ist reich durch Öl, Texas ist mächtig, stellt den Präsidenten. Folglich bestimmt die Ölindustrie, dass die Techniken für erneuerbare Energienutzung in den Tresoren bleiben. Dabei sieht ein Blinder, dass wir auf unserem Kontinent alles haben, was wir brauchen: im Süden die Sonne, im Osten und im Westen die Meere, die größten Felder der Welt, die nach der Ernte Mengen an Bioabfall hergeben.«

»Damian hat die Umstellung auf alternative Energien für unmöglich gehalten.«
»Wer ist Damian?«
»Ein Stadtkind. Und ein Fernsehkind. Der glaubt den Medien ...«
»Die Medien werden von Konzernen gesteuert, die mit der Regierung und der Öl-Lobby verflochten sind.«
»... und den Managern und Fernsehpredigern, die darin reden. Inzwischen erkennt er aber auch, dass der Krieg ein Kampf um Öl ist und wer Interesse hat, erneuerbare Energietechnologien zu verhindern.«
Er nahm überhaupt eine Menge von ihr an. Er erklärte sich sogar bereit, ein Stück weit von seiner Macho-Attitüde abzugehen. Und er fragte sie, ob sie ihn bei ihrer Zukunftsplanung mitberücksichtigte.

Sie ließ sich in Uptown absetzten, um vor der Rückkehr zum RV in Ruhe einen Cappuccino zu trinken. Damian sollte ihren entspannten, verklärten Gesichtsausdruck nicht sehen. Ein wenig nagte das Gewissen an ihr.

Peco und sie verabredeten, dass sie ihn am Montagmittag um 12:00 Uhr anrief, um ein Treffen zu besprechen. Für den Anruf musste sie ins Dorf gehen, damit Damian nicht mithörte.

Auf dem Rückmarsch den Highway zwischen den roten Felsen entlang, mit Stöpseln in den Ohren, aus denen ihr Bob Dylan und Billy Joel direkt ins Hirn schallten, dachte sie sich aus, was sie Peco am Telefon sagen würde. Sie würde sagen, sie könne nicht, weil sie nach Phoenix zu Earthling fahren müssten. Damian arbeitete schließlich in der Computerbranche.

Im Moment war sie halbwegs befriedigt und brauchte auch niemanden, in dessen Armen sie sich entspannen und ruhen konnte. Noch wusste sie nicht, dass sie Peco gerne wiedersehen wollte.

***

Am Sonntag klopfte es ans Wohnmobil. Lea lag im Bett, sah und hörte jenen schwarzen Prediger, der Damian ruiniert hatte. Damian sprach mit jemandem. Sie erkannte die Stimme. Das Blut wich ihr aus dem Gesicht. Was sollte sie tun? Nicht hingehen. Sie saß auf dem Bett und überlegte. Damian rief sie nach vorn zur Tür. »Da ist jemand für dich.«

Ein Cowboy stand vor der Tür. Er trug einen Pistolengurt und ein Messer auf der anderen Seite seines Gürtels. Sie bekam Angst. Viel größer aber war die Scham. Beides galt es niederzukämpfen und Peco zu begrüßen wie einen, den sie vor Kurzem in der Stadt kennengelernt hatte. Was ja stimmte.

Beide Männer machten verwirrte und missgestimmte Gesichter. Das beschämte sie noch mehr. Trotz des Austauschs von Blicken zweier Männer mit Cowboyhüten – Damian legte seinen bei der Arbeit am Computer nicht ab, so wie Peco seinen nicht im Bett ablegte – fragte Peco, ob sie mitkäme. Er zeigte Mut.

Sie ging vom Mobil weg, bevor sie antwortete und hoffte, dass Peco ihr folgen würde, bis sie außer Hörweite waren. Sein Motorrad gab ein gutes Ziel zum Vorwand. Sie beugte sich ein wenig vor, wie um den Tank zu bewundern – wahrscheinlich das uninteressanteste Teil an einer Maschine.

Ohne aufzusehen, entschuldigte sie sich für heute, und auch dafür, dass sie am Montag nach Phoenix führe. Die Ausrede und die Abfuhr, die sie ihm erteilte, der sich werbend in seine besten Kleider geworfen hatte, waren ihr derart peinlich, dass sie ein Stückchen Erde im Kies suchte, das locker genug wäre, um darin zu versinken. Sie überlegte, ob sie so klein schrumpfen könnte, dass sie zwischen zwei Kieselsteinen unscheinbar würde. Damian dürfte mit seinem Wohnmobil und Peco mit seinem Motorrad drüberfahren, dass es knirschte. Das wäre in Ordnung.

Peco drehte sich um, und sie sah seinen gebogenen Beinen, seinem Revolvergurt, dem Bowiemesser und seinen Sporen nach. Gerne wäre sie mit ihm gegangen, lieber, als weiter bei Damian zu bleiben, dem sie nichts recht machen konnte. Damian war und wäre nie hinter ihr hergekommen. Er hatte sie stets zu ihm kommen lassen. Sie dachte an die Szene auf dem RV-Park, als er nicht ausgestiegen war. Sie hatte das tun müssen. Sie dachte an die Situation am Flughafen. Er war nicht ausgestiegen. Ein fremder Mann hatte ihr helfen müssen. Er kam auch im Bett nicht zu ihr, um ihr Genuss zu bereiten, sondern sich welchen zu holen. Er hatte sich nie für sie angekleidet, vielmehr verlangt, dass sie sich seinetwegen neue Kleider kaufte. Und jetzt war ein Cowboy in seinem Sonntagsstaat vor sie getreten, trug all seine Waffen, zeigte all seine Phalli, und der Duft seines Aftershaves wallte mit dem Wüstenwind über den gesamten Platz bis zum Creek und darüber hinaus. Aber sie wusste nicht, wie die puritanischen, amerikanischen Männer reagierten und wollte keinen Ärger in dieser kurzen Zeit, die ihr noch im Land blieb. Das zweite Touristenvisum lief aus. Doch das sollte ihr eine Lehre sein. Neben all dem, was sie von Barlowe über ihren Wert gelernt hatte, wollte sie das hier nicht vergessen. Der Rücken im karierten Hemd, der lederne Gürtel, an dem die stählernen Waffen zogen, die krummen Beine in den Jeans, die Sporen. Den hatte sie fortgeschickt. Einen richtigen Mann. Er hatte sich um sie bemüht, hatte versucht, gut zu ihr zu sein.

Sie schrieb Peco einen Brief und gab ihn im Büro ab. Jeden Tag ging sie nun an der Agentur vorbei, die Ausritte, Jeeptouren und Helikopterflüge verkaufte. Leider schaffte sie es nie bis neun Uhr morgens, wenn die meisten Touren begannen. Wann er Feierabend hatte, wusste sie nicht und wagte nicht seine Kolleginnen zu fragen. Sie wollte ihn abfangen. Wenigstens wollte sie ihn noch einmal sprechen, bevor sie abreiste. Er sollte sie nicht für ein allzu leichtes Mädchen halten. Und sie wollte, dass sie in Brief- oder Mailkontakt blieben. Obwohl sie längst wusste, dass er keinen Computer anfasste und ahnte, dass er ungern Briefe schrieb. Oder war er romantisch?

Sie verlor sich in Erinnerungen an Peco, während sie an einem Tisch vor dem Café am Highway in der Nähe seiner Agentur saß. Sie verbarg sich hinter einen small, dry Cappuccino. Hier konnte sie die anderen Guides und Cowboys beobachten, wie sie über den Gehsteig an den Schaufenstern vorbeiflanierten, auf dem Weg zu ihren Agenturen. Es schien, als konnte man unterscheiden zwischen jenen, die kostümiert waren und denen, die ihr Leben lang nichts anderes auf dem Leib getragen hatten. Sie arbeiteten als Guides, weil es immer weniger Rinderherden gab, und ein großer Teil des Geschäfts automatisiert, mechanisiert und rationalisiert worden war. Die wahren Cowboys, wie Peco einer war, spürten zwar ihre Kleidung, und dass sie sich von den Touristen, Stars und New-Age-Anhängern abhoben, aber sie blickten nicht nach links und rechts, um zu sehen, wie die Leute sie anschauten. Und aus Pecos Reden glaubte sie herausgehört zu haben, dass er sich in seiner Haut wohlfühlte, solange er genug Geld für seine Pferde verdiente. Vielleicht war das zugleich das Geheimnis seiner Potenz. Er hatte nicht das geringste Erektionsproblem, wie so viele andere in seinem Alter. Allerdings wusste sie immer noch nicht, wie alt er wirklich war. Behauptet hatte er 46, sie hatte ihn auf an die 60 geschätzt. Sein Körper und der Grund, warum er mit Hut ins Bett ging, gaben ihr recht. Allerdings alterten Texaner an der frischen Luft schneller. Jedenfalls äußerlich. Sexuell hielten sie sich offenbar länger, was auf dieselbe frische Luft und ihre Bewegungsfreiheit zurückzuführen sein mochte.

Lea schüttelte den Kopf angesichts ihrer fruchtlosen Philosophien. Sie stand auf, warf ihren Plastikbecher weg, packte die Wasserflasche in den Rucksack, stöpselte Billy Joels Song über einsame Menschen in ihre Ohren und trat hinaus in die Hitze der Wüste.

Wer weiß, vielleicht käme sie zurück. Sollte sie noch einmal versuchen, einen kleinen Job in den USA zu finden? In Deutschland sagte ihr jeder, sie solle zurückkommen und ihre Zeit nicht auf Reisen verschwenden. Gerade das ließ sie zum Gegenteil tendieren. Was war denn ihre sinnvolle Alternative? Karriere machen und mit der Familie leben. Wieso war das sinnvoll und Reisen Verschwendung? Beides fühlte sich nicht nach ihren Urteilen an. Vielleicht war Lea anders. Womöglich eruierte sie herkömmliche Werte auch nur genauer? Sie suchte und fand keine Entscheidung.

Damian The End

An diesem Abend wurde es ihr zu viel.
»Verzeih den Ausdruck, aber du bist ein Macho«, sagte sie.
»Das bin ich«, antwortete Damian lächelnd. »Das haben auch schon andere Frauen zu mir gesagt.«
Sie war überrascht und glaubte sich näher erklären zu müssen: »Du behandelst mich wie eine Frau aus dem letzten Jahrhundert, als stände ich unter dir«, warf sie ihm vor, um ihr verallgemeinerndes Schimpfwort zu konkretisieren.
»Das tust du«, sagte er.
Ihr stockte der Atem. Sie machte große Augen. Nun glaubte sie, tatsächlich in die Zeitmaschine geraten zu sein.
»Kennst du ein Land, in dem zwei Könige regieren oder zwei Präsidenten?«, fragte Damian.
»Ich weiß nicht, aus was für einem Land du stammst, mein Freund. Ich komme aus einer Demokratie. Es gibt keinen König mehr. In meinem Land übt der Präsident nur eine repräsentative Funktion aus. Der deutsche Kanzler kann keine Gesetze allein durchbringen. Unsere Verfassungsväter und übrigens auch -mütter haben das so eingerichtet, weil sie das aus der Geschichte gelernt haben, in der Monarchen, Präsidenten und Diktatoren allein geherrscht hatten. Unser Parlament – bestehend aus Männern und Frauen – repräsentiert nur die Macht der Mehrheit. Die Volksmasse regiert nur deshalb nicht in seiner Gesamtheit, um die Entscheidungen zu beschleunigen. Das ist Demokratie, weißt du? Entsprungen aus der Erfahrung, dass ein Führer die Gefahr der Diktatur birgt und sehr dumme Entscheidungen fällt. Wer allein herrschen will, ist meist zugleich dumm, das ist ein Phänomen. Darüber hinaus«, setzte sie hinzu, »wer sagt dir, dass keine Frau Präsidentin sein kann?«
»Du glaubst also an die Freiheitsbewegung der Frau«, nickte er. Erneut zeigte sie sich überrascht. Sie zuckte die Schultern: »Keine Ahnung. Ich dachte eigentlich, das hätten die Menschen früherer Generationen bis spätestens in die

siebziger Jahre hinein erledigt. Ich bin schon wie selbstverständlich damit großgeworden, dass Mann und Frau gleich und gleichberechtigt sind. Ich habe nie darüber nachgedacht.«

»Das sind sie nicht«, erwiderte er.

»Was?«

»Ich habe auch schon von anderen Frauen gehört, dass ich ein Macho bin. Was hast du erwartet? Ich bin Schwarz-Amerikaner!«

»Na, dann doch erst recht! Hat Martin Luther King uns nicht beigebracht, dass alle Menschen gleich sind, egal welcher Hautfarbe? Und folgt daraus nicht automatisch die Erkenntnis, dass alle Menschen gleich sind, egal welches Geschlecht sie haben? Beide Emanzipationsbewegungen verliefen doch nicht zufällig parallel, oder?«

»Pass auf: Ich bin der Herr im Hause. Wenn dir das nicht passt, kannst du gehen. Ich würde das furchtbar bedauern. Ich mag dich wirklich.«

»Okay«, war ihr letztes Wort. Danach sagte sie nichts mehr.

Es war das erste Mal, dass sie mit derart rückschrittlichen Vorstellungen konfrontiert worden war. Sie war überrascht worden von ihnen, weil sie ohne nachzudenken davon ausgegangen war, dass sie nicht länger existierten. Wie naiv sie war! Sie begann zu ahnen, dass sie in vieler Hinsicht naiv war. Diese vielen Hinsichten zu erfassen und zu überdenken, bräuchte sie aber lange Ruhe und Zeit. In der derzeitigen Situation war eine solch große Aufgabe nicht zu bewältigen. Ihr Geist hatte erst einen Schimmer bemerkt wie ein Licht, das in weiter Ferne strahlte.

Ihre Miene zeigte keine Verstimmung, sodass sie annahm, Damian ahnte nichts von ihren Plänen und rechnete nicht damit, dass sie tatsächlich ging. Wohin auch? In die Wüste? Wo Moses, Jesus, Mohammed zu den Erkenntnissen ihrer selbst und ihrer Gesellschaften gekommen waren?

Sie steckte die Finger zwischen die von ihr gereinigten Lamellen. Es war halb neun Uhr abends und dunkel draußen. Sie nutzte die Stunden bis zum Morgen, um sich für den kommenden Tag auszuruhen. »A man is the king of every kingdom that he sees«, sang Billy Joel über ihren iPod. Ubu massierte ihren Brustkorb im Takt der Musik.

Ihre Diskussion hinderte Damian nicht daran, sich wenig später im Bett an sie zu klammern, als brauchte er dringend ihren Halt. Jetzt aber fühlte sie sich ihm unendlich überlegen. War es möglich, die eigene Kraft und das Selbstbewusstsein wachsen zu fühlen wie ein Organ? Sie würde sich nie wieder unter Wert verschenken, und sie würde sich in Zukunft Zeit zur Wahl lassen.

Am folgenden Morgen lief sie den Highway entlang bis zu einem Bürocontainer, wo sie sich ein eigenes Wohnmobil mietete, bis sie ihren Rückflug von Phoenix über New York ins sichere, kleine, emanzipierte und moderne Deutschland antrat.

Damian standen die Tränen in den Augen, als sie vorfuhr und ihre Sachen umlud. Augenblicklich überfielen sie ein böses Gewissen und die Frage, ob sie etwas falsch machte oder gar schlecht wäre. Als sich das Licht in einer Träne grün und blau brach, spürte sie, dass es Mitleid war, was sie empfand. Mitleid erzeugte Schuldgefühle. Dieselben Empfindungen hatte sie Dale gegenüber gehegt, dem zahnlosen Stuntman. Die gleichen Gefühle hatte sie einst ihren Eltern gegenüber empfunden. Vielleicht war auch das ein Grund, warum sie solche Männer ausgewählt hatte. So lange, bis sie den Konflikt gelöst hatte, den das Kind nicht mit seinen Eltern zu lösen vermocht hatte. Jetzt war es ausgestanden. Jetzt konnte sie auf langen, erwachsenen Beinen von ihnen allen fortgehen. Es würde noch eine Weile dauern, womöglich Jahre, dann würde sie in ihr eigenes Leben treten und sie selbst werden. Diese Hoffnung machte sie stark und schien sie sogar körperlich wachsen zu lassen. Sie hatte nicht übel Lust, es an dem kleinen Creek auszuprobieren, in den sie noch gestern hineingefallen war, als sie versucht hatte, ihn zu überspringen.

Während Damian ihr beim Packen zusah, presste er seine schöne dunkle Hand gegen seinen schmerzenden Magen. Diese Stellung gab er erst auf, um ihr den Koffer von einem Wohnmobil ins andere zu tragen. Danach umarmte er sie, als verliere er den einzigen Menschen, der je seine Einsamkeit geteilt hatte.

»Sobald du weg bist, werde ich dich grauenhaft vermissen, meinen Engel mit den goldenen Flügeln. Was soll ich nur ohne dich hier anfangen? Ich kann doch nicht immer arbeiten.«

Nach einer Weile des Schweigens und Zusehens setzte er hinzu: »Ich wäre bereit, ein großes Stück von meinen Machoallüren abzugehen.«

***

Während Damian an seinen Computer zurückkehrte, bestieg Lea die roten, aus Wildwestfilmen bekannten Berge, um den Sonnenuntergang hinter den Felsen und über dem weiten waldig grünen Tal zu beschauen. Sie lächelte im höchsten Genuss, den das Leben zu bieten hatte. Sie spürte den Schutz, den die Felsen boten, die Wärme, die sie gespeichert hatten und für Lea abgaben, damit sie die Stunden ohne Sonne ertrug. Sie fühlte sich so frei, wie die weite Landschaft es für sie ausdrückte und so schön wie das Rot des Abends.

Ubus' Katzenhaare flogen durch den Wagen, wenn der seichte Wind der Wüste durch die offene Tür wehte. Lea schloss sie mit dem charakteristischen Laut von Wohnmobiltüren. »Klick«.

Seither hatte sie dieses Geräusch in den Ohren, wenn die deutschen Sommer so heiß wurden wie die Wüste, aber ebenso, wenn es weihnachtete.

»Klick«, die Schere trennte die gummiartige Haut der Gans.
»Lea? Träumst du?«
»Was?«
»Ein Stück Weihnachtsgans, Liebes?«
»Ja, Mama.«
»Letztes Jahr um diese Zeit warst du in Amerika.«
...
»Schön, dass du dieses Jahr mit uns feierst.«
»Suchst du Streit mit mir, Mama?«

Monika Buschey
Schillers Weste

144 Seiten
12,80 EUR [D]
ISBN 978-3-89733-271-3

Leseprobe

Als ein blonder junger Mann vor Bertas Kartenbüro in Weimar erscheint, spürt sie gleich: Dieser Junge unterscheidet sich auf eine grundsätzliche Weise von anderen Touristen. Sie täuscht sich nicht. Als sie auf seinem Studentenausweis sein Geburtsdatum sieht, weiß sie, dass Moritz der Mann ist, den sie sucht. Sie erzählt ihm, dass es mit den Unsterblichen, wie sie sie ehrfürchtig nennt, mit Schiller und Goethe zumal, eine besondere Bewandtnis habe. Nachts, so behauptet Berta, steigen sie vom Sockel, um den Faden des Lebendigseins bis in die Gegenwart fortzuspinnen. Die Unsterblichen aber, um den Kontakt zur Gegenwart besser halten zu können, suchen sich einen Helfer, eine Helferin. Sie braucht einen Nachfolger – Moritz.

Werner Streletz
Rohbau
Roman
340 S.; 14,90 EUR [D]
ISBN 978-3-89733-270-6

Leseprobe

Düstere Baustelle: Aus der Schroffheit und Gewalt, die ihm hier begegnen, flieht Johny in eine verlockende Zweisamkeit. Er versucht, beides strikt voneinander zu trennen, will sich dadurch das private Idyll mit der Freundin bewahren. Als ihm dieses nach dem Unglück in einem Rohbau nicht mehr gelingt, entgleitet ihm alles.
Erzählt wird die Geschichte eines Mannes, der Mitmenschlichkeit fordert, sich im Geflecht seiner hohen moralischen Ansprüche verfängt und gerade deshalb dem eigenen Unheil nicht entkommen kann.

projektverlag.

Birger Ludwig
Nacht der Sonne
Roman

402 Seiten
19,80 EUR [D]
zzgl. Versandkosten
ISBN 978-3-89733-269-0

Leseprobe

Baron d'Aliquot regiert sein Weingut mit eiserner Hand. Sein Sohn verlässt ihn im Streit, um in der Archäologie sein Glück zu suchen. Liebe bis zur Selbstaufgabe, Abenteuer auf Leben und Tod und sein unstillbarer Forscherdrang führen den jungen Baron von Südfrankreich über St. Petersburg bis nach Ägypten.
Begegnungen mit den Kulturen und Religionen von Ost und West, die Kraft der Schamanen und die Erfahrung der Güte einer Frau erschüttern das Leben des jungen Barons, bis sich zum Ende hin der Kreis schließt und sich sein Lebensrätsel löst.

Pawel Bassinski
**Lew Tolstoi –
Flucht aus dem
Paradies**

Leseprobe

Aus dem Russischen von
Susanne Rödel
537 S.; 21,00 EUR [D]
ISBN 978-3-89733-260-7

Im Jahr 1910 kam es in Jasnaja Poljana zu einem Ereignis, das die ganze Welt erschütterte. Der 82-jährige Schriftsteller Graf Lew Nikolajewitsch Tolstoi floh nachts, heimlich und in un-bekannter Richtung aus seinem Haus. Seit dieser Zeit ranken sich um die Umstände des Weggangs und des Todes des großen Starez zahlreiche Mythen und Legenden.
Auf der Basis streng dokumentarischen Materials nimmt der bekannte Schriftsteller und Journalist Pawel Bassinski eine lebendige Rekonstruktion der Ereignisse vor.

projektverlag.